青春消失了，好似行云，生命流逝了，迅如疾风。

你是生命的乐趣，心灵的慰藉，世上何物能比青春更魅人……

——《福乐智慧》

我和胡杨的约定

WO HE HUYANG DE YUEDING

鞠利 罗浩◎著

中央民族大学出版社
China Minzu University Press

图书在版编目（CIP）数据

我和胡杨的约定 / 鞠利，罗浩著 . —北京：中央民族大学出版社，2019.7 重印

ISBN 978-7-5660-1322-4

Ⅰ.①我… Ⅱ.①鞠… ②罗… Ⅲ.长篇小说－中国－当代 Ⅳ.①I247.5

中国版本图书馆 CIP 数据核字（2017）第 007277 号

我和胡杨的约定

著 者 鞠 利 罗 浩
责任编辑 李 飞
责任校对 赵 静
封面设计 马新胜 陈 飞
插 图 周尊圣 马新胜
出 版 者 中央民族大学出版社
　　　　　北京市海淀区中关村南大街 27 号 邮编：100081
　　　　　电话：68472815（发行部） 传真：68933757（发行部）
　　　　　　　　68932218（总编室） 68932447（办公室）
发 行 者 全国各地新华书店
印 刷 厂 北京建宏印刷有限公司
开 本 787mm×1092mm 1/16 印张：19.75
字 数 250 千字
版 次 2019 年 7 月第 3 次印刷
书 号 ISBN 978-7-5660-1322-4
定 价 48.00 元

你不知道的那些遥远的村庄

（代序）

鞠 利

　　生命只是偶然的邂逅，与这个世界打一声招呼；生活是无法逃避的里程，与飞逝的时间来一次奔跑；生存是寻找意义的求索，与不羁的灵魂牵手一个约定。

　　我们的故事，在大西北戈壁上的一个小村庄里展开。

　　每个人都在走出故土，为了比活着更重要的意义，于是有了远方和诗歌，有了理想和为实现理想的奋斗人生。生活的五光十色，犹如一种装饰，会让人以为，来到的世界原本就是这个模样。其实，那是改变后的颜色，那是历经了时光打磨的色彩。在内心的深处，每一个人都埋藏着生长的念想，为活得更加绚烂而感受平静时光散发出的味道，探寻日复一日的年轮背后埋藏的秘密，虽然千辛万苦、跌跌撞撞，依然跋涉在追梦的路上，延续了一代又一代。四面八方，聚集着人群，不停地奔跑，仿佛只有远方才会有想要寻找的天地，可以栖息灵魂。终于，在和家乡泥土不一样的土地上，他们站在了那里，天空的阳光照耀了头顶，也照亮了后代人新的生活，照亮了光明的未来。然而，在他们再也嗅不到的远处空气里，那些阳光也一样映照着他们已经离开的故土，那些村庄可能也和他们的生活一样改变了样子，而那些泥土、那些阳光却从来没有改变过。他们远离的只是那片土地，他们的根从来就扎在那里，他们的轨迹始自遥远的原点。原来，我们无法躲避村庄，我们属于自己原有的村庄，我们每个人都和村庄发生着联结。

对于许许多多人，大美新疆似乎是一个遥远的传说，更是饱藏了神秘色彩的遥远村庄，几乎被遗忘，可以被遗忘。有些人站在原地端详着，有些人从缝隙里扫视着，也有些人背对着。对新疆这块大地、这里的人们、这边的风情，充满了无边无际的想象，习惯了若有若无的记忆，满足于口口相传的造景。人们不熟悉她，不了解她，不接触她，生出无数莫名的误解，透出些许漠然的冷视。所以，我们的故事里，就有了那么一群人，那么一群不同民族的新疆人，在遥远的塔克拉玛干沙漠边缘的村庄生龙活虎地活着，一起讲述他们的故事、追求理想的故事、人间友情爱情亲情的故事。

21世纪，走进了一个创造奇迹的年代，只要理想尚存，石头开花、星辰可摘。因此，世界变得多彩，精神无限延伸，价值走向多元，也因此，无数英雄竞折腰，迷失在行进的途中。这是一个伟大的时代，它让我们渺小如一颗颗沙粒；这是一个激昂的年代，它给我们创造了一个个梦想……阿尔曼、迪丽娜尔、王川和陈曦就是一批生活在这个时代的青年人，他们是这个时代的主人。他们青春的历程跌宕曲折，他们在创业中成长，他们在爱情中寻觅，他们在友谊中升华。个性倔强，棱角分明，被摔打得遍体鳞伤；爱情缠绵，荡气回肠，闪烁着大爱的光芒；难舍友谊，屡经考验，弥漫着人性的温度。在这些和时代赛跑的年轻一代的身上，我们触碰到了智慧的闪电，体味到了知识的力量，看到了责任的担当，分享到了别样的风情。弥足珍贵的是那些内化在生命里的真情：民族团结一家亲！没有族裔的分别，没有扭捏的矫情，没有刻意的装扮，他们把56个民族是一家的基因复制、传递在血脉里。其实，早在两千年前，从西域归入中华大地版图的那一刻，不同部落、不同民族就一直没有停止交往、交流、交融的步伐，即使在今天，历史加快了脚步，我们依然能够听到来自辽远时空隧道的足音。而今天，这些青年人更是脚步匆匆，铿锵有力。他们引领着这个时代的精神，他们站在历史的高处，顶天立地。

这就是大西北、大戈壁、大美土地上的一群普通人。这些人生活在民风淳朴的村庄里，这些人用不同的语言表述着共同的情感，这些人在圆梦的路上从没有掉过队。在这里，在新疆，神秘的是广袤的沙漠和巍峨的天山，不是你无意感知的心灵；遥远的是走也走不完的路程，不是你数也数不清的村庄；陌生的是无法拒绝的拥抱，不是你遗忘了很久的与生命的庄严约定。

走进去，走向你不知道的那些遥远村庄！

是为序。

2017年1月21日于乌鲁木齐

这是一个伟大的时代，它让我们渺小如一颗颗沙粒；这是一个激昂的年代，它给我们创造了一个个梦想……

—— 题记

1

又是一年毕业季，这是一个让梦想如种子一样落土的季节。

无数年轻人迈开脚步，走向远方，那里有无限的时光在等待，他们也许会让那些时光辉煌灿烂，谁知道呢？也许就是些黯淡无光的日子。而生命却不停歇地翻开了又一页。

阿尔曼的生活就在这个季节开始变奏。

阿尔曼约了迪丽娜尔、王川和陈曦来到西湖。他们是浙江大学应用生物学专业的学生，都是从新疆内高班考入浙大的优秀学生，毕业论文答辩已经结束，只等着最后一次毕业班会做告别了。

西子湖畔，柳丝轻拂，极目远眺，山峦叠叠，连绵起伏，远青近绿，犹如画中的山水在暮光中闪动。湖面，波光粼粼，一条条摇橹悠悠荡着，落单的白鸥欢叫着掠过，雷峰塔的钟声空灵悠长。孤山静落十里明湖，葱绿秀美，白堤和苏堤像两条绿色的绸带漂浮在碧水之上，湖心岛掩映于绿柳中。

夜幕初垂，明月当空，清风徐来，湖水荡漾，灯光倒映，姹紫嫣红，宛如七色彩虹在水中游动，古朴的扬琴声从水面传来，缥缥缈缈。

"哇，真是人间天堂。"陈曦开心地说。

"就要回新疆了，在内地生活了八年，习惯了这里的湖光山色和生活节奏，真还有点舍不得离开这里。"迪丽娜尔说。

"王川，是不是上帝都出生在南方啊，为什么江南人占尽了天时地利的大好河山？"阿尔曼回头望了一眼正在东张西望的王川。

"啧啧，乐不思蜀了，来了内地几年，忘本了。这不就一水池嘛，不产油、不出矿，人来人往的，赚几个游人的碎银子。咱那160万平方公里，雪山、大漠、绿洲、草原，遍地黑金白银，装十几个浙江省，那格调辉煌大气，用得着羡慕这蔫蔫唧唧的地方？"

"没劲！喜欢一下西湖就叫忘本了，你不也天天念叨江南好吗？"阿尔曼说。

"不喜欢你那种灭自己威风的德行。"王川说。

"好吧，算我没说，租支摇橹划一圈吧，不知道什么时候才可以随时看江南风景了，大漠啊，戈壁呀，想起来，就多了一些苍凉和寂寞。"阿尔曼说。

"这话有点你阿尔曼的格调，伤感发忧思之情。"王川不依不饶地说。

他们四人是大学同班同学，也是两对恋人。王川、陈曦、迪丽娜尔来自乌鲁木齐，只有阿尔曼来自新疆南疆的塔河市农村。王川和阿尔曼从杭州的一所内高班毕业，迪丽娜尔和陈曦从苏州的一所内高班毕业，最后都考入了浙江大学。四年的大学生活，让他们已经密不可分了，阿尔曼和迪丽娜尔、王川和陈曦分别收获了他们的爱情。四个人整天同出同进，成了大学里一道亮丽的风景。

租了船，四个人坐进去。摇橹的女人和善地笑着，看看深眼窝高鼻梁的阿尔曼和迪丽娜尔，多了几分热情。

"哎哟，我今天接待了好几批老外，怎么你们是留学生呀？汉语比我说得都好！"

"大姐，我们是中国人，中国新疆人，在浙江上学。"迪丽娜尔说。

"哦，我知道，都是内高班的学生。"摇橹的女人说。

"是内高班的老学生。"王川讥讽说。

摇橹的女人不再搭话，麻利地划着桨。

微风轻轻吹过，炎热的暑气消散开来。姑娘静静地依偎在男友的肩头，远处的扬琴声悠悠地飘了过来。他们陶醉在温柔的月色里。

摇橹的女人突然开口了。

"你们从新疆来，一定不知道西湖的传说吧。相传古时候，天河两岸各住着一位仙子，东边的叫玉龙，西边的叫金凤。他们是一对恋人。一天早晨，玉龙钻进河里，金凤飞向天空，游啊，飞啊，不知不觉来到一个仙岛上。他们忽然看到了一块美丽的石头，一块漂亮的宝石！那是一块仙石，他们要把它磨成一颗圆珠子，让它变成天地间最宝贵的信物。于是，玉龙、金凤立即把仙石打磨成一颗宝珠，用天河里的水，把它洗亮，使它变成了天地间最美的宝石。

"王母娘娘知道了宝珠的事情，派人偷走了宝珠，锁进深宫。一天，王母娘娘做寿。席间，她把宝物拿出来给众仙显阔。玉龙、金凤正在为失去的宝珠垂泪，忽然发现天空中宝光四射，那是宝珠放出的光芒。于是，他们顺着光芒来到仙宫，冲上去要夺回宝珠。在争夺之中，宝珠摔落下来，掉落人间，顷刻之间，宝珠化作一池晶莹碧透的湖水。

"这就是连着天上人间的西湖。

"玉龙、金凤舍不得离开它，就化作西子湖畔两座山峰——玉龙山、凤凰山，日夜陪伴着人间大地上的明珠。

"这就是关于西湖的传说。"

四位风华正茂的年轻人，陶醉在夜色旖旎的美景里，陶醉在仙气飘飘的传说里。

游人渐稀，他们回到学校，等待着最后的话别。

第二天，终于迎来了毕业班会。

班会舞台的背景墙是湛蓝的天空下的一簇金色的胡杨，戈壁辽阔，胡杨挺拔，背景墙中间写着"浙江大学2014毕业季典礼"。

晚会开始了，灯光闪烁，如梦如幻，苍凉的刀郎木卡姆歌声如诉如泣。

阿尔曼拉奏着独特的新疆乐器艾捷克琴。艾捷克琴外形别致，琴筒呈球形，琴的内侧用蟒皮蒙裹，年代久远的琴筒古色古香。阿尔曼将琴身立于左腿之上，左手持琴按弦，右手持弓拉奏，不由自主地随着节奏摇动着身体，美妙好听的滑音、泛音、和弦和装饰音，像金色的麦粒在空中飞扬。

卡龙琴和刀郎热瓦甫的琴声一起合奏着，王川拍着手鼓。整个乐池燃烧起来。

迪丽娜尔和一群戴着花帽的维吾尔族女生在舞台旋舞，头顶的小辫在飞扬，腰间的金色长裙在飘飞。激昂的音乐、曼妙的舞姿让人们亢奋起来，大家跟着节奏拍着巴掌，一起舞动，礼堂里一片欢呼声和口哨声，一群毕业的学子尽情地挥洒着青春的热情。幽蓝的灯光下，领舞的迪丽娜尔似在飞翔一般。

阿尔曼走向前台，抑制不住激动的心情，深情地说：

"新疆，您的儿子要回来了。八年前，我考上内高班，来到杭州，我要看看外面广阔的世界，雄鹰的翅膀只有经历更大的风雨，才能变得更强壮！可是，无论我飞得多高、飞得多远，都不会忘记生我养我的故乡。故乡，我要回来了，虽然列车的车轮还未启动，但我的心早已飞回到了沙漠、绿洲，飞回到了您的身旁。如今，我已羽翼丰满，如今，我已学有所成，我们内高班出来的儿子娃娃们，将依靠知识的力量，建设更美好的新疆！新疆，我回来了！"

阿尔曼的热情像一束导火索，引爆了全场人们的激情，人们欢叫着，青春的激情在燃烧。

这是一个不眠之夜。

早在毕业论文答辩结束的时候，阿尔曼他们已经开始筹划回乡的创业计划。他们知道，每年有700万的大学毕业生需要就业，而对于很多人来说，大学毕业就意味着等待和失业。过去，新疆的孩子普遍有一种想法，上了大学，就可以到机关和事业单位上班，传统的农耕经济给新疆人打上了随遇而安的烙印。守着一份正儿八经的饭碗、朝九晚五的工作，娶妻生子，直到终老。可是八年的内地生活，已经彻底改变了阿尔曼他们的就业观念。那种从工作开始就能够看到白头退休的生活让他们觉得索然寡味，甚至有一些恐惧。内心那种实现自我、燃烧青春的渴望，每天都在激励着他们。每天初升的太阳似乎在启示他们，要追寻着阳光的步伐，创造一种辉煌灿烂的未来，虽然他们并不知道，迎接他们的将会是一种怎样的千难万险，但是他们无所畏惧地张开双臂，迎接着无限生机的世界，等待着人生一次次巨大的挑战。

通过实习考察和市场调研，他们决定将联手创建"互联网+"原产地农产品电商公司，依靠新疆独特的地缘和物产优势，走出一条新疆大学毕业生自主创业的路子。

毕业晚会结束了，四个好朋友意犹未尽，他们还沉浸在快乐的心境里。在浙大校园的林荫道上，他们又跑又跳，四个人异口同声地高喊：新疆！新疆！新疆……

夜归的同学们习惯了西部同学的豪放做派，闪开道给他们让行。

王川走在前面，回转身，倒退着，指着对面的三人大声说：

"从今天开始，我们'大好河山'电子商务公司就算成立了！阿尔曼，CEO；我，COO；陈曦，CFO；迪丽娜尔，CPO……"（CEO，全称是Chief Executive Officer，首席执行官；COO，全称是Chief Operating Officer，首席运营官；CFO，全称是Chief Financial Officer，首席财务官；CPO，全称是Chief Public Relation Officer，首席公关官。）

迪丽娜尔笑着追打王川。这时，路边一辆洒水车经过，喷出的水浇得他们四下奔逃，四个人瞬间变得狼狈不堪。他们把手支在膝盖上，弯着腰，喘着粗气，互相看着，哈哈大笑。

迪丽娜尔看着英俊的阿尔曼，内心升起一股柔情："你笑啥呢？那么夸张。"

阿尔曼看着灯光下美丽的女朋友，突然有一种冲动："迪丽娜尔，我刚才问自己一个问题，回乌鲁木齐以后，咱俩是先结婚好呢？还是先创立'大好河山'公司好？"

迪丽娜尔愣了一下，娇羞地问："一边是玫瑰，一边是牡丹，你选哪一个呢？"

"还没想好，你呢？"

迪丽娜尔咯咯笑起来，转身向宿舍跑去，远远地说："当然是……现在不告诉你！"

陈曦跟着迪丽娜尔跑了。

阿尔曼有点惆怅，这个美丽的夜晚就这样结束了？

王川说："说好了去西湖走走，怎么你就把迪丽娜尔支走了，什么玫瑰、牡丹的？今晚抱得美人归才是花开花香。"

阿尔曼无语，仰望着迷蒙的夜空。

王川郁结地说："闹心，再走几圈。"

两个人漫步在校园里，不知不觉又谈起了他们创办电商公司的事情。

阿尔曼说："乌鲁木齐的电商才刚刚萌芽，咱们从内高班到上完大学，八年了，现在正是回去发展的好时候，新疆地大物博，谁说新疆就不能出个马云？谁说新疆就不能有张朝阳？"

王川兴致勃勃地回道："你我是谁？浙大生物应用专业的高材生，不出一年时间，全面进入赢利模式，三年后上市！我就是马云第二，你就是张朝阳第三。"

阿尔曼推了一把王川："浙大老师这样教你数学的？"

王川呵呵笑起来。此时宿舍的灯已经熄了，他们蹑手蹑脚地回到宿舍。

那边，两个姑娘也正走在回宿舍的路上。其实，迪丽娜尔早就看出陈曦有些郁闷，只是刚才人多，没有问她。

迪丽娜尔问道："陈曦姐，你忧心忡忡的一晚上，男朋友在身边，还在为和谁离别黯然神伤呢？"

陈曦诺诺地说："我 …… 可能不能和你们一起回新疆。"

迪丽娜尔吃惊不小："刚才王川还在说，咱们这个团队刚刚好，为了事业，为了感情，咱们永远不分开！你怎么突然不想回去了？"

陈曦低着头，抽泣起来："迪丽娜尔，我也不想这样，对不起，对不起 …… "

陈曦匆匆跑进了宿舍楼道。

迪丽娜尔摇摇头，看看朦胧的天空、暗淡的星光，突然无限难过，泪水哗啦啦地滑落下来。她的眼前闪烁着阿尔曼和王川迷人的笑容，她真的不知道，应该怎样跟王川解释，也不知道热情如火的王川知道了这个消息会有一种怎样的反应。

第二天，他们四人匆匆去火车站，验完票，急忙向火车车厢跑去，那是开往乌鲁木齐的T69次列车。车马上就要开了。粗心的王川并没有发现陈曦的变化，甚至连陈曦没有带大件行李，也没有注意到。陈曦不自觉地落在后面，王川拿着行李在前面招呼她。

"快呀，陈曦！"

王川着急地跑回来，拉着陈曦向前冲。阿尔曼和迪丽娜尔先一步上了火车，王川上了车，转身回去拉陈曦，发现陈曦站在车外。

王川大喊起来："上来啊！你傻了吗？"

阿尔曼奇怪地看看迪丽娜尔："陈曦怎么了？"

迪丽娜尔不置可否地摇摇头。

陈曦惶恐地看着王川，无言以对，热泪盈眶。王川这才发现，陈曦的手里拿着一张站台票。

王川看着陈曦，恍如梦中，几近绝望地悲呼着："陈曦，你在闹腾什么？上车啊！"

陈曦轻轻地摇了摇头，抹着眼泪，退后两步："对不起，王川……"

王川犹如被电击中，手中的行李落在过道上，脑海里一片空白。车门关上了，王川猛然清醒过来，他冲着车门跑去。列车员拦住了他。

王川狂怒地大吼起来："陈曦！你为什么背叛了我们！"他疯狂地捶打着车门。

阿尔曼去拉王川。王川犹如一只困兽，拍打着火车车门。

迪丽娜尔说："王川！让她去吧，别难为她了，她考上浙大附中的老师了，她要留下来，教内高班的孩子。"

王川双眼通红地看着迪丽娜尔，异常痛苦，嘴里喃喃地说："怎么会是这样？"

他不敢相信这个现实，这种突兀的转折，击碎了他正常的思维逻辑。就在昨天，四个人还在憧憬美好的未来。虽然，每次陈曦都小心翼翼地躲避着回家乡的话题，但在王川的眼里，陈曦一直是那种内敛而稳重的女孩，她的心思总是不露痕迹。王川认定自己了解她，只要陈曦在听着，王川就以为她同意并明白了自己的想法。可事实并不是王川自以为是的那个样子。

王川透过自己模糊的双眼看见站台上的陈曦捂住了嘴，慢慢地蹲下去，伤心痛哭。

王川的心在一点点破碎，爱恨交加。蹲在地上痛泣的陈曦渐渐变成黑点，离他越来越远。王川趴在车门的玻璃上撕心裂肺地痛哭起来，像一个孩子一样哭得肆无忌惮。

阿尔曼伸出胳膊搭在王川的肩膀上，他不知道怎么安慰被痛苦包围的王川。

一路上，王川不吃不喝，郁郁寡欢，坐在火车车厢过道的小凳子上，落寞地看着窗外。迪丽娜尔和阿尔曼静静地陪着王川。第二天，阿尔曼泡了包方便面递给王川。诱人的香味终于让王川有了饥饿感，他狼吞虎咽地吃完面，咕嘟咕嘟地喝了一大杯开水，然后粲然地笑笑，好像突然发现身边还有两个好朋友。迪丽娜尔趁机坐在王川的对面，王川傻傻地笑了笑。

迪丽娜尔说："王川，陈曦的妈妈这辈子最大的愿望就是希望女儿能留在杭州，陈曦她……也是迫不得已。这次报考浙大附中教师资格的考试，是陈曦妈妈让杭州的亲戚替陈曦报的名。陈曦没辜负她妈妈的愿望。"

王川看着窗外："嗯，她够孝顺的，把我给辜负了，还好好涮了一把。"

迪丽娜尔说："她没说和你分手啊！王川，你真爱陈曦的话，就不要放弃，你们会在一起的。"

王川看着迪丽娜尔，有点似信非信，想一想她的话似乎也对，渐渐有些释怀，纠结的情绪瞬间雾一样散开来。

列车从旷野上飞驰而过……

窗外，一片黄褐色的戈壁，阳光灿烂，无际的荒原似浩渺的大海，一会儿光滑如镜，一会儿水波粼粼、波澜起伏。车在高速地飞驰，窗外变换着不同的景色。

天际苍寥，万里长空，薄云飞舞，天空湛蓝，远处的山影，蜿蜒起伏、雄姿奇伟，像一幅深远而寂寥的图画，烘托出西部旷野的苍凉辽阔。

他们已经走进了漫漫边关，走进了西部新疆。阿尔曼、迪丽娜尔和王川的面庞露出久违的兴奋神情。

回到家的第二天，三个人就开始了繁忙的奔波，他们穿梭在乌鲁木齐的大街小巷。

这是一座充满挑战和激情的城市，像一颗璀璨的玉石端庄地镶嵌在天山脚下，高耸的博格达峰被洁白的冰雪包裹着，在阳光下熠熠发光，给城市增添了一抹冷峻的色彩。这座圣山就像一种昭示，让生活在大山脚下的人们有一种只争朝夕、奋力攀登的渴望。

穿着艾德莱斯、中国红的姑娘们和打着领带的男人们急速地在大街上穿行。远处礼拜的唤礼声和沿街商铺的流行乐交织在一起，混合着伊斯兰文化和汉文化的韵味，浸染着神秘、快乐的气息，独特而时尚，大气而祥和，繁华的景象里透着一股多元文化熏陶的混血的味道。

阿尔曼、王川和迪丽娜尔走在匆匆的人群中，从一个市场走向另一个市场，从一个店面出来又转进另一个店铺。他们无心于闹市的喧嚣，深入细致地做着市场调查，寻找出租店铺。他们终于在红山农贸市场选定了店面，一切似乎都走向了正轨。

阿尔曼和王川将"大好河山"的牌子钉在墙上。他们端详着，像审视一幅油画，然后三人相视而笑，紧紧拥抱在一起，激情在年轻人的心底燃烧。他们从创业征途的起点出发了，大众创业、万众创新在召唤着这些崇尚理想的青年人。

资金一直是让他们头疼的大问题。他们四处游说那些有钱的投资人，希望他们加入自己的创业平台。

来到一家公司，阿尔曼有些紧张，眉毛微蹙，深陷的大眼里多了一丝不安。迪丽娜尔发现了阿尔曼些微的变化，倒了杯水放到他旁边，王川在会客室里焦虑地踱着步。

轮到阿尔曼做陈述了。三个人互相望着，目光中含着鼓励。

阿尔曼闭上眼，深呼一口气，调整一下心情。对面，几个风投公司的高管正襟危坐。阿尔曼额头上的汗水流了下来，迪丽娜尔握着拳头冲他点点头，鼓励着他。

阿尔曼打开电脑，把"大好河山"投影在屏幕上，用PPT演示着"大好河山"的经营理念。

阿尔曼说起来："'大好河山'是我们的品牌，也是精神，更是理念。我们发掘原产地最优质的新疆物产，致力于推广纯正的原生态农产品，从产地直接供应产品给消费者。以物产为载体，以民俗为纽带，推广新疆产品，传播西域风情。我们分享物产的美好，同时传递对时令的顺应、对自然的敬畏、对劳作的赞美和对土地的感恩。'大好河山'的宗旨即是以食布道、顺应自然，以百分之百的本土文化和特色农产品，换得消费者百分之百的信赖。我们惜物，更惜人脉！"

一位风投老总点点头。

阿尔曼受到鼓励继续说着："这个项目的创意，是我和我最好的同学用了两年半的时间策划出来的。"

风投老总发出了一连串提问："你们的平台是什么？"

"电子商务网站和移动终端APP。"

"如果我们给你们投资，你计算过回报率吗？"

"回报率要在投资之后才能开始评估和计算，如果……"

风投老总打断了阿尔曼："年轻人，我们进行一次市场投资，看的其实不是你们的规划和设想，越好的构思，在实践过程中必定会遇到更多的困难，并且很多困难是具有摧毁性的。所以，我们进行评估的基准既要有可操作性，还要有你们团队能带给我们什么样的投资理念和盈利模式！"

阿尔曼疑惑："理念？"

对方说："对！是一种信念、一种决心和一种财富模式。我们看中的是你们如何给我们一个信心。换句话说，你们要做出什么发展模式和盈利模式来让我们投资。我们搞风投的，不是身先士卒，身先士卒的是你们，如果前面是烂泥潭，也让我看到你们的脚先踩下去。如果没有背水一战的决心，仅仅凭你们绚丽的PPT和华丽的演说，是说不动我们的。"

三个人沮丧地走出大厅，垂头丧气。

阿尔曼鼓足勇气说："我决定了，倾家荡产搞这个电子商务，为了'大好河山'，我豁出去了。"

王川露出一贯不屑一顾的神情："你倾哪个家，荡谁的产？刚毕业，兜儿比脸都干净。"

阿尔曼说："想办法贷款。"

王川说："贷款？用啥抵押？这房子，租的。咱们'大好河山'的牌子？还是个口号。"

迪丽娜尔看到两个人争吵不休，插话道："总会有办法的。"

王川摇摇头。

让三个年轻人没有想到的是，原来创业竟然这么难，那些美好而宏大的想法，在现实面前，有一种空中楼宇的虚幻感。

这时阿尔曼的手机响起来："我姐夫。"

接着电话，阿尔曼的表情急促变化，一向镇定自若的脸上露出惊慌的神色。

接了电话，阿尔曼脸色苍白："我得马上回塔河市回玉古尔村，我爷爷病危了。"

迪丽娜尔着急地问："啥病？"

阿尔曼摇头："电话里说不清楚，看样子，快不行了。"

突然的意外，让年轻人有点措手不及。三人商定，暂时停下在乌鲁木齐的招商创业，王川陪阿尔曼一起回南疆农村看望爷爷。

阿尔曼和王川忐忑不安地坐上夜班车，回到了玉古尔村，他们背着双肩包、拖着拉杆箱走在村口土路上。

已临三伏，草木繁盛，绿色铺满大地。远离沙漠地区的人们，对那里的自然和生活都有一些令人大跌眼镜的想象：南疆戈壁遍野，四处滚滚黄沙，一派荒凉，那里的人们过着苟延残喘的生活，没有水源，没有生命。在那些想象力丰富的家伙们看来，生活在大漠里的人们有着一种近乎不食人间烟火的精神，甚至连水这种生存所需的最基本的物质都不需要，因为那些落后地区缺水，所以那里的人没有水也一样活命。那些人就是在这样的臆想中获得一种和自己并不相称的优越感。他们并不知道那里的人们是生活在沙漠边缘的绿洲上的，并不是像壁虎一样生活在沙漠里。在干旱少雨的沙漠地区，只要有水，就会有绿洲，只要有绿洲就会有居住的人群。天山、昆仑山就是那些山脚下所有生命的圣山，那四季闪耀着光芒的皑皑雪峰，千百年来守护着脚下的苍茫大地，守护着大地上生生不息的生命。春暖花开，冰雪消融，雪水穿过山谷，在荒莽的土地上刻下生命的痕迹，切割出无数纵横交错的河谷，大河小河川流不息，裹挟着沙泥在岁月里沉淀，冲积成平原，人们就在这些土地上耕作，开始了他们的生活。荒漠上充满生机，生命在绿洲上一代代繁衍。绿洲是浩瀚沙漠中如水草般的绿地，绿洲是绵延不息的生命的绿地。在绿洲上生活的人们，从出生开始，就被打上了粗犷、大气、乐观、坚韧的生命烙印。

阿尔曼的家乡就坐落在塔克拉玛干沙漠北缘绿洲肥沃的冲积平原上。

一条土路直通村子，路两旁栽着一排排穿天的白杨，白杨并肩俊俏挺拔地排列着，高处的枝头渐渐地在半空中向路中线靠拢，给道路搭上了一排长长的绿色天棚。树叶上蒙着一层淡淡的灰色沙尘。鸟儿在枝头蹿上蹿下，鸽子在天边翻腾着飞旋。微风习习，空气里飘着淡淡的果香，沁人心脾。没有了城市的喧闹和车水马龙，乡村舒缓而宁静。

走进村庄，都是阿尔曼熟悉的村民。村民看见阿尔曼带回个汉族小伙子，有些吃惊。谁能不感到奇怪呢，在南疆农村，一色的维吾尔族人家，见了王川难免好奇。但是村里人好像对阿尔曼的返乡并不觉得意外，似乎他并没有离开八年，而且村里人仿佛都知道阿尔曼今天要回家。

一位大叔笑呵呵地说："孩子，你爷爷病了好些天了，天天念着你，你再不回来，要去乌鲁木齐找你哩。病得不轻呢，你快去看看老人家吧。"

王川有些纳闷，爷爷的病情并不是村里人关心的事情，倒是盼着阿尔曼回来，让人觉得村里人的热情有种怪味道。

阿尔曼高声喊爷爷，奶奶茹仙和二姐阿娜尔罕迎了出来。

奶奶两手捧着阿尔曼的脸，抚摸着，眼角笑出泪花："我的孙子，奶奶想你哦。"

阿尔曼急切地想要了解爷爷的病情。奶奶和二姐阿娜尔罕一瞬间变得满面愁容。阿尔曼冲向爷爷的卧室，爷爷买买提躺在炕上，大姐阿孜古丽将被子给爷爷掖好，显得慌里慌张。

阿尔曼扑向爷爷，买买提爷爷缓缓睁开眼，说："阿尔曼，我的孙子。飞翔的鸽子回窝了。我以为……以为老天爷会带我先走了。"

阿尔曼嘤嘤哭泣起来，说："爷爷，我回来了。您放心，会好起来的，我在这儿陪您。"

"阿尔曼，爷爷见到你，就没病了。"

阿尔曼哽咽着："您病得这么重，为啥不早点告诉我？"

大姐阿孜古丽接话道:"爷爷寻思你毕业了就能回村,等啊等的,不见你回来,他的病不是一天两天了。"

阿尔曼泪流满面,深感愧疚:"我这次回来,陪爷爷治病,等爷爷的病完全好了,我再回乌鲁木齐。"

爷爷艰难地摇头:"我这病啊医院是治不好的,老了,能看到你,病嘛,也就不算啥了。"

奶奶心疼孙子:"回来就好,回来就好。阿尔曼你别哭了,你爷爷就是心里想你。"

买买提爷爷突然咳嗽起来。阿尔曼连忙拿起水杯,托起爷爷的头喂水,说:"不行,有病了这么硬扛着可不行。王川,你给县医院打电话,叫救护车来,我送爷爷去医院。"

买买提爷爷连连摆手,坚决不去医院。

二姐阿娜尔罕说:"我们去医院找过大夫的,每一项都检查了,里里外外照了一通,说爷爷就是老了,零件都不灵了,去医院也没用。王川,你别打电话。"

买买提爷爷对二姐阿娜尔罕挥挥手,示意她们出去。

王川被二姐阿娜尔罕让到葡萄架下的土炕上,大姐阿孜古丽端来水果。

王川问道:"二姐,买买提爷爷到底得了啥病?要不带爷爷到乌鲁木齐的大医院去看病?"

二姐阿娜尔罕似乎没有听见,递给王川一片哈密瓜,又拿起一片瓜,递到王川手里,打岔说:"啊,王川呀,这次你可得多住几天,我们村不大,但空气呀,牛奶呀,一样新鲜的呢。"

阿娜尔罕答非所问,王川默默地吃瓜,瓜汁鲜美,香甜可口。

房间里,买买提爷爷有气无力地和阿尔曼说话:

"我这病也好不了啦，老天爷要招我回去了。爷爷只有一件心事，你能做到，就对得起爷爷了。艾塔克村的热娜和你从小到大围着胡杨转，她现在也是大姑娘了。爷爷啊，给你说了门亲，这次回来，你和热娜先定亲，再选个日子结婚。"

阿尔曼非常震惊，以为爷爷病糊涂了，说："可……可……我有女朋友了。以前和你们提过的，我的大学同学迪丽娜尔，无论如何我也要想办法把您的病治好。"

买买提爷爷摇头，"不行！阿尔曼，爷爷是心上有病，只要你答应了爷爷，你和热娜结婚，爷爷的病就会好起来。爷爷看准的人都没有错！热娜是个好姑娘，让她做我的孙媳妇我才放心，别的姑娘都是只会唱歌跳舞的。"

阿尔曼慢慢揣摩出了爷爷的意思，再仔细看看爷爷的神情，突然觉得爷爷根本就不像有病的样子。

听到卧室里爷孙俩放大的嗓音，家里的女人们走进屋来，纷纷规劝阿尔曼。

茹仙奶奶说："我的孙子阿尔曼，你就答应了吧。热娜是村里的百灵鸟，飞到谁家谁家有福气，你们结婚挺好的嘛。"

二姐阿娜尔罕帮腔道："热娜是个好姑娘，葡萄一样水灵灵的，绵羊一样乖乖的，天山脚下的小伙子都争着想看她一眼，她是我们买买提爷爷家的福气呀。"

阿尔曼烦躁起来："奶奶，大姐、二姐，让我急着赶回来，就是为了和热娜结婚？这跟爷爷的病有关系吗？"

二姐阿娜尔罕说："阿尔曼弟弟，爷爷和奶奶现在最愁的事是啥，你知道吗？就是你的婚事，你大了，大学念完了，就该结婚成家，买买提爷爷家的树枝要早点发芽呀。爷爷的病是心里头急，一时想不开，再加上想你才得的。热合曼给找过大夫，大夫说就得你回来，要不越想你，病越重。"

这话说到买买提爷爷和茹仙奶奶心里去了，两个老人不禁点头。

阿尔曼说："我没说不结婚，但我不可能和热娜结，这也太突然了。"

买买提爷爷愠怒地说："阿尔曼，你要是我孙子的话，就答应爷爷，走了一辈子戈壁滩还认不出红柳花？"

二姐阿娜尔罕叫起来："爷爷都病成这样了，你快答应啊。"

所有的目光都急切地看着阿尔曼。阿尔曼咬着嘴唇，买买提爷爷猛地一阵咳嗽，然后大喘着气。

阿尔曼凑近了，抓着爷爷的干枯的手，粗糙的皮肤包裹着巨大的骨节，久经劳作的手干瘪而无力。爷爷把孙子的手紧紧握住，支撑着身子，睁大眼睛，眼巴巴地盯着阿尔曼。爷爷绝望和期盼的眼神像刀一样刺痛了阿尔曼的心，阿尔曼觉得如果再不答应爷爷的恳求，可能明天就是他们的生死诀别之日。

阿尔曼哽咽道："爷爷，我答应了。嗯，我答应您……和热娜结婚！"

王川觉得不可思议，昨天阿尔曼和迪丽娜尔还卿卿我我，今天就跟另一个姑娘谈婚论嫁，这节奏快得让人犯糊涂。

阿尔曼无奈地说："爷爷都病成这样了，我还能再气他？"

恰在此时，迪丽娜尔来了电话，听到阿尔曼的声音，她乐得像小鸟，叽叽喳喳把她贷款的事告诉了阿尔曼。自治区为了鼓励大学生回疆自主创业，免息贷款政策已经实行好几年了。迪丽娜尔今天去办了5万块钱的贷款。

迪丽娜尔激动的心情溢于言表："你怎么不祝贺我呀？你们回去了怎么一条微信也不来？你该不是回去要跟哪个姑丽（新疆话，代指姑娘）定亲结婚了吧？"

阿尔曼一怔，喃喃地问："你听谁说的？"

迪丽娜尔咯咯笑起来："啊？你真定亲去了？"

阿尔曼连忙解释："不是，不是，我是说你咋这么无聊！谁定亲呀。我爷爷是真病了，躺炕上睁眼都累。我和王川看样子得在村里住几天。"

迪丽娜尔有点伤感，又聊了几句，便挂了电话。

阿尔曼和王川讨论着爷爷古怪的病情和莫名其妙的定亲要求。王川纳闷，他一问起爷爷的病，没人正面回答他。可爷爷有病不去医院，一家人都不着急，就他俩像热锅上的蚂蚁。

阿尔曼若有所悟，当时他一听爷爷病了，脑子就混沌了，忽视了家里这许多不正常的现象。都说她们带爷爷去过医院，说爷爷的病没救了，可没有人能说清爷爷去的是哪家医院，病例、化验单、心电图一样也没有。阿尔曼似乎明白了什么。

看到弟弟进来，大姐欢快地说："你去陪爷爷，厨房是女人待的地方。"

阿尔曼问道："大姐，爷爷到底是啥病呀？"

大姐阿孜古丽迟疑了一下说："听大夫说是冠心病。那些病的名字嘛古怪得很，我也记不清楚了呀。去了乡卫生院，这儿离乡卫生院近。"

阿尔曼觉得姐姐的解释漏洞百出："冠心病？爷爷的心脏有问题？乡卫生院能诊断出爷爷的冠心病来？"

大姐阿孜古丽急忙掩饰，双手推着阿尔曼的后背，让弟弟去陪爷爷。

一会儿，大姐阿孜古丽端着大盘羊肉进了买买提爷爷的房间。王川见大姐进去，伸着脑袋往里看。爷爷津津有味地大口吃肉。按常理，爷爷病得那么重，哪来胃口吃得下大块羊肉？

当大姐阿孜古丽从爷爷房间出来时，手中盘子里全是羊骨头，阿尔曼和王川看得瞠目结舌。

王川忍住笑意，凑近阿尔曼说："得了啥病啊？比我的胃口还好呢！"

阿尔曼琢磨着这奇怪的一幕，去果园找二姐阿娜尔罕。

阿尔曼问道："二姐，爷爷到底得的是啥病呀？"

二姐阿娜尔罕说："是脑梗，太危险了，村里人帮着送到县医院。乡卫生院条件太差了。幸亏发现及时，做了手术。"

阿尔曼又问道："做脑梗手术了，脑袋上也没开口子啊？"

二姐阿娜尔罕抬头看着树枝，乱解释一通。阿尔曼做出判断，爷爷根本没病，就是想逼着他回来和热娜结婚。

王川笑道："原来是一出逼亲连续剧呀，那还等啥呢，跑人吧。"

阿尔曼有点犹豫。

王川讥讽说："哎，你该不是大义灭爱，还真要娶个村姑吧？"

他俩商量了一个解开谜底的计划。

家里，买买提爷爷在美滋滋地喝茶。

二姐阿娜尔罕说："我们去热娜家了，吐尔干叔叔同意这个周日订婚，说订婚仪式就在他们家办。"

买买提爷爷满意地点点头。

忽然，院外冒出了火光，王川在外面喊着："驴圈着火了，驴圈着火了！"

"哎呦"，买买提爷爷叫了一声，那火仿佛烧在老人的心上，他慌忙冲了出去。驴圈外围了一圈人，都呆呆地看着买买提爷爷院里发生的一切。只见阿尔曼站在驴圈前，举着一个熊熊燃烧的火把。看见爷爷出来，王川拎了一桶水，阿尔曼随手将火把插进了装满水的水桶里，水里腾起一片青白雾，火把灭了。

阿尔曼冷静地看着买买提爷爷，老人有些窘，不自在地看着孙子，两个姐姐尴尬地站在一旁。

阿尔曼说："爷爷，您的病好了？我喜欢迪丽娜尔，除了她，我心里没别人。我的幸福我决定，您就别替我操心了。"

爷爷依然不依不饶："我，我，哼！我的病就是刚才好的。啥都别说，后天去热娜家定亲，都安排好了！"

买买提爷爷回到屋里，围观的人群嘻嘻哈哈地散了。

爷爷演的戏已经被阿尔曼戳穿了，王川和阿尔曼两人决定晚上跑路，回乌鲁木齐。终于熬到夜深人静，阿尔曼和王川偷偷溜出房间，蹑手蹑脚拉开院门的门闩，悄悄溜出院子。刚走出巷口，忽然有人大吼起来，吓得王川手中的拉杆箱掉在地上。

吼他们的是一个隔壁邻居。阿尔曼谎说准备去姐夫家。

邻居讥讽说："你爷爷要你跟热娜结婚，你就跑了？"

阿尔曼讨好地说："热娜不是我的女人。你啥时候来乌鲁木齐让我姐跟我说一声，我领你去玩。我得先走了，千万别声张啊。"

邻居认真地点点头。阿尔曼和王川挥挥手，快步跑起来。

邻居突然高喊起来："快抓阿尔曼呀，他跑啦！"

霎时，玉古尔村各家各户的灯陆续亮起来，人们纷纷跑出院子，追赶阿尔曼和王川。两个人气喘吁吁地狂奔，发现前后左右黑压压的全是人，村民们打着手电筒，把两个人团团围住。上来几个年轻人不由分说，一左一右架起阿尔曼的胳膊向村里走，人群呼啦啦跟着走。王川垂头丧气地跟着人群回了村庄。

村民把阿尔曼交给买买提爷爷。爷爷冷着脸把阿尔曼推进房间，不由分说把门上了锁。王川呵呵笑起来。阿尔曼明白了，爷爷装病，目的是让他和热娜成亲。全村人都赞同爷爷，爷爷又是这里的长老一样的人物，和热娜结婚可能还有村里的利益在里面，所以全村人给爷爷当守卫。不知道为什么，阿尔曼的一举一动都让全村人牵挂。

阿尔曼对王川嚷道："咱们不能死都不知道怎么死的，你得出去把事情摸清楚。去找我那离婚的姐夫热合曼，陪他喝酒，得点消息。"

被锁在屋里的阿尔曼内心焦灼，翻来覆去地难以入眠，他看着和父亲的合照。英俊的父亲抱着五岁的儿子，灿烂地笑着。阿尔曼陷入回忆中，想起了死去的父亲普内提，想起了一幕幕惊恐的画面。他看到了一束束手电的强光在眼前晃动，听到村民慌乱的脚步声和喊着父亲的名字的惊恐呼叫："普内提书记，我们活不成了啊！"他看到村民们围着父亲，无数只抓着父亲的手和无数个跪在地上的村民的膝盖。阿尔曼的泪水顺着面颊滑下来，内心被悲伤的情绪缠绕着。

早晨，阳光四射，狗在欢快地叫着，大灰驴也"昂啊昂啊"地吼着，出圈的羊群扬起路边的尘土争先恐后地跑向原野，鸽子在远处的天空穿梭，飞鸟一群群地飞上飞下，叽叽喳喳地鸣叫，人家的烟囱散着白烟飘荡在屋顶，村庄一派安祥的景象。

爷爷进了驴棚喂大灰驴，奶奶和姐姐们在忙活早饭。王川闪身出了院门，去找二姐夫热合曼。到了二姐夫家，王川掏出怀里藏的两瓶酒。热合曼也不客气，打开来，倒了一杯就喝。

王川说："姐夫，你就敞开了喝，想喝多少我都请得起。"

热合曼高兴地说："酒嘛，我倒不是喝不起，是你二姐阿娜尔罕管得太严。我和她把婚离了，可我的心离不开呀，这不，我想和她复婚嘛。我俩离婚就因为喝酒。我找爷爷帮我在阿娜尔罕面前说好话，求了无数次了，唉！"

王川说："我来前阿尔曼说他能帮你撮合，他喜欢你这个姐夫，别人当姐夫他不认。只是阿尔曼有件重要的事要问你，姐夫你要是帮着办了，你们复婚的事，就包在阿尔曼身上了。阿尔曼和热娜定亲到底咋回事嘛？"

热合曼警觉地直起身，严肃地看着王川，把王川看得发毛。王川又起身给他倒了杯酒。几杯酒过后，王川搞清了事情的来龙去脉。

王川回来，笑着在床上打滚，把事情的真相绘声绘色地说给阿尔曼听。

原来，阿尔曼定亲的事和水有关。玉古尔村从古至今就是缺水村，已经连续三年向相邻的艾塔克村借水用于灌溉。原本指望丰收赚了钱付清水费，结果连续三年棉花价格下落，只够糊口。今年，艾塔克村收不上水费，就想断水截流保自己村的灌溉。玉古尔村的尼加提书记和艾塔克村的吐尔干书记为此不停地闹不快。艾塔克村吐尔干书记是个精明人，在利益面前从不妥协，尼加提书记没招。眼见着玉古尔村的水没有指望了，有人想出了个邪招：让阿尔曼娶回热娜，让两村联姻。因为热娜是吐尔干书记的宝贝女儿。

热娜一直暗恋着阿尔曼，听到大家的这个提议，她满心欢喜要父亲吐尔干书记答应这门亲事。吐尔干书记拗不过宝贝女儿，同时也觉得阿尔曼念过内高班，又大学毕业，这样条件的小伙子方圆百里也难找。后来，尼加提书记代表全体村民向买买提爷爷提出了这门亲事。所以，阿尔曼和热娜的婚事牵涉到全体村民的利益，村里人都强烈支持。这就是为什么全村人都在抓阿尔曼的原因。

王川说："你被村里当水卖了！古时候有香妃入关，今天有阿尔曼进村。现在的唯一选择，只有跑的份儿了。"

阿尔曼犹豫道："跑了全村人咋办？"

王川吃惊地看着阿尔曼，他想不通阿尔曼还真想成全这美事。一边是道义，一边是爱情，难道阿尔曼还真像圣人一样，为了八竿子打不着的村民的事情，放弃前途和迪丽娜尔？

买买提爷爷看着热娜长大，觉得孙子和她蛮般配，毕竟从小看到大，他们在一起像一对草原上吃草的羊羔儿，看着放心。二姐阿娜尔罕为弟弟担心，阿尔曼上大学时就处了女朋友，这么逼着他和热娜定亲，她心有不忍。大姐阿孜古丽对热娜也不怎么满意，火辣辣的热娜有时候疯疯癫癫的，倒是乌鲁木齐那姑娘知书达理，讨人喜欢。

买买提爷爷斩钉截铁地说："阿尔曼和热娜是一对草原上吃草长大的羊羔子，为了全村人，他们就得结婚。"

买买提爷爷家院子里很热闹。爷爷心爱的大灰驴被人们打扮得格外神气，有人把订婚用的艾德莱斯绸、烤馕和一大罐盐放在驴车上。买买提爷爷的孙女儿们穿上了鲜艳的艾德莱斯长裙，带着红色的小花帽，化了浓妆，妩媚无比。买买提爷爷拿着钥匙串走向阿尔曼房间，哗啦哗啦打开锁头。

阿尔曼走出来，太阳光刺得他眯缝着眼，他伸了一个大大的懒腰。王川西装革履地跟在他身后。

买买提爷爷盯着阿尔曼，口气柔和地说："阿尔曼，我的好孙子，听爷爷的话，去换新衣服吧。"

阿尔曼乖乖地点了点头。两个姐姐松了口气。茹仙奶奶惊得大张着嘴，不相信孙子答应了这门婚事。

买买提爷爷悄悄对奶奶说："看住他，别让他跑喽！"

买买提爷爷一家人赶着被装点得姹紫嫣红的驴车，阿尔曼穿着维吾尔盛装，面色沉静地走着，王川和两个姐姐跟在他身后。

吐尔干书记家也没有闲着。葡萄架下坐了一群村里的客人。热娜穿着维吾尔族传统盛装，高兴得直乐，在院子里迈着舞步转了几个圈。

吐尔干书记咕哝着："就要嫁人的人了，别这么疯疯癫癫的。"

客人们大笑起来。

买买提爷爷定亲的队伍到了。

吐尔干书记和娘家亲戚朋友们高兴地迎了出来。买买提爷爷将驴车牵进院子，拿出卡龙琴，递给吐尔干书记。这把琴跟了买买提爷爷大半辈子了，是他舍不得的宝物，今天却把它送给吐尔干。吐尔干书记推辞了一阵，之后打开琴盒，直乐和，卡龙琴非常精美。阿尔曼一副若无其事的样子，目光轻佻地瞄着吐尔干书记。

买买提爷爷正要给吐尔干介绍自己的孙子，忽然发现身边没人。大家忙不迭地四下里去找人。热娜的娘家人们交头接耳地议论，吐尔干书记脸色黑下来，觉得有失颜面，又不好说什么，转身向房里走，忽然听见热娜在闺房里嘻嘻哈哈地笑着，还有男人的声音传出来。吐尔干书记心生疑窦，皱着眉头，嘭的一下推开门，里面阿尔曼和热娜的笑声戛然而止，吐尔干书记怒火攻心。

吐尔干书记愤怒地说："哎！你这个小伙子咋这样子不懂规矩？还没定亲就往姑娘的房间里钻吗？出去！"

阿尔曼故作轻松地说："这不很正常吗？老丈人，您呀，该跟世界接轨了。"

吐尔干书记气得嘴里一吹一吹喘着粗气。买买提爷爷瞪着阿尔曼。阿尔曼只装作没看见，和热娜一起来到葡萄架下，站在中间。

介绍人在说开场白，阿尔曼却打断了介绍人的话，众人议论纷纷。吐尔干书记脸上黑一阵红一阵，又不好发作。买买提爷爷一家人忐忑不安，担心阿尔曼现场搞怪。

阿尔曼郑重地说："今天是个好日子，热娜能歌善舞，我们想给大家跳一支舞为大家助兴！"

吐尔干书记露出厌恶的神情。

王川打开一体式音响，播放探戈经典舞曲《只差一步》，曲调慵懒幽默、错落有致。小提琴高调内敛地引领着旋律，犹如踩着探戈舞步的女人，有着傲视一切的态度。阿尔曼和热娜忽然脸贴着脸向前冲，热舞起来。这种异国情调的热舞在这样的场合下显得不伦不类，但激越的节奏却把人们的激情燃烧起来，年轻人一片惊呼；老人们倒抽凉气，两个年轻人轻佻的举止简直是对传统习俗的大不敬。

王川偷着乐，看着阿尔曼犯"作"搅局。

阿尔曼和热娜默契配合，几乎忘我，热娜深深沉醉。在乐曲尾声，阿尔曼屈身下探，紧揽热娜的腰肢，做出激吻热娜状，摆了个漂亮的姿式。

这种热烈的舞蹈出现在农村订婚的仪式上，在民风淳朴的维吾尔乡村是不可想象的。所有人都如坐针毡，年长的妇女深埋着头不敢看，男人们擦着汗，买买提爷爷呼哧呼哧地喘气，两个孙女儿不停地给爷爷捋着背，帮他顺气。

介绍人倒是见怪不怪，若无其事地问买买提爷爷讨要定婚的馕、盐巴和艾德莱斯布料。王川却急急忙忙捧过来一个三层的大蛋糕，对介绍人耳语了一阵。

介绍人急忙圆场说："好嘞，先切蛋糕，虽然不合传统，但也是一种全新时尚的仪式，祝福这对年轻人情投意合、比翼齐飞吧。"

阿尔曼和热娜四只手握在一起切蛋糕，一些年轻人围了上去。吐尔干书记一方的娘家人和买买提爷爷一边的男方家人都傻愣愣地望着。阿尔曼突然拿蛋糕抹了一下热娜的脸，热娜又抹了身边的两个姑娘，场面突然乱了起来，大家都拿着蛋糕互相追着抹，场面渐渐热烈起来。

年轻人抹蛋糕大战升级成了扔蛋糕大战。买买提爷爷气得眼角冒火，一些老人看不下去了，站起来走了，吐尔干书记已经忍无可忍。

此刻，阿尔曼正抄起一大块蛋糕砸向王川，王川一缩头躲过，蛋糕径直冲吐尔干书记飞来，砸在了吐尔干书记的脸上，现场一片哗然，仿佛空气都凝固了，大家愣在原地。

吐尔干书记缓缓地抹掉脸上的蛋糕，理了理情绪，怒气冲冲地喊道："婚不订了！"转身出了门。

买买提爷爷觉得阿尔曼丢尽了买买提家人的脸面，孙子在杭州念了八年书，学了些乱规矩的事。

爷爷伤心地说："阿尔曼，你走吧！羊圈里关不住麋鹿，回你的乌鲁木齐去。"

尼加提书记看着这场乱哄哄的闹剧，怎么也没想通：没有馕，没有盐巴，没有艾德莱斯，没有约定，这订的什么婚呢？还跳起了现代舞，闹得年轻人面红耳赤，老年人呆若木鸡。

一大家子人被人家叶尔干书记给轰出来了。阿尔曼丢光了家族的荣耀，村里还欠着艾塔克村三年的水费，所有的不愉快重重压在买买提爷爷心头。本来阿尔曼和热娜定了亲，幸福的水哗哗来了，谁知道让阿尔曼破了规矩，把事情搅黄了。

阿尔曼不服气地喊道："不就是要水吗？我不和热娜结婚，也能把水给你们要来！"

没人相信阿尔曼的轻言。

回到家，一家人心绪烦乱。迪丽娜尔打电话来，阿尔曼没敢接，把手机塞给王川。问到阿尔曼爷爷的病情，迪丽娜尔建议，带爷爷来乌鲁木齐看病。王川支支吾吾哄骗迪丽娜尔，心虚得额头直冒冷汗。

阿尔曼大大咧咧地说："要水的办法我已经想出来了。"

王川有一点儿不信。

2

第二天，阿尔曼去了艾塔克村。

村民热依木赶紧给吐尔干书记报信，说他女婿阿尔曼上门了，吐尔干书记"呸"得差点把唾沫吐在热依木脸上。

看到阿尔曼，热娜欢天喜地，搂住阿尔曼的一只胳膊，拿过行李，拉着他进屋，说："你就住我家！"

吐尔干书记气冲冲地闯进来，吼道："他不能住，滚蛋！"

阿尔曼乐呵呵地说："呵呵，我来给您当上门女婿了。吐尔干书记，我想跟热娜在一起，就这么难吗？现在都不允许包办婚姻了，您还是个村干部，就忍心把我们拆散吗？"

吐尔干书记盯着阿尔曼，咄咄逼人，他认为眼前的小伙子只想羞辱自己。突然，吐尔干书记一阵狂笑，村民热依木领着三个大汉冲了进来，要赶阿尔曼出门。

阿尔曼怔住了，说："热娜，看来这辈子我们是不可能在一起了，请原谅我，我照顾不了你了。"

阿尔曼叹口气，往外走，热娜从屋里跑了出来，拿着一块花布包裹着的镜框，一下掀开布，露出一个中年女人的照片。

热娜哭道："你要是赶他走，就把我一起赶走！要赶我们走，你有本事就跟妈妈说吧！以前，你一直忙村里的事，家里所有事都是妈妈操持，爷爷奶奶都是妈妈照顾送走的，妈妈得了癌症，你还在乌鲁木齐卖村里的红枣。妈妈去世前，你答应了妈妈，一定不让我受委屈，这都是你对妈妈发的誓。你要赶走我心爱的人，我也绝不留在这个家。剩下的话你跟妈妈去解释吧！"

吐尔干书记呆住了，在场的人面面相觑。阿尔曼内心偷乐，他就是要热娜和父亲顶起牛来。

吐尔干书记被热娜吼得没了脾气，转脸看看阿尔曼，憋着怒气，冷冰冰地说："阿尔曼，住我家是绝对不行的，祖宗的规矩不能破。热娜要留你，那你也只能住隔壁我弟弟家，他们一家去外地做生意了。"

吐尔干书记铁青着脸走了。

阿尔曼的计谋得逞了，他要的就是这种效果，只要住下来，他觉得没有解决不了的问题。

尼加提书记告诉买买提爷爷：艾塔克村那边传来信儿了，说阿尔曼到了艾塔克村，说他是吐尔干书记的上门女婿，待在他家不走了！

买买提爷爷直摇头，没想到孙子胡力嘛堂（乱来）的，越来越没样子，他这么干，哪儿是去要水，简直是丢人。老人心绪烦乱，吆喝一声心爱的大灰驴，顺着大路走了。

热娜家开饭了。阿尔曼夸张地张着大口撕吃大块羊肉，吃剩的骨头在面前摆了一大堆。吐尔干书记看着他的吃相，心生厌烦，灌了一杯酒下肚。吐尔干书记伸手去抓盆里最后一块羊肉，阿尔曼眼疾手快，伸手拿去了，自顾自地吃。吐尔干书记被年轻人的无礼举动气得说不出话来。

热娜见阿尔曼吃得香，高兴地问："爸爸做的手抓肉好吃吧？"

阿尔曼直摇头，说："咸了，盐碱地上放养的羊，不用放盐就很好吃，盐吃多了容易得高血压。"

吐尔干书记气得干瞪眼，又不好发作，强忍着。

阿尔曼怪里怪气地说："爸，少吃盐。"

吐尔干书记回道："谁是你爸？你们还没定亲呢，叫我吐尔干书记。"

阿尔曼咧着嘴："你是我老丈人，就是我爸呀。"随手，他把面前的牛肉炒土豆丝端到自己面前，把自己面前的一份洋葱凉拌菜放在吐尔干书记面前，说："这个降血压！"

吐尔干书记把筷子一扔，不吃了。

夜幕降临，热娜拉着阿尔曼的手恋恋不舍，吐尔干书记厌烦地看着阿尔曼说："星星都休息了，还在这磨叨什么？你没有点廉耻之心吗？这事关我吐尔干家族的荣誉！你们还没成亲，这么晚了乡亲们的唾沫要蜇烂脸呢，还不回隔壁的院子去。"

吐尔干书记说着就推开了客厅的门，阿尔曼一副无奈神情，出了门。吐尔干书记用力关上院门，插上门锁。一会儿大门被敲得咚咚响，阿尔曼返身回来找手机。吐尔干书记开了门，像欣赏一个奇特的生物一般，歪着脑袋审视着阿尔曼。

阿尔曼幽幽地说："我爱热娜，我想多看她一眼！"

吐尔干书记气恼地说："你在杭州上了八年学，热娜给你写过不少信，还发邮件，给你寄红枣，我可连你一封信都没见着过，这叫爱？都是儿子娃娃，就不要装了。你是受尼加提书记和村民之托，来找我要水的，对不对？"

阿尔曼说："那是您想的，我没这么想，我爱热娜，我就想跟她过小日子。"

阿尔曼说完，拿了手机，对热娜使了个鬼脸。

吐尔干书记说："你休想用这种小伎俩要挟我，回去跟他们说一声，想

绘画：马新胜

要水，沙漠里种稻谷，门儿都没有。"

阿尔曼得意地走了。

第二天，吐尔干书记安排村民热依木盯住阿尔曼，这个小伙子让人担心的事情太多了。

吐尔干书记和村委们陪着一行七八人的调研组，在村里调研。在小卖部聊天的几个老娘们儿见到吐尔干书记调笑起来：

"吐尔干书记！你家女婿当姑娘一样养着了吗？也不跟大家说，我们都打算去庆祝一下呢。"

大家哄堂大笑，吐尔干书记的脸绿了，尴尬万分。一会儿，盯梢的热依木跑了过来，告诉吐尔干书记，阿尔曼和热娜先是去了热娜她大伯家，现在又去热娜她二姑家了。吐尔干书记气得牙根发痒。

已经好多天得不到阿尔曼准确的消息，迪丽娜尔坐不住了，买了机票，来到玉古尔村买买提爷爷家。进了门，爷爷正在院中给大灰驴刷毛，茹仙奶奶在回廊下晾着挂毯，两个姐姐在剪羊毛。迪丽娜尔从半开的院门外走进来，时尚的着装、不俗的气质，让众人不觉眼前一亮。

王川听到熟悉的说话声，抬眼一看，目瞪口呆，叫道："爷爷，她是迪丽娜尔，阿尔曼的女朋友。"

话音一落，所有的人愣住了。迪丽娜尔疑惑地看着眼前这位精神矍铄的老人，哪是病入膏肓的病人，问道："爷爷，您的病好了？"

买买提爷爷脑袋一晕，几乎栽倒，被大姐阿孜古丽惊叫着扶住了。大姐看到眼前的迪丽娜尔，被她与农村姑娘不一样的气质折服，说：

"你看这皮肤，比那棉花还白啊，热娜和她一比都……"家里的人齐刷刷地望着多嘴的大姐阿孜古丽。

迪丽娜尔问道："谁？"

奶奶急忙笑着岔开话。买买提爷爷拉着王川到一个偏僻的角落里，要他帮忙瞒住迪丽娜尔关于阿尔曼和热娜订婚的事情。老人担心吐尔干书记要是知道阿尔曼还有女朋友，会翻脸不认人。

吃午饭了，一家人的目光不自觉地盯着迪丽娜尔，让她很不适应。迪丽娜尔又问爷爷的病情，家人都支支吾吾说爷爷是太想孙子才病的，阿尔曼一回来，爷爷的病就好了。迪丽娜尔想起王川前天打电话还说买买提爷爷走不动了，眼前的一切让她疑惑不已。

王川只好解释："哦，阿尔曼做好事去隔壁村借水去了，咱这村子条件不好，一直是从邻村借，突然邻村不给水了。本来也不关阿尔曼啥事，他这个人爱嘚瑟，村里人说他是浙江大学的高才生，有能耐，他脑子一热，一拍胸脯子，就把要水的事包在自己身上了！"

迪丽娜尔听得稀里糊涂，为啥让阿尔曼去借水呢？一家人都附和着，说阿尔曼的羊羔儿尾巴翘得高。面对这一家人的盛情，迪丽娜尔却感觉到怪怪的。

迪丽娜尔对王川说："爷爷的病被说得那么重，可是不到半个月就好得这么快，原因是阿尔曼帮村里借水做好事，这两件事很牵强呀？"

没人再接她的话。

尼加提书记听说阿尔曼还有个女朋友，在阿尔曼要水的紧要关头来搅局了，内心焦灼，桃花杏花怎么能一起开？他带话说，阿尔曼正是在前线冲锋的时候，后方无论如何得顶住。大家理解书记的想法，问题没有解决前，一切都得瞒着迪丽娜尔。

阿尔曼和热娜家的亲戚们喝得正酣。热娜大大咧咧地解释说，订婚那天的事有点误会。热娜家人面露冷色，一脸不屑，对阿尔曼来倒插门，都持怀疑态度。

这时，迪丽娜尔给阿尔曼去了电话，阿尔曼一惊，没接，却把电话打给王川，知道迪丽娜尔来到村里找他，顿时有点六神无主。一会儿，尼加提书记打电话告诫阿尔曼：现在是打攻坚战的关键时刻，不要多想，只管冲锋，一定要把目标拿下！

阿尔曼垂头丧气撂下电话，忽然，看见远处一个骑电动车的人躲躲藏藏的，知道是热依木在跟踪自己。想好了应对办法，阿尔曼带着热娜回去了。热依木躲躲藏藏地跟着。阿尔曼故意带着热娜回了吐尔干书记家。热依木在院子外面探头探脑。

尼加提书记去了买买提爷爷的院子，看到落落大方的迪丽娜尔，唐突地说："天上一个仙女掉下来了，可你是乌鲁木齐过惯了好生活的姑娘，我们南疆土大得很，白天吃一斤土，不够了晚上补，姑娘家一定不习惯，打算啥时候走啊？"

这话说得大家都非常尴尬，明摆着，一副撵人走的态度。

迪丽娜尔有点生气，对农村人的待客方式实在有点不习惯，说："我想等到阿尔曼回来，和王川一起回去，我们一起开了个公司，乌鲁木齐那边还有很多事。"

迪丽娜尔奇怪地看着尼加提书记，顿生疑窦。尼加提书记告诉迪丽娜尔，阿尔曼帮村里要水，一时半会儿恐怕回不来。

迪丽娜尔问道："那为啥就回不来呢？需要那么久吗？"

尼加提书记解释说，阿尔曼原本去一趟就能回来，可是那个吐尔干书记被车给撞了，那个人坏事干得太多，老天惩罚他呢。吐尔干书记觉得自己被撞得快死了，艾塔克村还有那么多的事情没做，交给谁都不放心，而阿尔曼是内高班毕业的，还上了浙江大学，是有本事的人。在他生病的这段时间，让阿尔曼帮助做些村里的事，做得好，就放水给玉古尔村。如果阿尔曼知道女朋友来了，一定会跟着跑回乌鲁木齐，那水就到不了村里，会流进沙漠了。

迪丽娜尔根本不信尼加提书记那套荒诞的说辞。

正说着，忽然，吐尔干书记敲门进来，众人倒抽了一口凉气。买买提爷爷仔细一看，顿时晕倒。吐尔干书记看看自己也没有什么异样，想不明白什么事能把老人家吓成这样。

尼加提书记已经飞快地扑过来，亲热地去搂吐尔干书记的脖子，要拉着他去喝酒。

吐尔干书记推开假惺惺的尼加提书记，说："你们玉古尔村的人是不是就会耍无赖？尼加提书记我警告你，我要求你马上把欠我们艾塔克村三年的水钱还上！要不然就让阿尔曼从我们村滚出去！别以为你们唆使阿尔曼去我家演一出倒插门女婿的戏，我就不要你们的水钱！我吐尔干家是有名望的人，不会要这种无赖做女婿！"

迪丽娜尔看着眼前被车撞了的吐尔干，越发迷糊，听完他的话，明白了一切：村里的人都在合伙骗她！

吐尔干书记知道了迪丽娜尔是阿尔曼交往了八年的朋友，怒火中烧，说："哎！你们这个阿尔曼是啥好东西嘛，他还两个花园都种花呢？阿尔曼那个无赖在败坏我的名誉！"

这时，吐尔干书记的电话响了。原来，热依木趴在门边看到阿尔曼跟热娜调笑打闹，竟然搂住了。热依木认为要出大事，赶紧报信，把吐尔干书记叫回去了。

在吐尔干发脾气的当口，迪丽娜尔出了门，看到吐尔干书记的桑塔纳正停在一边，车上的钥匙还没拔，就开了那辆车，去艾塔克村找阿尔曼。吐尔干出门发现自己的车没了，更加气急败坏。

阿尔曼搂着热娜，从窗帘缝看到外面的热依木已经报信去了，贼贼地笑了笑，松开了热娜。可是热娜却入了戏，一把把他搂住了，忽闪忽闪的大眼睛热辣如火。

阿尔曼不禁尴尬了起来，说："热娜，咱们坐一下，你是女孩子。"

热娜笑道："我就是喜欢你，别人咋看我，我无所谓。"

热娜凑近了阿尔曼。阿尔曼试图躲着，内心矛盾万分，他不想伤害这个热情如火的姑娘，她是那么真诚、纯洁无瑕。可是，自己却在一次次演戏，在表演一出出上门女婿的闹剧，只是为了给玉古尔村把水要来。

阿尔曼说："其实我对你真的没有非分之想，我是有女朋友的！可我再演下去，就会毁坏了你姑娘家的名声了，为了我，你不值得。"

热娜眼眶湿润，说："你要是想娶我，就不会在订婚那天故意出洋相了，我知道你在演戏，但是我还是让自己相信这是真的，可是你为啥非要说出来？"

热娜嘶吼一声，坐在毯子上大哭，阿尔曼轻轻地拍着她的背，安慰她，热娜死死地抱住了他。

热娜想起了上初中的时候，爸爸没在家，每天都是自己走路去上学，后来阿尔曼天天骑着自行车在村口等她，带她上学又带她放学。从那时起，自己就喜欢上了这个英俊仗义的男生。她想跟着梦中的白马王子一起考内高班，一起去杭州，虽然很努力，可是还是落榜了。按照维吾尔农村的习俗，村里的老人张罗了一批批的小伙子给她相亲，而热娜不为所动，一直等待着阿尔曼，可是等来的却是这种结局。热娜知道阿尔曼是重情义的人，不会轻易放弃那个城里的女孩，但好在他们还没有订婚。她现在只想要一个公平竞争的机会。

热娜眼泪汪汪地说："阿尔曼，我不会放弃的，让我们对着门前的千年胡杨起誓，订个一年之约，在这一年里，你给我机会在你身边，你不许逃避我，我要和你女朋友公平竞争，而你和你女朋友这一年内，不许结婚！"

这时，有人猛地推开门，冲进院子。看到阿尔曼还在沉默着，热娜急了，掐他的手臂。

阿尔曼急忙说："以胡杨的名义起誓，只要我以后在玉古尔村，就给你机会。"

激动的热娜，情不自禁地去亲阿尔曼，阿尔曼头一偏，热娜亲到了他的脸上。

王川砰的一声推开门，看到热娜和阿尔曼搂在一起，大惊失色，嚷道："哥们儿，我真服你了，家里都火烧眉毛了，你还在这儿花前月下。"

阿尔曼脸色瞬间发白，看到了出现在王川身后的迪丽娜尔。眼前的一切让迪丽娜尔气愤，她转身就走，阿尔曼追出去解释。迪丽娜尔厌恶地说道："你真恶心！"

此时，吐尔干书记也气喘吁吁地跑回家，以为他对女儿做了出格的事，气得直哆嗦，拎起旁边的棍子就去打阿尔曼。王川冲上去夺棍子，结果一下被棒子抡在脑袋上，王川捂着流血的脑袋，倒在地上。

热娜挡在阿尔曼的前面，说："阿尔曼是我的！想打人是吧？你就先打死我吧！"

吐尔干书记气愤得无以复加，甩掉了棍子，心绪难平，说："马上给我滚出艾塔克村，永远别再回来！"

阿尔曼说："那不行。就算你有本事要了我的命，热娜能原谅你？您是绝顶聪明的人，这些话吧，其实不用我说您也明白。"

吐尔干书记强忍着怒气，咬牙切齿，一字一顿地说："想要水，是吧？我同意了。你滚吧。"

阿尔曼说："不是要，还是跟您借，玉古尔村缓过这口气了，还是会还给艾塔克村的。"

阿尔曼从兜里掏出纸和笔，说："这才是干大事的人，雷厉风行！来，这是借水协议，一式两份，我都打印好了，您签个字就行！"

吐尔干书记骂道："小人。"提笔签字，签完，把笔一扔，吼道："滚！"

阿尔曼和王川兴奋地向家走。突然看见，热娜站在交叉路口处。

热娜说道："记着我们在千年胡杨下的约定！"

阿尔曼和王川回来，两个姐姐高兴地围了过来，告诉阿尔曼，迪丽娜尔哭着跑回来，拿了行李要走，她们把事实真相说了，迪丽娜尔才缓过情绪，出去散心了。

阿尔曼匆匆来到村边的沙漠边，看到迪丽娜尔站在沙丘之上远眺着起伏绵延的大沙漠。

阿尔曼走过来从后面要抱迪丽娜尔，要她相信自己，他没想娶热娜，是被逼的。村里的水被断了，所以才演一出倒插门的戏。迪丽娜尔气愤地推开他，说他无耻，而且只有明天和她一起回乌鲁木齐，她才能原谅他。阿尔曼毫不犹豫地答应了。

迪丽娜尔伸手去掐阿尔曼的胳膊，阿尔曼"哎哇"地叫了一声，从沙丘上滚了下去，迪丽娜尔开怀大笑，忽然也从沙丘上滚了下去。他们冰释前嫌。

收拾好了行李，三个人要出门。茹仙奶奶舍不得，拉着迪丽娜尔和阿尔曼的手不撒开。

前二姐夫热合曼骑着摩托车突然出现，说县委书记来了，要见阿尔曼。原来，县委书记赵杨下乡调研时，听说了阿尔曼要水的故事，觉得农村出了这么个有文化的大学生实属不易，于是顺路来看看小伙子。

赵杨打量了阿尔曼一番，说："我来县里上任的第一天，就知道玉古尔村出了个大学生，那时你刚考上浙江大学。尼加提书记和我讲了，这次解决村里用水的事，你用智慧化解矛盾，有点子。当上门女婿，这分明就是明修栈道，暗度陈仓，三十六计用得不错。"

说完，赵杨开怀大笑，问阿尔曼还有什么打算，阿尔曼把他们准备创建"大好河山"电子商务品牌，建立农副产品销售网站，搭建一个手机A

ＰＰ平台，推广新疆农副产品为当地老百姓致富奔小康的想法说了。

赵杨非常感兴趣。当下农村，一些年轻人不思进取，就业无门，市场信息不对称，农产品积压，农民丰产不丰收。阿尔曼的想法非常切合当地的实际，赵杨书记就有了想留住阿尔曼在家乡创业的念头。

赵杨说："你们就在玉古尔村搞电商平台吧，县里提供资金支持，成立县电商协会，带动家乡的经济发展为村民们造福。"

尼加提书记兴奋地说："对呀！你跑乌鲁木齐又没钱又没人支持，绵羊跑到森林里——找不到出路！在这里，有县上最大的卡的（干部）给钱支持，我们村里给你解决免费办公地点，一棒子打两只兔子！"

阿尔曼心有所动。

赵杨说："小伙子，创业难，机不可失呀，好好考虑下我的建议。"说完，走了。

阿尔曼想起刚毕业时在乌鲁木齐筹资的艰难过程，想起赵杨意味深长的微笑，突然有一种云开雾散的感觉，是啊！创业需要天时地利人和，而在乌鲁木齐，他们几乎一无所有，只有一股子不怕输的激情，如果让这一切都从脚下开始，只要努力还怕什么艰难困苦，千里马常有，真正的伯乐难寻！万一到时候不行了，没做成还有退路，也不损失什么。

阿尔曼和王川一合计，决定留下来创业。

迪丽娜尔觉得简直不可思议，说："在玉古尔村做电商，不觉得可笑吗？这不会又是你一箭双雕的计策吧？你们留不留我不管，我肯定走。"

阿尔曼对于是否留下来，还有点犹豫，他想和爷爷谈谈。他们来到了胡杨林。

村边不远处，是一片茂密的胡杨林，顺着河道伸向远处的戈壁，把黄沙阻绝在村庄的外沿，环卫着绿洲的人家。这些被诗人们讴歌的新疆最古老的树种，总是伴生在大漠，任凭沙暴肆虐，任凭干旱和盐碱的侵蚀，任

绘画：周尊圣

凭严寒和酷暑的击打，春来冬去，却顽强地活着，散发着无所畏惧的英雄气概，诠释着坚韧不屈的生命之美。

活着昂首千年，死后挺立千年，倒下不朽千年。

春天来了，近乎枯死的枝蔓悄悄发出绿芽，那丝丝绿色，淡淡的，隐藏在枯叶的深处，足以让人忽略，只有那些以叶茎为食的虫豸，第一时间感觉了春天的到来，那些百花争艳的日子……当绿洲的桃花、苹果花、杏花芳菲已尽，胡杨的叶子才突然绿了，塔克拉玛干沙漠的边缘犹如镶嵌了一层绿色的翡翠。

秋天到了，田地的庄稼早已收割入仓，林园的果实被采摘殆尽，丰收的大地收敛了勃勃英气，寒意包裹在清晨的露珠里，旷野一派肃杀。而胡杨的叶子却密密地挂在枝头，任凭风吹雨打，像姑娘秀发上飘舞的金纱，娇艳无比，秋意阑珊，胡杨扎根的原野，摇曳着金色的光芒。

这片熟悉的金色胡杨林，让阿尔曼思绪万千，这片不变的风景深藏着他痛楚的记忆。

他想起了往昔一幕幕画面：他看到，父亲普内提用麻绳绑住一个拖拉机废轮胎做成秋千，将其挂在一棵歪脖子胡杨树上，父亲推着秋千，小阿尔曼坐在秋千上，开心地咯咯直笑；他看到，十岁的自己正坚毅地用小刀在那棵胡杨树上刻着一个圆形记号。

阿尔曼眼神落寞，在胡杨林里寻找那棵刻着记号的老树，找到了！阿尔曼抚摸着胡杨斑驳的树干，看到了他用刀刻的那个圆形记号。

爷爷和阿尔曼坐在树下的草地上。

爷爷说："这片胡杨林，比咱们玉古尔村还老哩。我小的时候，就在林子里玩，你爸小的时候，也在这里玩，你小的时候也在这里长大。它阻挡住了西边来的风沙，咱们祖祖辈辈都是被这片林子护着长大的。爷爷这一辈子，没怕过啥，再高的山也敢爬，再深的沙漠也敢去。临到老了，结

绘画：马新胜

果还怕事了。不怕别的，就怕临终的时候，孩子不在身边，我不想你们干啥惊天动地的大事，你能有一份正经的事做，结婚，生娃，就像这些胡杨树，安安静静地发芽、长大、再枯了。一代又一代，虽然清苦，但是踏实。一家人像这样都围在一起，总不至于像你爸爸那样丢下我们走了，把一堆难过的事情留给了我们。"

阿尔曼非常难过，想起不堪回首的一幕：自己和父亲普内提挨家挨户去赔钱。

当年，父亲带领百姓创业，失败后，卖光了家里的牛羊，给村里的每一户人家赔付200块钱。那些少得可怜的钱，对于遇到困难的百姓来说，只是杯水车薪，但那能稍稍换回父亲一点安心。小阿尔曼跟着父亲一家一户地敲门，把钱送到村民的手上，父亲普内提拿着笔和小本记着一笔笔的欠账。回家了，父亲像喝醉酒一样，唱着悲伤的木卡姆，没有人理解他的痛苦。

接着是一串串悲伤的日子，那场意外的车祸一次次重复在阿尔曼的记忆里。

阿尔曼耳边响起自己声嘶力竭的哭喊声。

阿尔曼抹了把眼泪，看着年迈的爷爷，激动地说："爷爷，我决定了，我要在家乡创业，实现我爸爸为村民致富的梦想，这是买买提家族和胡杨的约定！爷爷相信我！请胡杨作证！"

树叶在微风中轻轻摇摆。

尼加提书记非常赞同阿尔曼留在玉古尔村干大事的想法，给他们腾出一个废弃的仓库作为创业基地。

迪丽娜尔没有想通，执意要回乌鲁木齐。

王川说："我知道了，让你心里闹腾的不是电子商务的事，让你不爽的是那个热娜，你们水火不容，你无法面对低头不见抬头见的现实。可迪丽娜尔你想过没有啊，你这一走，不就把空间完全让给热娜了吗？你连个竞争的机会都放弃了，你真不想和阿尔曼相处了？"

迪丽娜尔对阿尔曼说："我是不会待在这个地方等着创业失败的，我不想和你们耗费时间和感情。你们保重吧。"

阿尔曼急了，发誓道："迪丽娜尔，我对着胡杨起誓，坚决和热娜划清界限，拉开距离，不给她半点可乘之机！我阿尔曼只忠于迪丽娜尔一个人。我阿尔曼再次向亲爱的迪丽娜尔承认错误，对不起迪丽娜尔，我不会再做半点对不起你的事！如果我阿尔曼胆敢有半点邪念，牙齿统统掉光、鼻子啥也闻不到、吃啥也不香，答应我，留下来吧？"

迪丽娜尔笑起来。这个美丽的姑娘，平时总是非常知性，她爱英俊的阿尔曼，更爱他的智慧。在阿尔曼身上，她时时能感受到他火一样的激情，他有超越常人的智慧，还有他对成功的追求，他是那种把理想和未来扛在自己肩上的堂堂正正的男子汉，他给了迪丽娜尔一种绝对的安全感和满足感。但在热娜的问题上，她的内心总有一种阴影，那是她过不去的坎儿。当阿尔曼信誓旦旦地对自己说了这些话以后，迪丽娜尔有一种战胜热娜的愉悦感，更有一种无法割舍阿尔曼的爱恋之情。

一向腼腆的迪丽娜尔突然哈哈大笑起来，只有这种笑声能表达这个姑娘得意的成就感，她知道内心无法离开阿尔曼，她拉着阿尔曼的手回家了。三个年轻人一起留在了玉古尔村。

尼加提书记留给阿尔曼办公的地方是一个废旧仓库。打开门，仓库里漆黑一片，从里面扑棱棱地飞出几只鸟来，库里还养着几只羊。水电倒不缺。

阿尔曼觉得不错，有点北京798艺术区的味道，很有艺术感。

王川嘟囔道："这地方能做公司办公室？村里人蛮有创意。幸亏咱们村有仓库，要不还真得找个羊圈了。"

这个仓库是村民凯萨盖的。凯萨是村里的能人，做棉花、水果生意，搞加工、开公司，在外面摸爬滚打好些年了。

大家开始收拾仓库，没几天，收拾出了样子，曾经的废旧仓库刷了大白，有了现代化办公区的雏形，颇具后现代风格。一块"大好河山电子商务有限公司"的大牌子悬挂在门楣上。

根据县委书记的安排，县里派来一位叫艾尼的维吾尔族干部来任"大好河山"电商协会的副会长。来到"大好河山"公司，艾尼瞠目结舌，说道："这就不是人待的地方。"一听这话，王川气不打一处来，和艾尼呛呛了几句，一见面就闹得不愉快。

县委班子准备研究一下如何支持阿尔曼的电商公司，安排了一个汇报会。会议室座无虚席。面对一大堆领导，三个刚出校门的年轻人有点紧张，赵杨书记鼓励他们放开说，稍稍平息了一点年轻人的情绪。

三人分别从现状、目标和未来趋势三个方面向县委领导做了介绍。目前在中国，每7人当中就有1人在网上购物。低价竞争成为网络购物的常态，所造成的直接后果是劣质货、"山寨"货、假货在网上横行。今后他们要做的电子商务平台就是把门户网站做成新疆本土物产信息发布的溯源跟踪平台和交易平台，立足本乡本土的第一手货源，通过网络和现代物流，直接把产品送达消费者的手中。立足新疆物产，依托互联网，把农村消费和城市消费连接起来，为农民致富奔小康探寻一条现代化的营销道路，传播一种新的生产消费方式和现代文明的生活理念，建立起值得信赖的产品标准，给消费者提供稳定可靠的货源保证。让"大好河山"在未来成为新疆最优质纯正的原生态物产代名词，建立新疆自有的一个符合全国消费者利益的、符合新疆农牧民利益的、专门销售新疆优质农副产品的电商平台。"大好河山"不仅仅是一个商业公司，更将会成为一种精神的代名词，它彰显人与人之间的诚信道义，彰显新疆人的时代精神。

他们给这些主导着农村发展的父母官们上了一堂生动的现代营销课和"互联网+"的创业课。在场的领导仿佛看到了一种新的生产方式,寻找到了一种切切实实为农民助力奔小康的有效途径。赵杨书记第一个站起来,激动地鼓掌,全场掌声雷动。三位年轻人用他们的创业理念和切实可行的运营模式说服了会场里的县领导。

会议决定:在人员、物力和资金上全力支持"大好河山"电商公司,并把玉古尔村作为全县推广农村电商的试点村,具体由县政府阿布利孜副县长落实。三位年轻人真正感受到了党和政府对大学毕业生就业的关怀,感受到了当地政府急百姓所急,思百姓所思,为百姓担当的使命感,他们激动不已。

会议结束以后,他们匆匆找到阿布利孜副县长对接资金支持的事宜,慢条斯理的阿布利孜副县长一点不着急,当头给他们浇了一盆凉水。阿布利孜副县长并不在乎他们在台上的精彩演讲,一贯务实的基层干部对虚无缥缈的新观点不感兴趣,县里的投资都是真金白银,马虎不得。他要阿尔曼他们拿出可研报告,是对投资、市场、营销、效益、股权、运行机制的一个落地的可操作的报告,他要组织专家论证。

阿尔曼三人神情沮丧,原先以为县长大笔一挥,资金就到了,而事情的复杂程度让这些初生牛犊们难以想象。

三个人筹划起了电商发展策划可研报告,连夜加班做好后,送到了县政府。阿布利孜副县长在忙公务,拿起打印件,掂了掂,推到一边。原来阿布利孜副县长要的不是一堆纸制的文本,对那些纸上谈兵的东西,他没有兴趣,他要的是阿尔曼的网站。

阿布利孜副县长说:"搞一个简单的网站卖卖试试,会卖的开个小店也卖得好,不会卖的开再大的网站也白搭钱!小伙子,我们需要的是实实在在干事情的人,不是嘴上说说、纸上写写,最后啥也没干出来的人。"

王川气得脸色发青，直喘粗气。

阿尔曼说："看来您对电子商务还不是很了解，从品牌的建立到推广，再到上架销售等等是有一套模式的，只要资金一到，就会一步步实现了。"

他们根本就没在一个频道说话，自始至终，阿布利孜副县长还是要他们先做出个网站，挣到钱再说县上投资支持的事儿。

王川呛道："我们诚心和县里合作，就是为了融资，要是一开始就挣到钱的话，我们还要你投资干吗？"

阿布利孜副县长显然被王川的话气到了，他盯了王川好一会儿，低头批阅文件，不再理会他们。王川要去找赵杨书记告"御状"，阿尔曼没同意，拉着他闷闷不乐地回到村里。王川和迪丽娜尔有了一走了之的想法。

阿尔曼摇头说："遇到点困难就想打退堂鼓？无论在哪儿，只要想做事就得先学会和困难打交道。"

阿尔曼突发奇想，给他做记者的同学姜岩播了通电话，他想给阿布利孜副县长来一出逼上梁山的好戏。王川有点拿捏不准，但事已至此，也只有一试了。

电商协会的艾尼对阿尔曼的"大好河山"一点兴趣也没有，知道副县长不支持阿尔曼，就跑到阿布利孜那儿嘀咕开了。县上让艾尼去干电商协会副会长，他本来就不愿意，以前在县招商局当办公室副主任当得好好的，突然去了玉古尔村的破仓库里和一帮小巴郎子（小孩子）搅和，坐没坐的地方站没站的地方，前面羊圈后面驴棚的，整天心烦意乱。

艾尼对阿布利孜副县长说："他们天天围着电脑又是商业模块又是营销战略的，没一件靠谱的事，他们不是公司，是一帮小巴郎子过家家，希望县领导们做个决定，别再让他们折腾了。"

没想到阿布利孜副县长发了脾气："人家干事业的劲头可是真的，他们的项目即便是纸上谈兵，那也是县里四套班子肯定过的，都同意扶持的一个大项目，你咋能说是过家家哩？我是逼他们把事情做实，再给投资。"

原来副县长的葫芦里还藏着另一副药，这让艾尼绝没有想到。艾尼自觉没趣，随手拿起一份报纸看，看到一篇报道——《村子里的电子巴扎（集市）》。艾尼念给阿布利孜副县长听，文章前面介绍了玉古尔村搞了一个叫作"大好河山"的电商平台，初具规模，大见成效。最后还来了个点睛之笔："记者了解到，'大好河山'电商平台的建立，与县政府阿布利孜副县长的鼓励和支持是分不开的……阿布利孜副县长表示，要支持'大好河山'品牌迅速走向市场。"

阿布利孜副县长觉得奇怪，自己还没答应，那些年轻人还圈在破厂房里，咋就大见成效了？还初具规模，走向辉煌？觉得这事不对，琢磨着一定是阿尔曼有意把他放在火上烤。

恰在这时，阿尔曼打来电话，说记者要来"大好河山"公司采访县领导。可电商公司现在还是个破仓库，里面还放羊哩，这一采访就闹大笑话了。阿布利孜副县长撂下电话，带着艾尼去玉古尔村想半道截住记者。

王川已经接上了记者，起劲地介绍着"大好河山"电商公司，特别提到了县委县政府的大力支持，还有副县长阿布利孜同志的帮助，要求记者多采访一下副县长。

其实，王川有点心虚，给阿尔曼发微信："事闹大了！"阿尔曼和迪丽娜尔正躲在湖里的小船上安心钓鱼，这事从开头就是阿尔曼策划的，要的就是搞出点动静，谋事者成啊。

路上，艾尼也惶惑不安地说："阿尔曼这招太狠了！记者们看见了现状会咋说？肯定说您自吹自擂夸大成绩，这和'谋事要实，创业要实，做人要实'对不上号呀？"

阿布利孜副县长此时已心乱如麻，有点恼怒，说："少说废话，轮不着你来上党课。"

阿布利孜副县长的车速快，终于赶上了记者的中巴车。看到县长亲自来接，记者们非常兴奋，说他们是自治区成立60周年媒体采访团的记者，专门绕道来采访阿布利孜副县长。记者打开摄影机要就地采访。围绕如何支持"大好河山"电商公司问了一堆问题。

阿布利孜副县长介绍说，阿尔曼的想法非常好，县委县政府也高度重视经济发展，电商先行，这是利县利民的好项目，也是解决当前大学生就业难的有效途径。在目前互联网经济成主流的大环境下，可以通过这个项目，更好更快地实现南疆农村跨越式发展，让老百姓们先富起来。

问到具体是怎么扶持和帮助的，阿布利孜副县长说县里面除了给予资金投资，还在其他方面给予了大力支持，比如替公司解决房子、水、电等问题。

王川别有所图地凑了进来，说："这个地方晒得很，大家可以到我们公司采访，拍一下工作环境，比较有说服力！"

这明摆着在给阿布利孜副县长"点眼药"。阿布利孜副县长赶紧拦住他们，说前面在修路，车子不好过去。公司正在进行装修，乱七八糟的，不好拍画面。

阿布利孜副县长厉声对王川说："这么多记者朋友从乌鲁木齐远道而来，饭都不让人吃一口？南疆人民可不是这样待客的！"

看到阿布利孜副县长吼王川，记者们安静下来。王川心知阿布利孜副县长的厉害，做个鬼脸不说话了，反正也达到了目的，让记者来，就是将副县长的军，好让他解决问题。姜岩开心地笑了，看看时间比较紧，就带着记者们跟着副县长去吃饭。饭桌上，记者们问了一大堆问题，算是认认真真进行了一次实地采访，吃完饭，记者们直接去了另一个县。

王川憋着一肚子气，回到电商公司。

阿尔曼说："让副县长将我们的军就对了，恰到好处，要是真反应过来，把老帅将死了，我们就得滚蛋。真把记者都带到公司，就给县上抹了黑，给阿布利孜副县长来个反面宣传，嘛达（麻烦）就大了。"

王川说："哪有啥嘛达？让赵书记知道他啥都没干，尽给咱们使绊子了。"

阿尔曼说："把县上闹翻了，事情做绝了，也就没退路了。阿布利孜副县长能做到今天这个位置，真不是浪得虚名，他可不会成为咱们的绊脚石。其实他的要求不是没有道理，只是有点谨慎，通过这件事，加大了他支持我们的筹码，他会小步快跑的。"

王川认为阿尔曼有点一厢情愿，事准砸了，记者压根儿没起到作用！

阿尔曼说："好戏才刚开始。"

迪丽娜尔看着阿尔曼，一种温柔的情愫从心底升腾起来，英俊大气的阿尔曼不仅有干事的理想，而且充满了智慧，有一种在他那个年龄不该有的成熟，经过八年的内地学习，这个大男孩身上的淳朴依然保留着，但他已经超越了过去的幼稚和狭隘，在他身上闪耀着知识、智慧和理想的光芒。

一篇《阿布利孜副县长的电商梦》的新闻在网上迅速传播开来，赵杨书记看了，直夸阿布利孜同志肯探索、做实事，在南疆做电商先行一步，在新疆竖起了标杆和榜样，还约着要和他一起去玉古尔村，看望阿尔曼。阿布利孜副县长说公司还在装修，算是劝住了书记。

来自四面八方的压力，让阿布利孜副县长坐不住了，他来到玉古尔村。阿尔曼不在，尼加提书记拨了他的电话，关机！阿布利孜副县长猜到了阿尔曼的鬼心思，让人买了点水果去买买提爷爷家。贵为副县长，能百忙之中来一趟玉古尔村去普通老百姓家看望老人，可是一件人人称道的喜事。

买买提爷爷高兴极了，尼加提书记嚷着要找阿尔曼。先前阿尔曼还在屋里，转眼间消失得无影无踪。买买提爷爷催着大家找人，心里不痛快：这么大的官，来家里找阿尔曼，孙子的架子那么大，真是初生狗崽不知老虎的威风。

大家正焦躁着，阿尔曼领着王川和迪丽娜尔回来了。

尼加提书记非常恼怒。阿尔曼解释说公司的房梁断了，在修房梁。王川插话说仓库还漏着雨，外面下大雨里面下小雨。

尼加提书记说："王川，在副县长面前屁话不要多！这些天哪天见着雨点子了？"

阿布利孜副县长心知肚明他们那些小九九，答应立刻解决投资的问题，特事特办，让公司以最快速度运转起来，并当场签署了合作协议。

阿尔曼激动地说："阿布利孜副县长，我相信您不会跟我们这些孩子计较，我会全力以赴，让百姓们真正受益。"

阿布利孜副县长真切地感受到了阿尔曼发自内心的诚意，他拍了拍阿尔曼的肩膀，什么也没说，走了。

有了县上的资金支持，一切都超速运转起来，电商公司里一派忙碌的景象。

3

　　仓库的投资人凯萨，听说那个废弃的厂房开了家电商公司，悄无声息地来了。他穿了身黑色西装，打着领带，屁股后面还跟了个秘书，走在路上，那派头古里古怪的，来到仓库，就提出要和阿尔曼合作，理由是仓库是他建的，甚至连合作协议书都拟好了。

　　王川看到凯萨流里流气的样子就来火，愤怒地说道："签什么字？这思维也太跳跃了吧？你们是干啥的？从医院刚出来？对不起！我们现在还不打算合作。"

　　凯萨认为房子是他盖的，他要继续在这儿干羊毛加工厂，阿尔曼如果不合作可以走人。凯萨的一番话气得阿尔曼几乎背过气。

　　原来，凯萨先建了这个仓库，然后收购村民的棉花搞加工，赔得干干净净，是村委会替他补偿了村民的钱，凯萨就把原来的破仓库作价抵押给村委会了，听说阿尔曼他们开了公司，就赶来要房子，想占点便宜。

　　尼加提书记来到仓库，劈头盖脸地把凯萨训了一顿："哪儿有吃到肚子里的烤肉还生羊羔子的好事？"凯萨心底里害怕尼加提书记，嬉皮笑脸地说了一通好话，尼加提书记根本不想听，推搡着他出了仓库。

　　阿尔曼却说："如果将来有合作的可能，我们还是欢迎的。"

凯萨听了阿尔曼的表态，觉得有了台阶下，慌慌张张地走了。尼加提书记背着双手溜达了一圈，东瞧西望，心满意足，仿佛看到村里的农产品像印报纸一样钻进阿尔曼的电脑，一会儿花花绿绿的人民币就从网上掉出来，他觉得电商公司就是村民的农副产品超市。

回去的路上，尼加提书记看到村民装了一车红富士苹果要去巴扎（集市）上卖。尼加提书记劝大家不要急，"大好河山"电商公司的电脑连着网，那网都能连到世界各地，到时只要阿尔曼的手在键盘上噼里啪啦地打，村里的东西就全卖出去了。到时候，美国、英国吃的都是玉古尔村的阿克苏冰糖心红富士苹果！美国人吃了说good！英国人吃了说亚克西（好）！全村的苹果，阿尔曼都能给卖了，价钱要比巴扎上卖得好，到时就坐家里数钱。

村民们如听天书，将信将疑。

尼加提书记摘了一些苹果，来到电商公司，眉开眼笑地对阿尔曼说："今年村里冰糖心红富士苹果可是大丰收啊，我全给你留着呢。"

阿尔曼："给我留着？那么多苹果我哪吃得了！"

尼加提书记说："谁让你吃啊，让你卖的。我跟全村都下了死命令了，谁也不许给我瞎卖搅乱了市场价格，都由你在网上统一卖！你说的我明白了，要打我们玉古尔村的品牌，卖它个20块钱一公斤！"

阿尔曼吃惊不小，他们的电商公司暂时还不能卖东西，目前正在全力以赴地进行网站和手机APP的建设，第二阶段是建立产品标准化，再通过一系列的推广，进行产品销售，离卖实物还差得远呢。

尼加提书记傻了眼，对阿尔曼说的术语根本没弄懂，转身要走，正好艾尼来了，发了一通牢骚。尼加提书记问他为什么阿尔曼的公司还卖不了东西。

艾尼吹道："网上卖东西不难，一个什么'双十一'的节日，就能卖出

200多亿！"

尼加提书记一听，犯了嘀咕，200多亿？那我们这点苹果不算啥啊。回去的路上，都是拉着苹果的车，村民看到书记，问阿尔曼的公司能不能把苹果全卖出去？村里苹果丰收，耐不住放，如同新鲜的丫头子一样，放久了就成老太婆的脸了，村民心里着急。尼加提书记保证地说没问题，肯定让阿尔曼全卖了。村民们听了尼加提书记的保证，美滋滋地又上了车。可尼加提书记心里却没底了，又折回电商公司。

阿尔曼和王川一筹莫展，一会儿凯萨来抢地盘，一会儿尼加提书记催销售。要命的是尼加提书记对电子商务一窍不通，让村民们把苹果都给电商公司留着。

尼加提书记急匆匆地进来，说："阿尔曼，县里给你支持，村里给你地盘，你得干事啊？村民们苹果都摘了，你这不能不管啊。别以为我不懂，人家说电脑一联上网，扒拉几下键盘就能卖东西，光是一个啥'双十一'就卖200多亿，咋到你这儿就这么难了？"

阿尔曼说："您说的这是在淘宝网上卖，可是那只是挣眼前的小钱，就算在淘宝网上卖，也不是说卖就能卖，得开店，开完店还要冲钻刷信誉，人买得多了其他人才敢买，这也是需要长期积累，不可能短时间做到，我们现在在做平台。"

尼加提书记听不进阿尔曼的解释，认为他们小钱不愿意挣，大钱还挣不来，这不行那不行的，是在玉古尔村的天上画了一个大馕，够不着吃不上。

村委会议室已经摆满了家家户户摘下的一筐筐苹果。村民们嚷着要卖，因为尼加提书记之前承诺过所有苹果由电商公司包销，村委会里炸开了锅。尼加提书记早已悄悄顺着墙根躲出去了，他越想越憋气，去县政府找阿布利孜副县长告状。

阿布利孜皱着眉头听完来龙去脉，也不理解为什么连个网卖个东西这么费劲。

尼加提书记添油加醋地贬损阿尔曼，说电商公司的人全都在学着咋玩电脑，一群人在键盘上噼里啪啦玩得欢，就是不卖东西，阿尔曼成天带着村里的姑娘小伙东游西荡，谈嘛瞎（吹牛）嘛。白白用着村里的水和电，占村里的地方，不把县领导的期望当回事，还辜负了村民们对他们的信任。

阿布利孜副县长听了很恼火。

尼加提书记有了底气，回了村里，把阿尔曼请来，要他给大家解释电商公司为什么不卖东西？阿尔曼耐心地把网络平台的建设情况和ＡＰＰ上线的做法讲解了一遍。

村民听得糊里糊涂，只听明白阿尔曼绕着弯子说了一个意思：现在卖不了东西。尼加提书记根本不理那个茬，既然是在玉古尔村开公司，就得为村民们的利益服务，苹果必须卖出去。尼加提书记拿出准备好的文件，文件的内容村委会已经讨论过了，是一份销售目标责任书，其中还包括卖红富士苹果、小油馕、红枣、棉花的条款，就是一份强买强卖的规定。阿尔曼哭笑不得，拒绝签字。尼加提书记怒火中烧。

晚上，电商公司员工在夜以继日地加班。技术总监张正正在输入刚完成的数据，突然断电了，办公区里一片漆黑，水也停了。有人关了总电闸，断了整个厂房的水电。阿尔曼给尼加提书记打电话，他的手机却关机，明摆着是村里断了他们的电。阿尔曼去找尼加提书记，家里没人。

早晨，阿尔曼在尼加提书记家门口堵住了他，问停水停电的事。尼加提书记一脸茫然，好像根本不知道这回事，他忙着要去地里收苹果，答应回头让人去看看电路。阿尔曼等了许久，连个人影也没有。王川不信修个电哪有这么难弄，明摆着尼加提书记在折腾他们，觉得这鬼地方风不顺，东一会儿西一会儿，想安安静静地干点事怎么那么难，便骂了几句。技术总监张正的数据也没有存上，白费了许多天功夫，气得抓狂，就有了辞职的想法，闹得公司里人心惶惶。

尼加提书记急匆匆去乡里联系卖苹果的事情，那一筐筐苹果，压得他透不过气来，刚好遇到凯萨开车进村，就上了凯萨的车。凯萨一直在打听村里的事情，苹果卖不出去了，就是他大显身手的好时机，见到村书记，吹牛说卖苹果的事情包在自己身上。尼加提书记病急乱投医，正犯着糊涂。凯萨神神秘秘地说，他认识一个收购商，一直在做艾塔克村的生意，只要玉古尔村的苹果降价，他可以把客商撬过来。一提到吐尔干的名字，尼加提书记有点担心，那老伙计一向难缠，但事已至此，最后还是狠了狠心，决定：撬！

凯萨看到阿尔曼，一脸嘲笑，一副胜券在握的样子。阿尔曼说修电的事情，尼加提书记一点不着急，反正电商公司不急着销售，就让他们慢慢等。阿尔曼听说凯萨要撬艾塔克村的客户，知道会坏事。

阿尔曼说："撬行这种事没行业道德。"

尼加提书记说："只知道风吹着凉快，不知花蕾落了不结果，行业道德，高度蛮高，那你现在把苹果给我卖出去啊！"阿尔曼被噎得语塞。

阳光明媚。凯萨带着一群盛装的维吾尔族乐手们在村边的道路上打起鼓拉起琴，姑娘们耸着肩挑着眉跳起欢快的麦西来甫。尼加提书记带着村民拉起横幅，拦住了去艾塔克村收苹果的浙江客商顾总。客商听说玉古尔村的苹果价格便宜，正犹豫，跳舞的姑娘们便围上来打开车门，热情地把顾总和他的随员从车里拉了出来。

吐尔干书记听说顾总半路上被尼加提给截去了，气得牙痒，领着村民去了玉古尔村。

顾总尝了一口玉古尔村的苹果，味道不错，价格也比艾塔克村便宜3

块钱，动了心，就和尼加提、凯萨商谈收购的事宜。

一辆车突然冲到村里，吐尔干来了，目光如刀，不怒自威，顾总自知理亏，神情尴尬。吐尔干转瞬脸色一变，绽开笑容，像什么也没发生似的，张开双臂笑哈哈地走向顾总，搂住了顾总的肩膀。

吐尔干书记说："顾总，我的羊羔子早炖在锅里，香气飘了半个村，等着你来，你却在这里迷路了。"

吐尔干书记搂着顾总，一副盛气凌人的架势，顾总干巴巴地笑了笑。

尼加提书记说："吐尔干书记，顾总是我们玉古尔村请来的客人。"

吐尔干书记揣着明白装糊涂回道："原来咱俩的客人是一位，那你明天请吧。"脸色一下变了，恶狠狠地用维吾尔语小声对尼加提书记说："想狼嘴里抢肉？我告诉你，你们村的苹果，一个也卖不出去了。"

吐尔干书记自负地对着不知就里的村民哈哈大笑起来。顾总闹不清楚喜怒无常的吐尔干是什么想法，又想照顾一下尼加提的情面，还是想先收购一些玉古尔村的苹果。

吐尔干书记掷地有声地说："我们村的苹果一公斤便宜一半的价！另外，我们村委会补贴你们公司一万块钱运输费！"

尼加提书记愣住了，吐尔干书记哈哈大笑着，拉起顾总上车走了。尼加提望着汽车扬起的尘土，脸色铁青。

尼加提书记去电商公司找阿尔曼。王川穿着花衬衫，躺在门口的椅子上，慢条斯理地说那小子泡妞去了。

夕阳西下，落日余晖穿过胡杨林树叶的间隙，如缕缕金丝银线，柔和而惬意。

阿尔曼和迪丽娜尔在林间漫步。

尼加提书记找过来，黑着脸。不用问，阿尔曼就知道他一定败下阵了。尼加提着急呀，村里的苹果和梨都采摘下来了，再放几天就得烂掉，他惦记村民的收成。

阿尔曼想，浙江人收购水果都是先放冷库，过了交通旺季再空运回内地，那解决问题的关键是冷库。阿尔曼又有了主意，却要尼加提书记先把电商公司的水电接上，再说别的，并让他保证以后不再干扰公司运营。

尼加提书记表态道："一说吃烤肉，你就让我盖羊圈，好吧，只要你帮我解决苹果的事，什么条件都可以。"

阿尔曼说："相信我，那浙江的顾总会按高一倍的价钱买我们的苹果。"

尼加提书记高兴地笑起来，笑过了，突然又僵住了，这小子该不是兔子吃狼，说胡话吧？

阿尔曼笑道："我阿尔曼是谁呀！亏了你，算我的。"

尼加提书记脑子里一片云山雾绕。

收购水果老板的命门是冷库。阿尔曼顺着顾总的道，了解冷库的市场。原来乡里和县里的几个冷库都是当地一家老板的，大都空着。阿尔曼和冷库老板谈，要包下他在县、乡所有的冷库。老板没答应，他家的冷库每年都是些固定客户，都预留了位置，老板还挺讲信用。怎么和冷库老板合作是一个大难题。

阿尔曼要给老板押金，老板拒绝了。忽然，一个男孩子跑过来，他是冷库老板的儿子，穿着热娜的学校的校服。阿尔曼一看，计上心来。

阿尔曼匆匆来到乡中学，了解家里开冷库的那个学生的情况。热娜是那个学生的班主任。在热娜心里，别说阿尔曼哥哥要包冷库，就是他要去摘星星，热娜都会去帮着摘的。

阿尔曼说："有个坏怂坏得很，客户都买玉古尔村的苹果了，那家伙却降价把客户拉过去了，村民们辛苦了一年，眼看着苹果要烂了，所以要赶紧找冷库把这些水果存起来。"

一听有人欺负心爱的阿尔曼，热娜豁出去了，绝不让那个坏怂得逞，她要帮阿尔曼解决难题，她以班主任的身份去了冷库老板家，没费什么口舌，一件仿佛登天的难事，就让热娜做成了。

吐尔干书记和收购商顾总签了收购合同，第一批收购的艾塔克村的苹果，有几卡车，浩浩荡荡送去冷库。结果，县乡的冷库全被包出去了，承包冷库的都是同一个人——玉古尔村的阿尔曼。

顾总急忙找到阿尔曼协商，他不相信玉古尔村要用全部的冷库。

阿尔曼说："等我们村再有什么水果熟了的时候，还放冷库里存着啊。"

工川揶揄说："吃不了的，剩饭剩菜也能放，天这么热，热急了人也都可以进去凉快凉快。"

顾总知道终于遇到了对手，可他的水果却无法等下去了。

阿尔曼只提出一个条件：先把玉古尔村存在冷库的苹果买了。

"你也可以直接把艾塔克村的苹果空运走。"

商海江湖跑了多年，眼前的年轻人，让顾总不敢小觑，他知道这是一个真正的商业对手，沉思一会儿，说："我可以买你们村的，但是有个前提，你得让出五个库给我。苹果价格和艾塔克村的价钱一样。"

阿尔曼说："可以啊！五个库，玉古尔村的苹果质好价高，别人的苹果是越放越贱，我们的是越放越贵！所以价格是艾塔克村的一倍。"

顾总在新疆的农副产品市场打拼了多年，之所以一直在做农村的生意，得益于自己守信用，得益于这里的商业氛围，简单的讨价还价就拿到了物美价廉的农产品，来到村里被尊为上宾，得天时地利人和，没有想到在小河里翻了船，遇到几个刚从大学毕业的毛孩子，形势急转而下，行情大变。在商言商，眼看着摘下的苹果无法保存，多放一天搭进去的都是真金白银，只有认栽，和阿尔曼签了合同。

玉古尔村的苹果不但卖出去了，而且野鸡卖出了凤凰的价，村民们数着手里的票子，脸上笑开了花，佩服阿尔曼的传奇本事。

吐尔干书记还没有受过这样的欺负，不知道哪儿冒出来个坏小子，玩了个釜底抽薪，把自己算计了，窝了一肚子火，气得呼哧呼哧的喘气声像拉风箱。

热娜回到家，看到不思茶饭的父亲，安慰说："还有人敢欺负我爸爸？马鞭子啪啪地抽上！是谁这么大胆子？"

父亲吐尔干给热娜说了大致的经过：为了将玉古尔村一军，让他们的苹果卖不出去，不惜赔本压低价格，想收拾一下尼加提书记。突然，不知道哪个缺德的坏蛋，把县里乡里的冷库全给包了，顺带着还把玉古尔村的苹果以高出一倍的价格都卖出去了。而艾塔克村的苹果是赔本卖，因此村委会还得给老百姓补贴，村民们拿了补贴还骂父亲是勺子（傻瓜）。

热娜听到"冷库"两字，脸色早变了，想溜出去。恰恰此时，包打听的热依木匆匆地赶来，揭发说所有的冷库的事情都是阿尔曼搞的鬼。吐尔干书记认为阿尔曼才回来，他没有本事用这么短的时间把冷库全承包了。热依木缩了缩脖子让书记问自己的女儿。

恼怒的吐尔干书记去找马鞭子，热娜跑了。热娜怎么也想不通阿尔曼为啥要骗她？原来他说的那个坏怂就是自己的爸爸。她的心上人竟然利用自己对阿尔曼的热情，设计对付爸爸！而且她长这么大，爸爸第一次动手要打她。她内心充满了委屈，一种被愚弄的屈辱吞噬着她的心。

热娜给阿尔曼发了一个短信："阿尔曼，我恨你！"她决定和阿尔曼一刀两断。

阿尔曼失神地看着信息，虽然在帮助玉古尔村民卖苹果的事情上自己大获全胜，证明了自己的智慧，也是为村民服务的正义之举，但在对待热娜的手段上，一点也不光明正大，甚至有点卑鄙，他内心充满了自责，仿佛看到泪水涟涟的热娜在鄙夷地望着自己。

王川一边摆弄着一根项链，一边自言自语。他打开手机电筒，观测红色的宝石，像个行家里手。

公司的一切都上正轨了，网站和APP都快开始测试了，可眼前的阿尔曼却一脸愁容，满是烦恼，回到家乡的阿尔曼变得让人越来越不理解了。

王川问道："一切都顺顺利利的，放着好日子不过，你还烦啥呀？"

阿尔曼垂头丧气地说："埋了个雷，现在炸了。人家上心帮你个忙，结果却把人家给害了，你说这合适吗"？

王川说："不合适，不仗义！"

看到王川手中的项链，阿尔曼眼前一亮，来了兴致。那是王川花了800块钱买来准备送陈曦的。王川以为阿尔曼又惹迪丽娜尔生气了，想送礼物道歉。阿尔曼却说当天是他和迪丽娜尔交往999天的纪念日，想来点浪漫。王川豪气地要把项链送他，当看到阿尔曼掏出钱包，王川直接从阿尔曼的钱包里数了1000块钱，塞进了自己的兜里。

王川贪婪的样子让阿尔曼无语，他拿着宝石坠子对着太阳照，怀疑宝石是人造的，越看越不放心。

王川说："我琢磨了一上午，你接着琢磨，1000块钱的宝石，便宜。"

阿尔曼去给热娜道歉，到学校约她吃饭。看到窗下的阿尔曼，热娜心里一热，可是不想理他。阿尔曼说了一大堆好话，手里扬着宝石项链。热娜看到朝思暮想的心上人，早就醉了，经不住阿尔曼一再赔礼道歉，一起去吃饭了。

到了吃饭的时间，迪丽娜尔找不到阿尔曼，不明就里的王川说："今天是你们俩交往999天的纪念日，他昨天刚从我这儿拿走我给陈曦买的项链，说要送你，庆祝你俩交往999天啊。"

迪丽娜尔非常奇怪，说："怎么可能，他是大三圣诞节的时候向我表白的，两年还不到，哪有999天？"

王川心里一惊，琢磨着阿尔曼这小子必有事隐瞒，不再说话。迪丽娜尔拔阿尔曼的电话，却打不通，就去乡里找阿尔曼。

王川豁然开朗，明白了阿尔曼说的那个"雷"是什么了。

冰释前嫌，热娜原谅了阿尔曼。阿尔曼看到热娜开心，想起口袋里的项链，掏出来准备送她，算是略表歉意。此时，他的余光里看到两个熟悉的身影，定神一看迪丽娜尔和王川站在面前。阿尔曼一惊，忙把项链盒塞回兜里。热娜看见迪丽娜尔，笑容僵在脸上。阿尔曼知道是王川在作怪，恼怒地瞪了一眼王川。

王川笑嘻嘻地说："我一工兵，帮你排'雷'。"

阿尔曼十分窘迫，解释说他找热娜商量事儿。热娜醋海翻波，冷眼望着迪丽娜尔。

迪丽娜尔装着没看见热娜，软声嗲语地对阿尔曼说："今天是我跟你的999天纪念日，听王川说你要送我礼物？"

阿尔曼左顾右盼，难掩羞愧。王川扑哧一声笑起来，迪丽娜尔笑吟吟，得空看了一眼热娜。阿尔曼假装摸了摸兜，耸耸肩，做出忘带的样子。王川眼疾手快，从阿尔曼兜里掏出项链盒，拍在桌上。

王川揣着明白装糊涂："我现在帮你摆明立场，站错了队，是要犯错误的！南非红宝石，18K玫瑰金链，纯手工打造，旷世绝品，送给谁好呢？"

热娜看着阿尔曼，目光中透着渴望。阿尔曼看王川把自己揭穿了，毫不犹豫地把项链盒放在迪丽娜尔面前。

热娜羞愧难当，捂住脸，哭着走了。迪丽娜尔一点也没有得胜的喜悦，却有一种刀割的痛楚，也走了。

阿尔曼惭愧万分，心乱如麻。

王川说道："要快刀斩乱麻。"

自治区工商局"访民情、惠民生、聚民心"工作组进村了。

组长杜从军带着工作组队员哈那提和维吾尔族女干部热依罕坐中巴车来到村里。一路上，杜从军唠唠叨叨地宣布工作纪律。

哈那提是一个英俊的哈萨克小伙子，1.80米的个头，一双蓝色眼睛镶嵌在深凹的眼眶里，深邃迷人，柔和的面部轮廓透出淳朴的本色，微卷的头发泛出淡淡的金色，有一种独特韵味的帅气。小伙子身上洋溢着朴实无华的气息，举手投足之间挥洒着一种大度和随和。

对组长杜从军，哈那提除了有一种对领导的尊重，还有一种无可奈何。老同志滔滔不绝的革命道理、吹毛求疵的严格要求，让这个哈萨克小伙子有一些不耐烦。此刻，哈那提打起盹儿来。

杜从军看看迷瞪的哈那提，怒目圆睁，大声喊醒了他，问他"访惠聚"工作组的工作核心是什么？哈那提回了下神，回答道："访民情！惠民生！聚民心！"

杜从军又开始重复前面说过的话："我们的人生方向！到农村去，到基层去，广阔天地大有作为！我们的时间观念，是把有限的时间投入到无限的工作中去！我们的宗旨是为人民服务！"

哈那提脸色一苦，热依罕偷笑不止。

村委会大院里，在尼加提书记和村干部的带领下，一帮年轻人击着手鼓，跳着麦西来甫，欢迎工作组的到来。杜从军从车里下来，三个维吾尔族姑娘给他们献花。杜从军摆摆手，没接受鲜花，哈那提见杜从军这样，也不敢拿。尼加提书记和姑娘们面面相觑，有些不知所措。

杜从军对这种时兴的欢迎仪式不感冒，认为这些蹦蹦跳跳的形式兴师动众。工作组的到来让村民们高兴，可是，大家觉得组长杜从军是从自治区的大机关来的，架子蛮大。

阿尔曼计划在月底之前把电商公司网站建好。技术总监张正没把握，发了一堆牢骚，一会儿说他父亲身体不好，一会儿说老婆生病了，一会儿嫌工资太低，一个意思，就是找理由走人。阿尔曼正劝着，忽然又停电了。张正更加理直气壮地嚷着要走。

王川觉得张正是贪心不足蛇吞象，他来了没多长时间，加过两次工资，整整比来的时候多了一倍，现在又要求加工资还要住房，大家天天跟伺候大爷一样伺候他。

王川说："不行就让他拍拍屁股滚蛋。"

公司的一切都那么不顺，都感觉有种巨大的压力。阿尔曼担心外面没人愿意到这穷乡僻壤来，对张正辞也不是留也不是，一筹莫展。

尼加提书记陪着工作组入户调查贫困户，看到村民的困境，杜从军考虑买几只羊羔子，扶扶贫。尼加提书记却不怎么赞同，因为以前扶贫时，乡政府也给过羊，贫困户却没把养羊当扶贫措施，卖了羊，买酒喝换肉吃，穷得不行，还有点地主的做派，自家的地不种，还包给别人种。

杜从军认为宣传工作要到位，生活上多关心，方向上要引导，扶贫先扶精神。

边说边走，到了电商公司的加工厂房，杜从军想进去看看，尼加提书记不屑一顾，说道："几个年轻人办了个什么网上的公司，说给村里卖农副产品，都是瞎扯淡的事情，这么长时间啥也没卖出去东西。"

哈那提来了劲头，嚷着要去看看。

电商公司的办公室没人上班，一片寂静。哈那提好奇而兴奋，有人把电商公司开在村里了，闻所未闻。屋角的沙发上，阿尔曼呼呼地睡着，被尼加提书记叫起来，知道是"访民情、惠民生、聚民心"工作组的同志来了，迷迷糊糊地有点不好意思。

哈那提打开网站，看到页面乱七八糟，程序写得错误百出，所有主要的程序数据库都写了非常复杂的C程序密码，无法调数据，原来技术总监张正把所有重要的程序数据库都加了特别密码。阿尔曼一惊，被不祥的预感笼罩。

恰在此时，王川气喘吁吁地跑进来说张正跑了，他勒索要钱没结果，屁股一拍走人了。霎时，公司里乱成一锅粥。

杜从军摇了摇头，觉得这帮年轻人难成大器。

阿尔曼和王川冲向火车站追张正。没有密码，这些日子的努力，都白费了。赶到车站，开往乌鲁木齐的列车缓缓启动，张正坐在火车窗户边，面无表情地对阿尔曼笑了笑。火车渐渐消失在远处。

人为的变故像一座轰然倒塌的大厦砸向阿尔曼，悲愤的情绪让年轻人绝望，他脚下发虚，几乎倒下，被王川一把搂住。

回到电商公司，员工们却在欢呼雀跃，好像张正的走是一件喜庆的事情。阿尔曼又一阵晕眩。原来在他们去火车站的时候，哈那提已经设法解除了张正设置的密码。

苍天助人！张正走了，却意外地给电商公司送来了毕业于电子大学的电商专家。哈那提大学毕业以后，在京东商城干过三年，参与过很多核心的后台程序和数据库建设，是父母逼着他回到乌鲁木齐，当了个朝九晚五的公务员，他对现在的工作没有什么热情。

阿尔曼和王川看到了起死回生的希望。他们来到工作组驻地，找到哈那提，想请他当技术顾问。哈那提一口拒绝，他对那么低级的野鸡网站不感兴趣。

王川说他们只是想请哈那提吃个饭，和他聊聊。哈那提推辞半天，还是拗不过阿尔曼和王川的热情，约好第二天晚上相聚。

第二天，杜从军带着工作组队员走村入户，去给贫困户家送面粉，哈那提扛不动，拖着一大袋子面吃力地进了门。杜从军看着哈那提，气不打一处来。

晚上，哈那提想起和阿尔曼的约定，坐立不安，想请假出去，可看看黑着脸的组长在吃拌面，自己也打了一份拌面陪着吃。杜从军安排第二天去给贫困户犁地，哈那提不干了，发了句牢骚。

杜从军啪的一下把碗拍在桌上，说："好高骛远！搬面粉这点小事都干不好，你还能干成啥大事？干啥啥不成，你还自命不凡，我们能把老百姓关心的亟需解决的事情办好，就是'访惠聚'工作组最大的价值！只有做好惠民生工作，才能聚民心！"

哈那提辩解道："惠民生也得分大惠还是小惠吧？咱们现在这都是小惠，能引领着他们致富那才是大惠，如何致富不能指望他们自己明白，咱们的工作就是给他们指出方向，引领着他们往前走。"

杜从军一向看不惯哈那提吊儿郎当的样子，可说起道理来他还一套套的，噎得杜从军无语，手指着哈那提半天没说出一句完整的话，一旁的热依罕悄悄拍了下哈那提的手，大家安静下来。晚饭吃得烦人。

按约定，迪丽娜尔他们做好了饭等哈那提，过了饭点，不见他的影子。王川把电话打过去，哈那提不接，在他心里，那几个大学生啥也不懂，想弄网站搞电商，哈那提没心情跟他们瞎胡闹。哈那提在卫生间洗漱完，进了宿舍，愣住了。阿尔曼和王川把小菜摆了一桌，哈那提回身看看房门，以为自己走错了。

哈那提自知理亏，无奈地坐下来，说："你们那个网站搞不成！瞎耽误工夫干啥呀？"

阿尔曼说："你都去帮人种地了，不算耽误工夫？"

这话戳到哈那提心里了，看看阿尔曼把饭菜都端来了，只好坐下来。说到高兴处，哈那提糟蹋阿尔曼说他们的技术太烂，王川说所以来个高手哈那提就是兄弟们的缘分，来一年农村，干一个响当当的电商品牌，拉动当地经济发展，帮助老百姓致富，是一项多么伟大的事业啊。

哈那提琢磨着有些心动。是啊，干他个一鸣惊人惊天动地的事业，也不枉来一回基层。哈那提爽快地答应给他们搭把手，但是，有一个互助条件，以后工作组里种地、挖沟、砌墙、送福利这些事由阿尔曼和王川帮着干。

第二天，哈那提去了电商公司。

王川开着电动三轮车，装了羊，打着工作组"访民情、惠民生、聚民心"的横幅，挨家挨户地把羊发到贫困户家。热依罕看到阿尔曼和王川在做哈那提的事，奇怪不已。下班了，哈那提心里不踏实，忐忑不安回到村委会，想悄悄回到宿舍。热依罕听到响动，猛地拉开房门，吓了哈那提一大跳。说起王川和阿尔曼帮哈那提干活的事情，哈那提满不在乎，拉着热依罕的手大姐长大姐短地求她保密。第二天，杜从军和热依罕一组入户调查，老百姓对工作组非常欢迎，扳着手指数工作组做的好事：送羊羔子、搭羊圈、盖凉棚 …… 那些事情都是杜从军安排哈那提去干的。杜从军觉得哈那提突然改变了吊儿郎当的脾性，表现得出人意料的好。

其实，农活都是阿尔曼和王川在干。今天他们用拖拉机给富民安居房拉砖。两个人高兴呀，在哈那提的帮助下电商平台快建好了，下一步销售产品一上架，制定出产品的标准，开始大规模的推广营销，然后在资本市场上"融资 — 扩大 — 再融资 — 上市"。他们憧憬着"大好河山"公司美好的未来。

电商公司一派繁忙，快下班了，哈那提还在工作。

杜从军回到村委会，没见哈那提，以为他还在谁家忙，嘴里念叨着"天将降大任于斯人也，必先苦其心志，劳其筋骨，饿其体肤"的古语，琢磨着再给哈那提找点苦活干干，想起村口附近有个废弃的牛棚，走过去臭烘烘一股怪味，想着让哈那提去除牛粪。

第二天早晨，王川和阿尔曼戴着草帽来到电商公司，等哈那提布置农活。哈那提出人意料地没来，打来电话，说因为要清理牛棚，活太脏太累，就不劳驾阿尔曼他们了，他自己去除圈。王川和阿尔曼直奔废弃的牛棚，把哈那提换下来，让他去了公司。

隔壁邻居看到了干活的阿尔曼，上气不接下气地跑到阿尔曼的二姐阿娜尔罕家，告诉了她。阿尔曼的两个姐姐来到牛圈，看到阿尔曼和王川正顶着烈日挥汗如雨地在除粪，臭气熏天。大姐怎么都不相信自己的弟弟会被村里安排除粪，明摆着欺负这些年轻人。

阿尔曼说只是义务劳动，他们在学雷锋。

两个姐姐怒气冲冲地去村委会，找尼加提书记算账，凭啥让阿尔曼和王川去挖牛粪？

尼加提书记听得一头雾水，杜从军也奇怪，除粪的应该是我们"访惠聚"工作组的哈那提呀。杜从军和尼加提书记去了牛圈，看到阿尔曼和王川正热火朝天地干活呢。

尼加提书记直喊冤枉，杜从军突然明白了，热依罕急忙悄悄给哈那提打手机，说明了情况。哈那提扛着铁锹慌慌张张来到牛圈。

阿尔曼把责任揽到自己身上，解释说是自己求哈那提这么做的，又不耽误"访惠聚"工作组的工作，还可以帮助"大好河山"建电商平台，一举两得。杜从军坚决不同意。阿尔曼无法说通杜从军，干脆和哈那提一起干起活来。杜从军气得说不出话来，哼了一声走了，想到哈那提无组织无纪律，和村里一帮年轻人混在一起，越学越坏，就有了把哈那提退回单位的想法。

热依罕笑着劝道："其实也不用生这么大气。只要咱们的工作不受影响，阿尔曼和王川愿意干就干呗，他们早就帮着哈那提干了。"

杜从军知道了，其实这事儿热依罕早知道了，只是一直瞒着他这个组长。

牛棚里，三人还在除粪。

目前，电商公司的数据库都建立好了，正在做网页测试，既然组长不支持，哈那提就打算以后晚上帮阿尔曼干。阿尔曼不同意，哈那提白天要干"访民情、惠民生、聚民心"的活，晚上再帮电商公司，精力上没保证。反正已经给杜从军挑明了，就带电商公司的人先帮哈那提干活，再管电商公司的事情。哈那提觉得行不通。

第二天，工作组队员下地割麦子。阿尔曼开着辆电动三轮车拉着电商公司的所有员工来到地头，杜从军看得瞪目结舌。

员工们冲进麦地，一字排开，只听到唰唰的割麦声，一片片金色的小麦转眼变成一捆捆的麦捆，露出新鲜的麦茬，空气里飘着麦香，没多久一车就装满了。不到半晌，割麦的任务完成了，工作组原计划要干三天，不哼不哈的阿尔曼带来员工帮忙，一会儿的工夫，活就干完了。员工们跳上电动三轮车，一阵风似的去了。

麦地里，杜从军望着消失的三轮车，心里一热，觉得阿尔曼他们不像是自己想象的那种胡折腾的年轻人，有时还蛮可爱，眼睛里有点发潮。热依罕看看杜从军潮湿的双眼，感受到了这个老干部态度的变化，爽朗地笑出声来。

4

电商公司要进行网上测试，阿尔曼去请杜从军和尼加提书记。经过几天前的割麦工作，杜从军改变了对阿尔曼的态度，特别是对哈那提在业余时间帮电商公司进行专业指导一事也睁只眼闭只眼。是啊，为基层群众服务有多种多样的方式，如果真在工作组的指导下，电商公司能成为玉古尔村脱贫致富的平台，那大家所做的工作是殊途同归的。一句话：为百姓办实事。

村里两个最大的领导来到了电商公司，而尼加提书记对电商公司能卖东西还是持怀疑态度。公司开始试卖了，货架上摆着苹果、香梨、手工毯、小油馕的包装样品。尼加提书记笑了，能卖东西就是他想要的结果。

电商平台正式上线，进入倒计时，五、四、三、二、一……端口接入，连接数据，百度大数据导入链接成功，开始正式接受客户访问。实时监测数据显示，瞬间访问次数已经达到1200次，二级页面浏览量迅速飙升。

尼加提书记非常好奇，一会儿工夫就有5000多人来逛电商超市，比村里的人还多三倍，站在那儿，可是黑压压的羊群呀，可网络世界里的人却像空气一样看不到。

访问次数突破1万次了，却没有交易订单。现场几乎可以听到人们心跳的声音。终于，第一笔5公斤冰糖心红富士苹果订单成交了！每公斤单价比玉古尔村的市场卖价高出一倍，一笔接一笔的订单纷至沓来。人们兴奋地狂叫了起来，互相击掌庆贺，疯狂地把阿尔曼抛向空中。尼加提书记紧紧握住杜从军的手，激动得热泪盈眶，员工们高兴地欢叫着。

尼加提书记大笑起来："咱们村能在网上卖东西了！我们也是个地球村了。"

终于成功了，在经历了无数艰辛和磨难之后，在这个边远的绿洲村落里，阿尔曼用他的电商公司把这个封闭的村落和外面的世界连接在了一起，让村庄里的农产品同步进入了全国市场。

风在微微吹着，胡杨金色的叶子轻轻摇曳。胡杨树下，员工们点起篝火，跳起了欢快的麦西来甫，庆祝这个有历史意义的时刻。抒情的艾捷克琴如诉如泣，欢乐的手鼓激情四溢，买买提爷爷唱起刀郎木卡姆，高亢苍凉。

前姐夫热合曼兴致很高，满场追着前老婆二姐阿娜尔罕，笑嘻嘻地要拉着她去民政局把红本本换回来。二姐阿娜尔罕斩钉截铁地告诉头脑发热的热合曼，让他等到塔里木河的水干的那天再复婚。热合曼突然僵立在原地，大失所望，拍着自己的前额，好像无限痛苦，蹲在前老婆面前，大家哄堂大笑。

他们都没注意到，尼加提书记、杜从军和凯萨走入了欢声笑语的人群中。王川一下子没了兴致，凯萨一向是个胡搅达（难缠），来了必定没好事。果然，尼加提书记说村委会已经和从玉古尔村走出来的企业家凯萨达成了一项协议，凯萨要在村里投资羊毛加工厂。加工厂地址就在"大好河山"公司隔壁。阿尔曼急了，这怎么行！机器一天到晚嗡嗡叫，电商公司怎么工作？尼加提书记说得冠冕堂皇，说自己就是来解决困难的，困难嘛，你克服这么一点点，他克服这么一点点，我克服这么一点点，困难就全跑了，他的两只大手像赶鸡一样比画着。

而让凯萨在电商公司隔壁建厂，只有一个理由，因为厂房是凯萨盖的。

杜从军认为都是为村里谋福利，互相都得担待。

王川忍无可忍，说："羊毛机开起来像火车一样响，说白了就是想赶我们走。"

大庭广众之下，尼加提书记的脸红一阵白一阵。

杜从军连忙打圆场，说："小伙子，网上卖几公斤苹果不算啥本事，不值得你们这么吆喝！还上市呢，哼，踏踏实实把脚下的路一步一步走好吧！你们有人家凯萨脚踏实地做实业的精神，早就不是今天这样了。要不是哈那提帮了你们，网站能卖得了东西吗？"

哈那提想替阿尔曼辩解，却被杜从军厉声训斥，说他忘记了工作组自己的任务，忘记了自己的使命，种了别人的粮荒了自己的地，以后不让他再掺和"大好河山"公司的事。

杜从军借着批评哈那提，把所有对阿尔曼和王川的不满都发泄出来。

凯萨立刻凑近阿尔曼，要跟他握手，摆出一副挑衅的样子。王川眼睛冒火，一把将凯萨推开。阿尔曼知道他们遇到了一个难缠的家伙，将来，不知他会搅出什么戏份来。

第二天，几辆大货车拉着羊毛厂的机器，轰轰隆隆地拐到电商公司隔壁，机器的碰撞声、人们的呼吼声打破了昔日的宁静。迪丽娜尔只好给每位员工发一副硅胶耳塞，大家只能用手势交流，不时地会有人大声吼着说话，场面滑稽可笑。要讨论问题，只能到村后的那片胡杨林里的空地去。

哈那提不能来，可是网站和APP都是刚刚才上线，网页要改版，因此许多业务停了下来。

等凯萨的机器安装好，已经是万家灯火了。

凯萨想给村民耍一下威风，亮一下本事，乐颠颠地跑去开机，一合上电闸，砰的一声，院子里的灯灭了。玉古尔村星星点点的灯火如多米诺骨牌一般，一盏盏灭了，整个村庄一片黑暗。村里的电压承受不了凯萨机器的大负荷。

王川幸灾乐祸，情不自禁喊起来："苍天有眼！"

一会儿，电工换上变压器的保险丝，电来了。电工临走时告诉尼加提书记，村里的电网是民用的，电压负荷根本承载不了加工厂的用电，目前村里用的是20世纪90年代安装的变压器，一直没升级改造过，要想满足羊毛加工厂的用电，必须扩容。

尼加提书记恼火万分。第二天，他去电管所了解到，凯萨的羊毛加工厂用电没打报告，凯萨为了少交电费占村里便宜，在机器功率上隐瞒造假。电管所要罚玉古尔村的款，给尼加提书记惹了一堆麻烦。

见了凯萨，尼加提书记双眼怒睁，说："我一直相信你，可你说谎话像唱歌一样好听，真想放一把火把破厂房烧了。"

骂归骂，问题得解决。尼加提书记找到工作组，杜从军二话没说把活揽了下来，村里的难处就是工作组的任务。杜从军的老战友在塔河市电力局当局长。杜从军相信工作组有能力解决电力扩容问题。

杜从军找到电力局局长，他们从部队转业快三十年没见，老友相见分外亲切。聊完，杜从军才知道，要解决玉古尔村的用电，必须建一座变电站，需要资金1300万。杜从军傻眼了，明摆着干不成。另有一个省钱的办法就是从艾塔克村村头的果园边，架高压线，通到玉古尔村。

杜从军觉得后面的办法省钱省力，打了报告，批了架线的手续。哈那提担心问题没那么简单，两个村子本来矛盾已经很大，再不打招呼就从艾塔克村果园架线，一定会闹出事。杜从军没理会哈那提的说法。

不出所料，当工人们在艾塔克村果园边准备架线时，十几名果农扛着家伙气势汹汹地冲过来，要拔掉工人们钉好的地桩。杜从军怒声呵斥，极力拦阻。果农们知道杜从军是"访民情、惠民生、聚民心"的组长，被他的气势吓得没了主意。

架线工程一时停了下来。

杜从军去找阿布利孜副县长做吐尔干书记的工作。吐尔干书记是县里的能人，以前艾塔克村和玉古尔村一样是贫困村，自从吐尔干当上村长兼书记之后，村里发生了巨大变化，连续三年被评为塔河市新农村发展示范村，他在村里威望极高。来到村里，吐尔干书记见到阿布利孜副县长，一副开心的神情，开玩笑说一定是副县长高兴了请他喝酒来了，全然没有下级见领导时诚惶诚恐的拘谨，那做派有点不知天高地厚，让杜从军非常反感。

吐尔干书记先向阿布利孜副县长倒苦水，说工作组干事太草率，要架线也没有事先沟通，得罪了果农，现在他也拿果农没辙。

事情没谈成，杜从军气得犯了老毛病，心脏一直不舒服，血糖还特别高。他心里想，我就是死在这儿，也得把这事办成！

热依罕看着虚弱不堪的组长，劝他说，谁都能看出凯萨谎话连篇、奸诈耍滑，组长犯不着那么认真，拼了命地帮凯萨。热依罕看着杜从军脸色好点了，急匆匆去找阿尔曼，简单叙述了组长去艾塔克村，吐尔干书记蛮不讲理拦着不让拉线，结果把组长气得发病的情况。

阿尔曼急忙去村委会，看着躺在床上的杜从军，眼前突然晃动起父亲的影子，感到他就像自己活着时的父亲。阿尔曼想起了胡杨一样坚强的父亲，胡杨能在最恶劣的缺水环境中活下来，千年不死，死后千年不倒，倒后千年不朽，那是多么有生命力的一种植物。做人就要有胡杨的顽强精神，不怕任何艰苦的环境，不怕任何困难。阿尔曼决定自己去找吐尔干书记解决架线的问题。王川十分反对，阿尔曼把电拉来，凯萨那个坏怂的工厂刚好可以开工了，自己的"大好河山"公司在闹哄哄的噪声里就没法干活了。

阿尔曼去艾塔克村，吐尔干书记正在会议室里发脾气。原来，从乌鲁木齐来了一个老板考察投资环境，乡长让村里宰只羊接待一下。艾塔克是个先进村，人来人往，参观学习的人络绎不绝。打着投资名义混吃混喝，吃完抹嘴巴走人的事情多了去了。以前，吐尔干还忍着，"八项规定"一出来，基层有了尚方宝剑，所以乡长交代了，他也不买账，反倒脾气牢骚一股脑儿掀出来。

吐尔干书记正在气头上，窗外有人嚷着书记的女婿来了。吐尔干书记气得牙根痒痒了，戈壁滩上突然蹦出来个说不清的女婿，那是在骂他！他大手一挥，生气地说："让玉古尔村的那个阿尔曼，滚蛋！"

阿尔曼在村委会门外大呼小叫要找老丈人，生怕全村人不认识他。有人不怀好意，故意说书记的脾气像沙尘暴一样，你还敢来？你那未来的老丈人会把你阿尔曼的腿像羊腿一样掰断。阿尔曼说自己的脾气上来还刮石头。屋里的吐尔干气得七窍生烟，担心难缠的阿尔曼还会说出什么让人难堪的话，大吼着叫阿尔曼进了办公室。阿尔曼一进屋，就说自己上门是给吐尔干书记送赚钱机会来的。吐尔干书记斜瞥了他一眼，冷冷一笑。

阿尔曼说："艾塔克村的经济支柱是灰枣种植，艾塔克村的灰枣质量在整个南疆都是上乘的，自2010年第一次中央新疆工作座谈会召开以来，艾塔克村在您的领导下，大力发展灰枣深加工，并且取得了QS食品流通认证，形成了"灰枣种植 — 干枣深加工 — 包装"一条龙产业链。五年之内艾塔克村农民收入翻了三番。"

吐尔干听得如喝了蜂蜜，不停地用手撸下巴。阿尔曼话锋一转，说："可是你们村的灰枣，农民得到的收购价格是每公斤15块钱；而在杭州的大型超市，同样包装、同样品质的艾塔克村灰枣，能卖到每公斤100块钱！巨大的利润，被收购商、经销商一层层地像扒羊皮一样扒掉了！我们有现成的网络商务平台，省去中间环节，直接和全国的超市进行对接，这样，每公斤灰枣至少能多卖20块钱，艾塔克村因此一项，年收入会增加好几百万。"

吐尔干听得不是滋味，两眼直勾勾地望着眼前的年轻人。

阿尔曼知道鱼儿要咬钩了，说："你们只管出灰枣，我们'大好河山'电商平台给你们做销售，保证以原来两倍的价格收购你们质量最好的枣！而且，第一年签一吨收购合同，第二年十吨，第三年五十吨。"

吐尔干不相信有天上掉馕的事。村委们面面相觑，都觉得是好事。吐尔干书记心里有数，他阿尔曼一向声东击西，说是想买马鞍，其实早盯上了你的骏马。卖灰枣是个幌子，一定还会有其他打算。

果然，阿尔曼看大家都赞同他的说法，就立刻提出了玉古尔村架电线的事。

吐尔干书记有些不悦，说："你到底是帮我卖灰枣还是帮尼加提架线？帮我养牛和帮他放羊是两码事，你阿尔曼乱管闲事。"

阿尔曼说："艾塔克村和玉古尔村世世代代为邻，是打都打不散的兄弟，艾塔克村的经济支柱是枣，玉古尔村的经济支柱是苹果，我们没有竞争，只有斩不断的亲情血脉！为啥就不能和谐互助、合作共赢呢？"

在吐尔干书记的眼里，玉古尔村穷得黄羊不跑老鹰不飞，没啥可跟自己互利共赢的条件。村委们却非常认同阿尔曼的主意。吐尔干书记明白，和阿尔曼的合作会给村里带来实惠，只是过去的事情让他拉不开脸面，现在既然大家都认可了，也就有了台阶下，他嘴角一撇，露出难得的笑容，同意为了村里的发展，不计前嫌和阿尔曼合作。

连堂堂一县之长都安排不下去的事情，阿尔曼却站在吐尔干的立场去想办法，四两拨千斤，架线扩容工程的难题被化解了。杜从军立刻带着工程队进入现场施工，艾塔克村的村民不但不阻拦，而且送了水和馕去慰问。

电拉上了，漆黑一片的玉古尔村家家户户同时亮起了灯光。杜从军感到不可思议，眼前的阿尔曼智慧超群，有狼性，也有一股子传说中的智者阿凡提的味道。

阿尔曼代表"大好河山"电商公司和艾塔克村签了合同，以50块钱一公斤的价格收购艾塔克村的一级灰枣。阿尔曼的心思大着呢：要把全新疆最优质的农副产品都放在这个平台上销售，三到五年占到全疆农副产品销售收入的15%以上。

热依罕看组长高兴，就说："之前哈那提一直跟您争，其实你们的目的是一致的，都是为玉古尔村的百姓着想。阿尔曼本来就是玉古尔村的人，上完内高班和大学回来，就是为了帮村里人致富。"

杜从军听了内心高兴，安排哈那提以后可以腾出时间帮阿尔曼。说话的当口，忽然一阵轰鸣声从远处传来，凯萨的羊毛加工厂开工了，噪声巨大。

阿尔曼帮村里解决了用电的难题，可他自己遭殃了，这让杜从军有点愧疚。巨大的噪声让王川气急败坏，阿尔曼这是什么本事？忙活半天，别人家娶进了媳妇，自己落得个唢呐吵。

朝霞缤纷，晨雾缭绕，玉古尔村美丽静谧。

羊毛厂的机器一响，刺耳的噪声闹得人烦闷，电商公司的员工们被噪声吵得苦不堪言。王川的电话响了，他扯下一个大挂毯子把头蒙上，顶着挂毯边往外走边接电话，不小心，腿碰到了柜子，疼得直咧嘴。所有人被折腾得筋疲力尽。

凯萨从厂房出来，王川一看凯萨就红了眼，弯腰在地上找砖头，凯萨看到那架势，撒腿就跑，夸张地喊救命，吱哇乱叫。

杜从军去电商公司找阿尔曼，办公区噪音巨大，戴着棉耳包的艾尼正靠在椅子上闭目养神，看到杜从军，他指指远处的胡杨林。原来，阿尔曼把胡杨林当作会议室，在那里开会，大家席地而坐，胡杨树下挂着一个白板，阿尔曼正站在白板边讲课。杜从军有滋有味地听了一段。

阿尔曼讲道："归类分析一下，现在亟需解决三个首要问题。第一，'丰富'！丰富、扩大产品内容，顾客进入网站和APP有得挑，有得买！第二，保障！要让顾客相信在我们这儿花高价钱买的产品质量是原产地最好的，只有给他们可以信任的保障体系，顾客他才敢消费，才愿意消费，成交量就能上得去，口碑传播就会更迅速！第三，推广……"

阿尔曼正说得起劲，这时，一群羊从露天会场中间穿过，看到摆在毯子上的瓜果，羊群一阵骚动，把水果"洗劫"一通，扬长而去。

眼前的一切让杜从军内心无比沉重。阿尔曼他们在露天办公、学习、开会，这也太难为孩子们了，他觉得有义务帮助这些年轻人解决眼下的困难。他立刻去县里联系羊毛加工厂用地的事情。县里的一家养殖场是国营单位，有闲置的厂房。听说驻村工作组要用来作为羊毛厂的厂房，场领导非常支持，同意玉古尔村把羊毛加工厂搬到那里去。

杜从军去找凯萨，把联系的结果讲了，凯萨非常开心。玉古尔村的羊少，羊毛产量小，需从外面进货，路远运输成本高，凯萨正为这事烦着。如果羊毛厂搬迁，成本降低了，多挣了钱，村民也乐意，尼加提书记脸上有光，都是皆大欢喜的事情。凯萨毫不犹豫地答应搬迁，只是想想再不能难为阿尔曼那小子，看不到他们每天痛不欲生的样子，心有不甘。

当工人把羊毛加工厂的机器搬出时，"大好河山"的员工还不知道发生了什么事，而看到杜从军在指挥着工人，他们明白了，这个严厉的老人，一直在默默地为村里的发展呕心沥血，他们被深深地打动了。

村庄又恢复了往日的宁静。

5

    阿尔曼他们正开车行驶在塔里木沙漠公路上，一切都走入了正轨，几个年轻人出去野炊，放松一下。

    汽车驶过一片草场，一只纯种刀郎羊正在吃草。阿尔曼急忙停车，拿出望远镜观察那只漂亮的刀郎羊。王川感到疑惑，没见过美女，还没有见过羊？猜测阿尔曼又有什么鬼主意了。

    阿尔曼早已对刀郎羊做过认真研究，刀郎羊有3000多年的历史了，目前全疆境内也只有5万只纯种刀郎羊，特别珍贵，好的种羊一只能卖几十万。刀郎羊都是放养，喝的是天山矿物质水，吃的是大芸、甘草和胡杨叶，没有膻味，肉质鲜嫩可口。而玉古尔村除了苹果以外，没有支柱产业，如果养殖优质品种的刀郎羊，制定产品标准，将来再进行深加工，号召全村老百姓养羊，将羊肉保鲜处理，全国发售，玉古尔村经济发展又会有新的增长点。

    阿尔曼说起养殖刀郎羊的前景，充满了信心。阿尔曼的犟劲又来了，好好的一次郊游变成了一次买羊活动，大家无可奈何。阿尔曼找到牧羊人买了两只刀郎羊，拉回家。

    买买提爷爷正在给大灰驴喂草料，疑惑地看着这两只羊。买买提爷爷知道这种羊很精贵，肉质好，烤肉吃最香，做抓饭一流，可难伺候，像巴依（地主）家的小姐，爱生病。他闹不清孙子弄两只刀郎羊回来干啥。

早晨，太阳还没有出来，村里一片寂静。

买买提爷爷磨了刀，把刀衔在嘴上，抓着一只刀郎羊的角，出了羊圈，羊被按倒在地，痛苦地咩咩直叫。阿尔曼忽然惊醒，跳下床跑向羊圈。院里空无一人，静悄悄的，两只刀郎羊活生生地卧在那儿，冲他咩咩叫着。

阿尔曼终于松了口气，知道刚才在做梦，正转身回去，吓了一跳，一个人影挥着刀，笑嘻嘻地看着他，原来大姐阿孜古丽按爷爷的要求，要宰羊做抓饭，阿尔曼被惊出一身冷汗。幸亏早晨的一个梦，阿尔曼从刀口下救了刀郎羊的小命。

通往玉古尔村的路口，一辆皮卡载着吐尔干书记。皮卡后斗放着立式饮水机、电脑、平板电脑，所有物品都像新郎的新衣一样扎着红花，一群孩子嗷嗷吼叫，跟着汽车跑。

村民们看到吐尔干书记来到村里，以为出了怪事，野兔子上树了？阿尔曼这个长胡子的儿子娃娃说帮艾塔克村卖枣，结果村民的收入大增，吐尔干书记也不含糊，买了电器去"大好河山"感谢他。

吐尔干书记看到尼加提书记，说他人老了，脑袋就像被酸奶子糊住了。

吐尔干书记回去了。尼加提书记内心像打翻了五味瓶，他阿尔曼现在翅膀硬了，帮艾塔克村算哪一出？自己村的农产品还没卖，却帮他吐尔干卖灰枣，自己家的羊不喂，却去养隔壁家的狼？

阿尔曼帮艾塔克村卖枣子是为了给玉古尔村拉电而采取的权宜之计，把卖枣子作为谈判条件。其实，阿尔曼心里清楚，就算不谈拉电的事，他也得卖艾塔克村的枣，"大好河山"立足于全疆的优质农副产品，吐尔干村的枣子无论是质量还是产量，都非常适合电商公司的网络运营。阿尔曼心知肚明，却没给吐尔干明说，更懒得给尼加提解释。

阿尔曼的刀郎羊的养殖计划才是一个大手笔。刀郎羊是南疆百姓非常喜欢的稀有品种，刀郎羊又名麦盖提羊，是新疆的名特优地方养殖良种，也是重点保护并大力发展的优良地方小畜品种。古时候，居住在丝绸之路的刀郎人从南来北往的客商手中引进了不同的域外品种，然后培育出了刀郎羊。刀郎羊结构匀称，体大躯长，肋骨拱圆，胸深而宽，前后躯丰满，鼻梁隆起，耳特别长而宽，公羊绝大多数无角，母羊一般无角，尾型有W形和U形的。体躯被毛为灰白色或浅褐色，体格健壮高大，毛质细密柔软，肉味鲜美，所以价格为一般绵羊的几倍甚至十几倍。刀郎羊前期生长发育快，经济效益高，被农民称为"活银行"。曾经在网上流传一段视频，一个农民以950元的价格将一只出生不久的刀郎羊卖给了朋友，后来看到这只羊长相奇特，品相出色，他又以100万元的价格把它买了回来，后来这只羊的身价攀升到500万元。

刀郎羊让阿尔曼着迷，玉古尔村要打造特色发展之路，养殖刀郎羊是有百利而无一害的好事。阿尔曼相信自己的判断是正确的，杜从军也意识到了阿尔曼的眼光独特超前，对此非常赞同。尼加提书记非常郁闷，没想到杜从军会向着阿尔曼说话，村民们养刀郎羊要是挣到钱了，大家都夸，要是赔了钱，村委会可担不起责任啊。尼加提坚决不支持。

尼加提书记说："小孩子没断奶，以为白色的盐和白色的糖一样甜。"

阿尔曼说："你的世界我没有见过，我的世界你看不见，年龄只能说明吃的盐比小孩子吃得多。"

尼加提书记被噎得翻白眼。

买买提爷爷也不赞同，孙子年轻，心比天高，可羊羔子看不到草原上的恶狼，那样折腾准要出大事。茹仙奶奶听了爷爷的话，鸡啄米似的直点头。

爷爷起了心思，一个人来到在胡杨林里儿子普内提的墓地边，静静地坐着，大灰驴悠闲地吃草，嘴里发出叽咕叽咕的声音。爷爷有一种深深的悲伤之感，自己的儿子为了带领村民致富，英年早逝，而如今不知天高地厚的孙子想走跟他父亲一样的路。

阿尔曼去了胡杨林，劝说爷爷，他相信爸爸要是看到眼前的一切，一定会感到高兴的，他直到临死，都没后悔自己为村民做过的事。

提起儿子，老人的心像被针扎一样，他的嘴唇直打哆嗦，止不住流泪，他看着生龙活虎的儿子死在眼前，作为父亲他没有及时阻止儿子走错路，让他悔恨终生。

爷爷仿佛看到了孙子今后同样的下场，内心无比愤怒，孙子不知天高地厚的神情，让他感到危险，可孙子却像倔驴一样拉不回头。爷爷忍无可忍，猛地给了阿尔曼一巴掌，他要打醒被不着边际的想法冲昏了头脑的孙子。

阿尔曼呆立在原地，看着爷爷牵着大灰驴离开的背影。

许久，阿尔曼回过神，他找到那棵当年用刀刻过记号的老胡杨树，那里藏着他们父子悲伤的秘密。那时候，父亲已经知道来日不多，把小账本留给了阿尔曼，那是父亲的欠债账本。当时，已经家徒四壁，连存放一个小小账本的地方都找不到。夜深人静，年仅十岁的阿尔曼哭着在胡杨树下刨出一个深坑，把装着账本的饼干盒埋进坑里，在胡杨树的根部刻了一个标记。今天阿尔曼要把账本挖出来，在他的内心深处，总有一个声音在告诉自己，要带着村民致富奔小康，这是父亲欠下的债，也是他和父亲的约定，也是自己之所以不顾一切地留在家乡创业的不可与人诉说的原因。

阿尔曼用双手在树根下一下下刨土，斑驳的旧铁盒呈现出来，打开盖子，里面放着那个小本子，本子上父亲的血迹变成了黑褐色的印记。那段悲惨而凄凉的时光仿佛凝固在这带着血渍的小本上，那些凝结着时光的悲伤袭上心头，阿尔曼热泪盈眶。

那些痛苦的日子仿佛就在昨天。夜深人静，玉古尔村的巷子里，远处忽然传来狗吠，传来人们惊慌失措的呼喊声，手电光束乱晃，村民慌乱奔跑，喊着阿尔曼父亲的名字，人群涌向普内提家。当年的尼加提还是个小伙子，哭着告诉普内提书记：

全村2500多亩神香草都烂根了！

小阿尔曼趴在窗口，惊恐地看着院子里情绪激动的村民。

村里原先以种棉花为主，为了调整产业结构，增产增收，阿尔曼的父亲普内提书记挨家挨户动员村民种神香草。期待靠这种经济价值高的植物，发展特色旅游业，带动玉古尔村走向富裕。偏偏事与愿违，村民一年的收成没了，拖家带口等待救济。敢想敢干的普内提书记一心想着发展，却低估了神香草的种植难度。他深感对不起充满期待的父老乡亲，辞去了玉古尔村党支部书记职务，但那并不能解决村民们的饥饿问题。普内提把家里的一群羊卖了，带着儿子阿尔曼挨家挨户送卖羊得来的钱，临时救济村民，先解决他们一时的吃饭问题。普内提的小账本上密密麻麻地记着对每一户的欠款。村民们虽然日子过得苦，但是都不愿意拿普内提书记砸锅卖铁筹来的应急款。小阿尔曼一路哭着，跟随步履沉重的父亲挨家挨户道歉、送款。忧伤的情绪弥漫在玉古尔村的田间地头。

父亲曾经得过肺结核，经这么一折腾，旧病复发，不停地咳嗽吐着血痰。就在那天晚上，父亲普内提和母亲一起去找城里亲戚借钱，精神恍惚的父亲开着一辆破拖拉机突突地颠簸在乡村的道路上。农村的道路本来就坑坑洼洼，那天恰逢放水，为了过水方便，村民挖断了道路。悲剧发生了，普内提的拖拉机栽进了沟里，阿尔曼的母亲当场就没了。受重伤的父亲在清醒时把沾满血渍的账本交给阿尔曼，临终嘱托儿子，将来要是有了本事，替父亲还了欠债。

父亲断断续续地对儿子说："人不能只为自己活着，要以自己的善行造福于众人。"

那是父亲给阿尔曼留下的最后一句话。

一幕幕的痛苦往事，犹如过电影一样在阿尔曼脑海里播放了一遍，他摩挲着手中的旧账本，一种坚强的意志从他的心底升腾起来，他坚信带领村民寻找致富奔小康的信念是正确的，那是父亲的心愿，也是他们父子两代人的约定。

村里的大广播喇叭通知村民下午到村委会，听阿尔曼关于刀郎羊的养殖讲座。

大院里，两只刀郎羊被绳子拴着，咩咩叫着。高大威猛、长相奇特的刀郎羊，让村民觉得稀奇。阿尔曼站在桌子上，滔滔不绝地讲解养殖刀郎羊的知识，并保证出栏以后，"大好河山"公司以每只不低于5000元的价格负责收购。村民们半信半疑。王川抵触情绪挺大，村民们都养刀郎羊，销售不出去，赔了钱是要出大事的。

看着站在高处激情四射的阿尔曼，迪丽娜尔心里一阵激动，眼前英俊的男朋友阿尔曼，骨子里就带着普内提家族倔强的血性，她豁然明白，理解了阿尔曼刚一回来，为村里要水时的心情：他阿尔曼心里就是把村里人当成了真正的家人，他一直在守护着村庄里人们的幸福，他的内心有一种使命，就是要为村里人的幸福而活着。一种崇敬和骄傲的心情从迪丽娜尔心底升起，她佩服帅气的阿尔曼。

爷爷来了，打断了阿尔曼的讲话，说起当年为了种神香草而死去的儿子，坚决反对孙子走儿子的老路。

爷爷说："我已经失去了自己的儿子，惨痛的教训一次还不够吗？"

老人沉浸在无边无际的痛苦情绪里。爷爷的话，刺痛了乡亲们对往事痛苦的记忆，大家不约而同地纷纷散去。

意外的变故，出乎阿尔曼预料，他心烦意乱，来到村边，站在土坡上。摇曳的风声、潺潺的渠水声让阿尔曼稍稍冷静下来，他思考着下一步该怎么办。要说服只顾眼前得失的村民，是一个难题，而农民是最讲实惠的，他们判断成败，往往先从眼前的利益考虑。只有和村民息息相关的利益才是最大的驱动力。今天乡亲们听爷爷的，是因为养羊有风险，不能立刻把收益变成现金收入，如果从他们的利益出发，去说服他们，在不久的将来，刀郎羊会出没在王古尔村的角角落落，而"大好河山"会是全疆唯一销售刀郎羊的电商公司。

阿尔曼充满了必胜的信心，上扬的嘴角透出不屈的自信。

在爷爷眼里，刀郎羊是个祸种，他要宰杀了它们吃肉。茹仙奶奶抱着爷爷，阻止他。阿尔曼进了家门，看到争执的老人们，他却一脸轻松，告诉爷爷，羊是他们几个人筹钱花3500块买的。

"爷爷愿意杀就杀了，只是杀了羊，把钱还上就行。"

3500块，简直是天价！爷爷越发认为孙子读书读勺（傻）了，茹仙奶奶气得在孙子的背上拍了一巴掌。爷爷也不再提杀羊的事了，那羊毕竟太贵，穷人家吃不起也杀不起，更赔不起年轻人的7000块钱。

买买提爷爷知道，孙子阿尔曼跟儿子普内提的性格一样，拿定的主意十头牛都拉不回来，他想带村民养羊。看似他同意杀了他的刀郎羊，可是那羊也太贵了，赔不起。

圈里的刀郎羊算是保住了小命。

当羊在买买提爷爷面前活蹦乱跳时，爷爷心里就发堵，想把羊处理了，掐灭孙子瞎折腾的念头，可一想到7000块钱，就心里烦闷，没了主意。

第二天下了班，阿尔曼走进羊圈，见拴着刀郎羊的小圈里食槽无草、水槽无水，爷爷养的土羊却应有尽有。阿尔曼好生烦恼。

这时，二姐夫热合曼蹑手蹑脚地走进院子，他进门总是一副鬼鬼祟祟的样子，怕遇见离了婚的老婆赶他。可是买买提爷爷有旨，他不得不来。阿尔曼打了声招呼，惊动了二姐阿娜尔罕，她从屋里冲出来，拿起扫帚追得热合曼满院子跑，儿子阿里木在窗户里看着眼前吵吵闹闹的父母亲，狠狠地把窗户关上了。在南疆农村，女人追着男人打是出格的事情。买买提爷爷呵斥一声，把前孙女婿让进门。热合曼从二姐阿娜尔罕面前走过，仰头望天，一副得胜的嘚瑟样，二姐阿娜尔罕照着热合曼的屁股踹了一脚。

买买提爷爷要前孙女婿来，想让他帮买点安眠药。

热合曼以为爷爷失眠，爷爷明明白白告诉他，买药喂刀郎羊吃。热合曼吓了一跳，刀郎羊是阿尔曼的宝贝，当姐夫的怎么能害小舅子的宝贝？买买提爷爷让热合曼做出选择：不想进这个家门就别买药，要真心救小舅子，就把药买回来。那意思很明确，若不买药以后就断了再次做他孙女婿的念头。热合曼左右为难，可要重新进家门，还得买买提爷爷说了算，只好昧着良心干一回。

热合曼买了药给爷爷送来，可爷爷要他亲自给刀郎羊喂药。这完全破了热合曼做人的底线，他谎称有事，骑上摩托车落荒而逃。爷爷看不懂汉文的药品说明书，他把药片捣碎倒进水桶，准备将水倒进羊圈里的水槽中。恰好一个村民大喊着爷爷，吼声可以把冬眠的虫子叫醒，把老人吓了一大跳。原来村里有人打架，那村民请有威望的买买提爷爷去调解。爷爷放下水桶去了现场。

进了家门的大姐阿孜古丽，看见灰驴圈水槽里没有水了，顺手把爷爷放了药的那一桶水倒进水槽中，饥渴的大灰驴呼哧呼哧地一口气将水喝了个精光。

热合曼备受良心折磨，匆匆去电商公司，看到阿尔曼，一句话就在嘴里跳舞，憋得难受。说出来心慌，不说出来心疼，思想斗争了半天，还是给阿尔曼说了实情。不过，爷爷让他买睡觉的药，他担心把羊闹死，动了小心眼，帮爷爷买的是泻药。

两个人匆匆向家里跑。

调解完打架的事情，买买提爷爷踌躇满志地回家，站在大灰驴棚门外，吃惊地发现大灰驴在泻肚子。阿尔曼冲进院子，两只刀郎羊正吃着草料，撒着欢。倒是旁边爷爷心爱的大灰驴撅着屁股在拉稀。买买提爷爷手足无措，一家人急得团团转。阿尔曼心知肚明，忍不住偷笑。

早晨，买买提爷爷给大灰驴添了点饲料，摸着心爱的大灰驴耳朵，看大灰驴有了精神头，高兴起来，扭头看大灰驴圈旁边的两只刀郎羊不见了，问孙女，阿孜古丽告诉买买提爷爷，阿尔曼牵着两只刀郎羊上班去了。早晨，弟弟担心地告诉姐姐，羊继续在家命会保不住。

买买提爷爷用一副不可思议的神情瞧了一眼孙女。

听到办公室外传来羊的咩咩叫声，王川揉揉耳朵，以为耳鸣，伸头向窗外一瞧，阿尔曼拉着两只刀郎羊进了隔壁的加工厂，大家被逗乐了。王川打趣地说那两只羊是公司的吉祥物。

热娜的学校在排练节目，准备迎接新疆维吾尔自治区成立60周年的全县文艺汇演。

节骨眼儿上，借来弹艾捷克的演员走了。周围的村里只有阿尔曼会弹艾捷克。时间紧、任务急，热娜毫不犹豫地给阿尔曼打电话救场。阿尔曼看了眼手机屏幕，瞄了眼正在忙碌的迪丽娜尔，走出办公区接了电话，开口就为上次的事情道歉。大大咧咧的热娜仿佛早把那件事抛到脑后，倒显得阿尔曼小家子气似的。热娜把弹琴的想法说了，阿尔曼迟疑了一下，眼前浮过迪丽娜尔的笑靥，他拒绝了。热娜能给阿尔曼打电话，已经放下了身段，也想给阿尔曼一个机会认错，没想到对方不理会，小姑娘又羞又恼，狠狠地挂断电话，盘算着怎么能让傲慢的阿尔曼低下头来。

二姐阿娜尔罕的儿子阿里木在热娜的班里，调皮捣蛋得很，上回踢球打碎教室玻璃的事才几天，这回又弄坏了椅子。热娜让阿里木叫他舅舅阿尔曼来学校接受训话。

阿里木的错误和阿尔曼八竿子打不着，阿尔曼一头雾水。王川讥讽说，一切都再正常不过，阿尔曼声名满天山，有面子。迪丽娜尔心里翻了醋瓶子，怀疑热娜别有所图。

阿里木带着阿尔曼去了热娜的办公室。热娜黑着脸背着手，要他们舅舅、外甥俩一起在讲台罚站，阿里木和阿尔曼双双背着手站好。热娜劈头盖脸地把阿尔曼训了一顿，把阿里木在学校淘气、惹祸归罪于阿尔曼不闻不问，说急了，还要阿里木在烈日下的操场跑十圈。阿尔曼抬头看看刺目的太阳，急忙认错。热娜没有想到阿尔曼认错认得那么快，一脸的不真诚，说他明显在敷衍人。阿尔曼哭笑不得，又小心赔不是。

阿尔曼拿了工具修椅子，楼道里响起叮叮当当的敲击声，一会儿，他累得满头大汗腰酸背痛。热娜一副幸灾乐祸的神情，脸上露出顽皮的笑意，欢快地离开教室，留下汗流浃背的阿尔曼一个人干活。教室里一大堆东倒西歪的椅子，阿尔曼修了整整一下午，他搞不明白阿里木哪儿来的能耐，一个人弄坏了那么多椅子。

下班了，热娜来验收，看着修理好的一堆座椅，若无其事地说，其实阿里木只是弄坏了两把椅子，修其他椅子，是搂草打兔子。阿尔曼哭笑不得。热娜漫不经心地说了她真实的想法，她要阿尔曼答应做她的艾捷克琴手。阿尔曼无可奈何，只得接招，答应可以抽空来帮忙。人家热娜的心思他一点不明白，小姑娘想着法要天天看到英俊的白马王子在眼前晃。看到阿尔曼同意了，热娜唱着歌走了，心里像灌满了蜂蜜一样甜。

第三天，阿里木又要母亲阿娜尔罕请舅舅去学校，儿子整天上房揭瓦，惹的麻烦和羊身上的虱子一样多，阿娜尔罕没办法，又给弟弟打电话，让他去学校。

热娜板着脸坐在讲台上，阿尔曼坐在第一排等待训话，结果热娜告诉他，阿里木同学这几天表现得还不错，当舅舅的要让外甥保持住这种良好势头，在教育孩子的问题上不能有半点松懈。阿尔曼几乎晕倒，热娜说了一堆话，绕了一个圈，结果还是希望他能每天来参加排练。阿尔曼只好放下手头的工作，专心致志地开始排练。

迎接新疆维吾尔自治区成立60周年文艺汇演非常成功，热娜的节目还拿了个奖。领奖时，热娜抛了一个飞眼给阿尔曼，把小伙子弄得不好意思，心脏莫名其妙地怦怦直跳。

出了剧场，天气骤变，突然刮起沙尘暴。

阿尔曼急忙拉住热娜的手上车，热娜的心醉了，觉得车门到座位的距离那么短。天空中尘土飞扬，司机的方向盘一偏，汽车失控驶下公路，司机猛地一踩急刹车，全车的人被巨大的惯性甩向前，热娜被晃到车厢过道上，阿尔曼伸手抓住了热娜。

车陷沟里了，众人七嘴八舌，不知如何是好。阿尔曼一摁车喇叭，吵闹的声音忽地停下来，他指挥众人下去推车。阿尔曼临危不乱、镇定自若的样子使热娜心中漾起一波一波的涟漪，多情的小姑娘对阿尔曼生出无限倾慕。

终于，车被开上了大路。

大风依然肆虐，刮得人前仰后倒，阿尔曼大喊着让每个人手拉手，组成人墙，一个个有条不紊地上车。看着最后一个上车的阿尔曼，热娜抑制不住内心的激动和喜悦，一下把他拽到自己身边坐下，小手紧紧握着阿尔曼有力的大手不松开，心扑通扑通直跳。

买买提爷爷关好窗，点完人头，家人安然无恙，又出去检查羊圈，傻眼了：被风刮倒的一根木头正好压在了怀孕的刀郎母羊身上，母羊死了！

回到家，阿尔曼被惊得目瞪口呆，这两头种羊命途多舛，好不容易顶着巨大的压力，眼看着怀了羊羔子，死了！这只刀郎羊身上寄托着阿尔曼带给玉古尔村的希望呀。

好脾气的阿尔曼再也控制不住恶劣的情绪，冲着热娜大吼起来，在他眼里，一切都因为热娜，假如不答应跟她去演出，不遇到沙尘暴，汽车不抛锚，羊一定会活蹦乱跳的 …… 所有的不顺归结起来，就是因为热娜。

热娜觉得阿尔曼真是不可理喻，为一头羊发那么大脾气，自己一个漂亮的姑娘比不了一只羊？小姑娘十分委屈，一扭头跑了，扔下一句话：我赔你一只刀郎羊。

阿尔曼站在羊圈里，铁青着脸呆呆地盯着院门口。

第二天一早，热娜骑着电动车到村民库吐鲁克家，打听到哪里能买到刀郎羊。

热娜敲门，无人应声，她推门走进院子，库吐鲁克的脑袋从羊圈墙边冷不丁伸出来，吓得热娜一声尖叫，羊也被惊得咩咩直叫。

库吐鲁克也不知道阿尔曼的两头刀郎羊是从哪儿搞来的，这种名贵价高的牲畜好像早已从地球上消失了，还是几十年前，他小时候听老人说过，在沙漠胡杨深处有一个神秘的刀郎人村寨，刀郎人都养刀郎羊。去那个村寨路途艰险，黄羊不跑、老鹰不飞。

热娜打算去刀郎人村寨，库吐鲁克笑起来，一个小丫头想去那儿？只是嘴上的功夫罢了。倔强的热娜不信阿尔曼去得了的地方自己去不成。

阿尔曼和王川、迪丽娜尔、哈那提四个人在胡杨林里铺了张毯子，围坐在一起商谈网店营销策划方案。库吐鲁克赶着一群羊过来。热娜说要去刀郎人村寨，他一直放心不下，已经两天不见热娜的人影了，姑娘像一阵风一样消失了。听说热娜去了刀郎人村寨，阿尔曼焦虑万分，一个女孩子家去那么远的地方也太危险了。阿尔曼一脸焦虑，非常担心热娜的安全，看看眼前的迪丽娜尔，诚恳地说："她一个人会有危险，我必须去找她！"

迪丽娜尔默默地点点头，阿尔曼匆匆走了。迪丽娜尔的脸上隐现出一丝落寞。王川不可思议地看着这对恋人，对着阿尔曼的背影拱手作揖，似乎无限佩服：阿尔曼一副杞人忧天的姿态，迪丽娜尔也是一副忘我牺牲的做派，都有些深明大义的神仙气。

太阳光直射山脚下的小村庄，滚烫的地面腾起热浪氤氲。热娜来到了刀郎人村寨，路边一群刀郎羊在吃草，牧羊犬汪汪叫着。

热娜走家串户，村民们热情好客，热娜买了一只上好的刀郎羊，她牵着那只刀郎羊站在村口树下，焦急地等待回家的班车。

日落西山，夜幕降临，刀郎人村寨在星光下沉睡了，而回县城的末班车早走了。

热娜沮丧地坐下来，忙了一天，肚子咕噜咕噜叫起来，又饥又渴。耳边是远处狗儿凶悍的吠叫声，热娜惊恐不安。看到一户户熄灭的灯火，她迷茫无助，困倦地缩在树下，迷迷糊糊睡着了。

阿尔曼来到刀郎人村寨，打听热娜的行踪。一个老汉说来过这么一个姑娘，已经走了。阿尔曼开着皮卡车，在村寨里四处寻找，焦急地拨打热娜的手机，落后的山区村寨没有信号。阿尔曼挨家挨户地敲门，打听热娜的下落。

漂亮的热娜来村里买羊，小小的村寨无人不知，可是都没有在意热娜的去向，大家算算时间，热娜应该赶不上班车，因为村寨一天只有一趟下午回城的班车，而那个时候，热娜还在村寨里奔波着买羊。阿尔曼心里有了底，继续在村口寻找热娜。果不其然，他听到远处刀郎羊的咩咩叫声，循声而去，望见了远处单薄的热娜。阿尔曼走下车，热娜一怔，恍如梦中，一下就抱住了阿尔曼。

热娜说:"我就知道为了你的羊,你会来的。"

阿尔曼说:"我是为了一个姑娘而来!"

热娜百感交集,伏在阿尔曼肩上放声大哭,诉说着万般委屈和无限感动。

回家的路上,热娜给纯种的刀郎母羊起名叫艾麦拉,意思是"希望"。热娜认为这只羊就是见证他们爱情的希望之羊,阿尔曼的到来让姑娘捐弃前嫌,认为阿尔曼已经回心转意。阿尔曼瞅着多情的姑娘有点歉疚,一只羊只能见证热娜不现实的爱情幻想,可是他此刻无法说明自己并不可能爱热娜的现实,那样,对心存幻想的姑娘太残忍。

阿尔曼给热娜递过自己的外套,踩了脚油门,皮卡车卷起厚厚的尘土,向家的方向驰去。

第二天一早,阿尔曼牵着两只羊到了电商公司门口,热娜买来的那只母羊的脑袋顶的一撮毛被染成了粉红色。王川讥讽阿尔曼把一只母羊打扮得性感兮兮,阿尔曼非常尴尬,昨晚怎么说都劝不住热娜,瞎胡闹说她拥有了浪漫的爱情,非要给母羊染一撮毛,要见证他们粉红的爱情。迪丽娜尔心里五味杂陈,沉默寡言,一脸乌云。

王川抓着那只公羊的脑袋,说为了新媳妇得攒攒劲,为了下一代多吃点野韭菜别歇着,口气有点阴阳怪气。迪丽娜尔听不下去了,转身走了。

阿尔曼恳求哈那提先帮他把羊养着。那羊已经成了阿尔曼的心病,放家里不放心,养在公司,又有点不伦不类。哈那提一直欣赏阿尔曼敢作敢当的大男人气派,一口应承下来。

夜晚,村委会灯火通明。"访民情、惠民生、聚民心"工作组筹资援建的村民活动中心要施工了,这是村里的头等大事。第二天要举行奠基仪式,乡县领导要来,市里的媒体记者要来。尼加提书记给大家分工安排任务,组长杜从军又把具体的仪式流程、各类细节检查了一遍。

第二天，哈那提起了个大早，牵着两只刀郎羊前往村民活动中心，忽然觉得自己带两只羊去参加活动不合适，笑起来，就把羊拴在半道的一片小树林里，急匆匆赶到活动中心。

尼加提书记激动了一宿，整晚辗转反侧，天一亮，急急忙忙赶往活动现场。他穿的西装有点肥，腆起个大肚子，翻领处别了一朵鲜花，人像包在一个筒子里，脚下穿了双运动鞋，看上去有些滑稽。

杜从军见到尼加提书记忍住笑，夸他像新郎官一样，尼加提书记憨憨地笑笑，说："是啊，县里领导难得来一次，参加大型活动，哪能不重视，让领导肚子胀。"

奠基的石碑还没有运到，说马上就送到。尼加提知道，新疆人说"马上"，都是稀里糊涂的话，太阳升起到落日之间的等待，都可以说"马上"，没有准头，领导却马上就到了。

哈那提连忙去路边村口等车，一边打电话催，急得汗珠滴答滴答落在手机上，转头扫一眼旁边的小树林，意外发现，拴在那儿的刀郎羊不见了。阿尔曼听说了，拉上哈那提去找羊。他们前脚刚走，骑着电三轮车的商贩把车停在了岔路口，车里装着奠基的石碑，找不到约好见面的哈那提，商贩不知把石碑送到哪里。

阿尔曼和哈那提忙着找羊，忘了石碑的事情。尼加提书记见不到石碑，在村里急得直跳脚，县领导的车已经到村口了。哈那提既不接手机又不见人，杜从军急不可耐，有村民说哈那提找刀郎羊去了。尼加提书记听了，头上的小花帽几乎被怒气给掀掉。刀郎羊就像钻进耳朵的蚊子，随时搅得人心里发痒，偏偏这个时候，哈那提放着正事不做，去帮阿尔曼找刀郎羊，分明在捣乱。

正乱成一锅乌嘛什（糊糊）的时候，县委赵杨书记的车到了。尼加提书记心神不定，邀请书记先去村委会喝杯茶，看赵书记没有离开的意思，紧张得直擦脑门子上的汗。突然说今年的棉花长得好，想先请领导去棉田看看。随行的阿布利孜副县长觉得有点奇怪，书记来祝贺"访民情、惠民生、聚民心"工作组的项目，怎么尼加提像醉酒一样东拉西扯？

赵杨书记来到奠基仪式现场，奠基的沙坑里什么都没有，人们面面相觑。杜从军打圆场，说是个小疏忽，送石碑的车还在路上。阿布利孜副县长长期在农村工作，对基层搞不搞仪式并不在乎，没有石碑，仪式从简，建议大家铲两锹土填下，意思到了就行。但赵杨书记认为，建村民活动中心的事是"访民情、惠民生、聚民心"工作组"去极端化"、聚民心的大事，这次仪式不是形式主义，是一种示范，马虎不得，得等一等石碑。

尼加提坐不住了，去找哈那提了。哈那提正高兴着，因为他们已经找到了被凶犬追散的刀郎羊。哈那提突然想起了奠基石碑的事情，像被什么东西咬了一口，一下子跳起来，双手拍大腿，说："闯祸啦，羊把脑子踩晕了。"

等哈那提找到拉石碑的电动车后，又想起还没有准备奠基碑剪彩用的红绸布。阿尔曼急匆匆跑回家向二姐阿娜尔罕要红布，家里没有。看着姐姐头上戴的花头巾，阿尔曼有了主意，拿出一瓶红墨水把头巾浸泡在脸盆里染成了红色丝巾。

鞭炮齐鸣，烟雾弥漫，锣鼓喧天，掌声雷动，奠基仪式开始了。

赵杨书记看到玉古尔村民昂扬向上的精神状态，深受鼓舞。长期以来，南疆的文化阵地被非法宗教侵蚀着，乌烟瘴气笼罩在村庄的上空，人们的目光里闪烁着迷茫和不安，精神文明建设显得异常重要，而今天的村民文化活动中心的建设，是用先进文化占领农村阵地的一个具体行动，意义非凡。县委书记从村民喜悦的神情里看到了一种向上的力量。

尼加提书记定睛一看，奠基石碑上的红布还滴着红水，顿时紧张起来，他捅了捅杜从军，看赵杨书记那边，似乎没什么异样，走到石碑前正准备揭幕。

杜从军上前拦住，说："书记，您只挥锹填土，红绸布让尼加提书记来揭吧！"说完，他尴尬地笑笑。

赵杨回味一下这话，不太好听，但说得也对，人家村里的项目，好事留给村里办，好人让村干部当。杜从军使个眼色，尼加提书记心领神会，猛地将红布扯下来，露出"奠基"两字，石碑顶上还残留着红墨水的痕迹。尼加提书记两只手掌被墨水染得通红，他忽然打了个喷嚏，忙侧身用手去捂，憨厚的笑脸上好像插了一个小丑的红鼻子。

赵杨书记和大家握手告别，轮到尼加提书记，他把手背在身后，嘻嘻笑着，赵杨看看他的红鼻头忍住笑，假装什么也没有看到，一脸严肃。村民们早已嘻嘻哈哈笑作一团。

尼加提书记强颜欢笑地送走了县领导，看到阿尔曼不禁怒火中烧。年轻人放着电商公司不好好干，弄两头羊把今天这么大的事搅得胡里嘛唐（乱七八糟）。找羊、找石碑、找红布，出尽了洋相。看到那两只刀郎羊，尼加提的眼睛冒火，他对着阿尔曼嚷道："就算刀郎羊拉黄金，只要我尼加提当书记，任何人也别提养刀郎羊的事。"

说完用手拍拍身上的尘土，崭新的西装立刻被染得红不拉几，尼加提的脸色紫得像羊肝子。

电商公司的费用居高不下，月月入不敷出，几乎难以为继。王川和迪丽娜尔整日心事重重，担心不已，可阿尔曼却在漫不经心地养羊。他的两个伙伴搞不懂，阿尔曼为什么对公司的事情一点不上心，他们去他家里找他。刚好碰到阿尔曼匆匆回来，手里还拿着给羊治病的药。阿尔曼把刀郎羊寄养在邻居库吐鲁克家，最近两只羊上吐下泻，生病了。王川和迪丽娜尔说起公司的业务，当月的销售收入刚刚达到10万元，可营销推广上的费用却花了将近8万元，资金非常紧张。阿尔曼让他们暂时把广告投入停掉，等把刀郎羊养殖发展起来，到时再加大广告宣传力度。

王川不同意，广告推广是个长期的活动，时间越久才越有影响力，现在停掉广告就等于前功尽弃。阿尔曼还是一个主意：先停了广告宣传。

正吵得不可开交，哈那提匆匆来找阿尔曼，隔壁家库吐鲁克的羊都病倒了。羊圈里，一堆羊倒在地上病快快地吐沫子，显然是得了什么传染病。库吐鲁克说他家的羊上午好好的，阿尔曼的刀郎羊一得病，他家的羊也全倒下了。库吐鲁克认为，他家羊的病一定是刀郎羊传染的。阿尔曼奇怪，自己的刀郎羊只是玉米吃多了，得了急性肠胃炎，并不是传染病，邻居家的羊却病倒一片，这其中一定有问题。

阿尔曼要大家赶快把好羊和病羊隔离开，防止病情扩散。

尼加提书记本来就反对阿尔曼养刀郎羊，现在刀郎羊又把瘟疫传给了村里，一旦蔓延开了，阿尔曼哪能担得起责任，真是一帮成事不足败事有余的年轻人。

羊发瘟疫的消息闹得村民惶恐不安。村民们再看到阿尔曼和他的刀郎羊时都纷纷躲避，仿佛瘟疫伏在他们身上一般。阿尔曼始终不相信两只刀郎羊的肠胃炎和村里其他得病的羊有什么直接关系，刀郎羊抵抗力强，不会轻易得传染性疾病。为慎重起见，杜从军劝阿尔曼把羊送走。

村里的羊到底得了什么传染病？这些问题让村民紧张和愤怒，也让阿尔曼惴惴不安。

村里人不想再见到阿尔曼的刀郎羊。阿尔曼思来想去，只有前姐夫热合曼能帮他渡过难关。阿尔曼想把刀郎羊藏在他家里，热合曼一口回绝。若救了两只羊，带来的后果很严重：自己和阿娜尔罕复婚的事就更没指望了，连见儿子阿里木的机会也没了，还会得罪爷爷和尼加提书记。

阿尔曼苦口婆心地说服热合曼。

以前热合曼没离婚的时候偷喝酒，阿尔曼曾无数次帮着姐夫躲避姐姐的检查。阿尔曼提起早已发霉的往事，企图来个友情攻势，前姐夫却一点不为所动。阿尔曼知道热合曼怕的是姐姐，心疼的是外甥阿里木。他儿子阿里木贪玩，学习一塌糊涂，像没有睡醒的羊羔子，功课门门"挂红灯"。一向没有愁心烦事的热合曼想起儿子的前途就揪心。

阿尔曼乘机许诺："只要帮着藏了两头刀郎羊，我就帮阿里木复习功课，让他考上杭州的内高班。"

热合曼双目圆睁，这可是他梦寐以求的。以前，苦于自己已不是买买提爷爷家的人，和阿尔曼彼此早已生分了许多，一直不好意思开口，瞅到这当口，热合曼不再吞吞吐吐，答应养羊。

担心来修车的人看到刀郎羊，热合曼就把羊藏在里间摩托车的包装盒里。他的小修理店一直宾客盈门，"访民情、惠民生、聚民心"工作组来了以后，帮他申请了免息贷款，生意做得风生水起。

村里的几个年轻人来看车，羊咩咩乱叫，大家奇怪他为什么把羊藏在家里养。热合曼睁着眼瞎说："我连老婆都养不住，哪还有心思养羊？是隔壁家的羊在叫。"

年轻人看看窗外的棚圈，里面分明站着的是一头驴。热合曼指鹿为马，年轻人也不说破。正说着，一只刀郎羊从屋里探出羊角，热合曼拽着羊角把羊拉进屋里，羊张口要叫，他捡起一空油罐塞进羊嘴里，羊的嘴大叉着，哑了。

买买提爷爷找不到刀郎羊，心里急。如今，刀郎羊搅得人心惶惶，尼加提书记挨家挨户地发消毒水，阿尔曼惹的祸可不小。

在买买提爷爷眼里，孙子肚子里尽是花花肠子，脑子里藏满了歪门邪道，他一定要断了阿尔曼养刀郎羊的念想。

村委会也决定，阿尔曼的两只刀郎羊必须离开玉古尔村。

阿尔曼不认可刀郎羊有传染病，库吐鲁克家羊生病的事很蹊跷，不查清楚，后患无穷，阿尔曼把羊送去了动物防疫站，很快，结果出来了，村里的羊和刀郎羊得的不是同一种病，说明刀郎羊是无辜的。

阿尔曼给尼加提书记送来兽医站的检验报告，尼加提书记看都不看，他眼里都是一群群病歪歪的羊，是一沓沓顺水漂走的钞票，那一页检验报告就是一页废纸片片，他撂下一句话："把刀郎羊送走，要是再弄回来，就当瘟疫羊活埋。"

热合曼整天担惊受怕，一看到刀郎羊就头疼，羊是活物可以拴着，嘴却捂不住。往日，热合曼店里传出的是摩托车的突突吼声；现在，时不时传来咩咩的羊叫声，叫得热合曼心惊肉跳。热合曼索性拿了白酒，撬开羊嘴灌下去，挺灵！羊不吃不喝睡了几天。

阿尔曼和哈那提去库吐鲁克家，主人却堵在门口不让他俩进去。

前些日子，库吐鲁克看着阿尔曼天天拉两只羊上班，心有不忍，主动帮他养了几天刀郎羊。可是自己家的羊被传染得了病，阿尔曼不赔偿损失就算了，还要来家里搜查、找原因，简直欺负人！阿尔曼拿出防疫站的化验结果，库吐鲁克不信，他只相信尼加提书记是对的，一反平日友善的态度。这让阿尔曼反而确信他心里有鬼。

二姐阿娜尔罕看不过，气势汹汹地吼起来。刀郎羊天天被弟弟牵去公司，晚上待在自己家羊圈里，时间上和自己家的羊接触的时间比和邻居家羊接触的时间长，可自己家的羊没事，反倒库吐鲁克的羊病了？又不让调查，明显是库吐鲁克心中有鬼。

二姐阿娜尔罕说："你的羊生了病，传染给了邻居，你怕被查出来真实原因，所以……"

二姐阿娜尔罕一向蛮横，老实的库吐鲁克平时就怕招惹她。二姐阿娜尔罕一嚷，大家都认为阿尔曼被冤枉了。库吐鲁克受不起不白之冤，就让阿尔曼进羊圈检查。

热合曼一个人住久了，非常寂寞，每当一个人的时候，总是喜欢自言自语，对着这冷冰冰的摩托车，把一天的烦恼、欢乐倾诉出来。自从养了耳阔型健的刀郎羊，非常喜欢这两只有灵性的动物，把自言自语的对象改成这对羊了。那天，他又喝了些酒，一个人絮絮叨叨地说上了。口口声声叫着宝贝，感叹前老婆阿娜尔罕没它们温柔可人，最后还大声嚷道："宝贝呀，要多生一群小宝贝，才对得起我热合曼的养育之恩。"

村干部塞日娅去热合曼的店里修电瓶车，没进门，听到热合曼的胡话，塞日娅惊得目瞪口呆，莫不是酒鬼热合曼又缠上了一个不正经的女人？消息像风一样被塞日娅传给了大姐阿孜古丽。

此时此刻，大姐阿孜古丽震怒不已，说："自家的地即使荒着，别人的羊群也不能到地里乱啃。"

二姐阿娜尔罕听说热合曼在家里藏了女人，那还了得，说："自家的水塘里怎么能容下别的野鸭子游荡？"

从理论上来讲，热合曼已经是个独居的离婚男人，但是在阿娜尔罕一家人的心里一直把热合曼当成自家男人。

她们上门兴师问罪，冲到热合曼家，几双大脚踹门。

过去的一家人又打起来了，村里又有了新闻，大家都围在热合曼的院墙外看热闹。小村庄一向平静，生不了天塌的大事，村民喜欢东家长西家短，在背地里对人评头论足，那成了村民的一种生活方式，天下还有什么事情大过邻居家的灶台和床第？

热合曼莫名其妙，一点都不明白，村里人怎么会认定自己在油腻腻的修理铺里藏了女人？听到二姐阿娜尔罕声嘶力竭的吼叫，他把门顶得更紧，越发让外面的女人认为热合曼心里有鬼。门被敲得咚咚作响，热合曼给阿尔曼打电话救急。

阿尔曼匆匆赶来。

突然，尼加提书记亮着嗓门也过来了。大半个村子都听到阿孜古丽姐妹的吼叫声，他来看个究竟。阿娜尔罕和热合曼过日子时闹，离婚了也闹，现在热合曼房子里还藏了女人，玉古尔村怎能允许这些伤风败俗的事情发生？

听到阿尔曼的声音，热合曼忐忑地把门打开，大姐阿孜古丽伸手就打，却被阿尔曼紧紧拉住。尼加提书记在屋里转了一圈，什么也没有发现。大姐阿孜古丽不相信，明明有人说听到热合曼和女人调情，怎么一切都消失得无影无踪？尼加提书记历来大男子主义，看不惯村里一帮小娘们儿说三道四。

尼加提书记说："面里不加点咸盐，嘴里不倒腾点闲话，生活似乎缺了点味道。"

房子里分明什么也没有。阿娜尔罕和热合曼离婚了，那热合曼房子里的事情和前老婆按说没关系了，可这个霸道的女人听了闲话就来胡闹。尼加提书记劈头盖脸地把阿孜古丽姐妹训斥了一顿。

热合曼得意地笑起来，急着劝大家说："赶紧回家伺候自家的女人，别在这里看别人女人的裙摆。"

尼加提书记骂得口干舌燥，热合曼给尼加提书记倒了杯热茶。

尼加提书记边喝边劝二姐阿娜尔罕说："要么早点复婚，好的时候就一起扯床单，想打架的时候关起门来，打个上房揭瓦下床磕头。我根本不会管。"

二姐阿娜尔罕委屈得很，离婚多年，她心里装的还是酒鬼热合曼，他要是戒了酒，怎么会让他天天焐冰凉的炕头。可热合曼是野猫戒不了荤腥，整天醉醺醺找不到北，让村里人背地里嚼舌头。

尼加提书记要走了，把剩下的大半杯热水放在旁边铺有毯子的凳子上，热水洒了一毯子。那个毯子下就藏着热合曼的秘密。下面两只羊腿尥起蹶子踢了尼加提一脚，他猝不及防，被踢倒在地，毯子掉下来，露出两只惊恐的刀郎羊。尼加提白眼一翻，一跟头栽倒在地。阿尔曼慌忙扶起尼加提书记，书记的脑门上划了个小口。

阿尔曼忙去找创可贴。尼加提书记怒从心起，阿尔曼一直就在演戏，他一个民营企业家，村里支持他搞经营，指望他带领村民致富。可阿尔曼却天天胡闹，把尼加提折腾得头晕目眩。那刀郎羊和阿尔曼就是村里的祸根，唯一的办法就是让阿尔曼带着刀郎羊走人，一了百了。

尼加提书记下了逐客令。

恰在此时，哈那提挥舞着手中的一纸传真电报，大呼小叫地跑出来。县动物防疫部门的检疫结果出来了，玉古尔村的羊得的不是瘟疫，白纸黑字证明刀郎羊不是传染源。尼加提书记看了看检疫报告，一头雾水。

两个检验单说明，库吐鲁克家羊得的病和刀郎羊得的病，既不是一种病，也不是传染病。但村民们还是搞不清楚原因，不能心服口服。

尼加提书记说："阿尔曼你还得拿出证据，说明刀郎羊得的病不会互相传染，才能说服大家，暂时还得先把刀郎羊隔离。不杀刀郎羊算是给动物防疫站一个面子。"

要找到村里土羊生病的原因，阿尔曼只好从库吐鲁克家的羊圈查起。

库吐鲁克家喂羊的饲料是品牌商品，信誉度高，老百姓普遍用它给牛羊育肥。那么土羊得病，一定另有隐情。哈那提和阿尔曼不放过任何蛛丝马迹，在畜棚找线索。眼前是一袋打开了封口的饲料，旁边倒着残留农药的药瓶，地面被腐蚀得变了色，饲料已被严重污染了。那是杀棉铃虫的农药，洒在饲料上，羊吃了不死都万幸。而库吐鲁克的邻居肖克来提家的土羊也集体中毒，他家的土羊不可能吃那个被污染的饲料，毕竟农药只污染了一袋子饲料。看样子问题不像表面看起来那么简单。

他们发现所有的饲料袋子都散发着难闻的化学药品气味。阿尔曼判断饲料应该被编织袋污染，源头得从饲料店查。

阿尔曼和哈那提来到乡里经销饲料的商店。店主认识阿尔曼，知道他不是来买饲料的，不让他们进店里的仓库。阿尔曼料定这家饲料店有问题，但进不了店。

哈那提常年在工商局查处不法商人，和这些投机耍滑的店主斗争经验丰富，他拍了下大脑门笑起来，琢磨个调虎离山之计。哈那提以用户的身份订货，邀请店主立刻去县里商谈订货事宜。店主怎么算计也没有想到是个陷坑。

新疆人常说：吃草的小羊别忘了背后的狼，吃羊的草原狼别看不到远处的猎人。

可偏偏这些事都让弄虚作假的店主摊上了。小店主接到哈那提的电话乐不可支，有一笔大生意从天而降，他慌忙安排老婆照看店面，自己匆匆赶往几十公里外的县城。

哈那提看着绝尘而去的小店主，自己却去了饲料店，以工商局干部的身份要检查饲料店的营业执照。店主老婆是农村女人，对丈夫的话言听计从，见到执法人员，有点紧张。哈那提像模像样地检查了执照，又去仓库看包装好的饲料。仓库里乱七八糟地堆着用编织袋包装的羊饲料，地上撒落了一层白色粉末。原来包装饲料的袋子不是原装编织袋，店主为了节约成本，把尿素化肥袋子回收，重新打包，作饲料袋用，饲料袋上的批号和库吐鲁克家的一模一样。

事情清楚了。他们又带上样品赶到防疫站。检验结果出来了：饲料样品和编织袋都含有大量尿素，饲料受到了严重的化学污染，羊吃了含有尿素的饲料而中毒。

云开雾散，阿尔曼和哈那提乐不可支。

　　他们匆匆回乡，阿尔曼把县防疫站的检验单贴在村务公开公示栏，用科学的结论证明，刀郎羊和村里的羊得病没有任何关系，库吐鲁克的羊是吃了尿素污染的饲料得了病，刀郎羊不是罪魁祸首。检验报告救了刀郎羊的命。

　　此时，尼加提书记正让人把刀郎羊从热合曼家拉出来，装进了皮卡车厢。

　　看到检验结果，尼加提书记不以为然，既然防疫站下结论不是刀郎羊惹的祸，阿尔曼何必到处粘贴花花绿绿的纸片哗众取宠？尼加提对阿尔曼无话可说，为了找台阶下，当着杜从军的面批评哈那提整天不务正业，跟在羊屁股后面，弄得全村腥臊。毕竟"访惠聚"工作组的组长才是村里的副书记，在村里，尼加提是正处级的组长的领导。杜从军听出尼加提书记的话里有话，咳嗽了两声没表态，但在他心里，阿尔曼养刀郎羊和开公司是两件了不起的事情，他们在实实在在地为村民们谋福利，他们的境界常人看不清，却让他这个老共产党员敬佩。

6

阿尔曼身心疲惫，回到公司，为了找出土羊染"瘟疫"的原因，他把电商公司的业务甩给了王川。公司服务器租赁到期了，下季度租赁费还没有着落，公司运营举步维艰。

王川拿出一张有10万元余额的银行卡交给迪丽娜尔，那是他妈给的零用钱，王川一直没花，他不想用父亲的钱。早在王川很小的时候，父亲抛弃了王川母子另寻新欢，眼看老了，想落叶归根，回到他曾经抛弃的家，用金钱弥补他对家人的亏欠。但王川觉得父亲的每一分钱里都是嘲弄和屈辱，他从不使用父亲给母亲的钱。可是当下，阿尔曼的公司已经岌岌可危，他必须全力以赴拯救他和阿尔曼的未来。毕竟生存的危险比尊严的受辱更有摧毁力。

公司账上没钱，王川自己拿钱垫上，可是销售额继续下滑，没钱做广告、进货，公司面临破产的危险。

但是阿尔曼不务正业，王川就有一种想和他打一架的冲动。看到阿尔曼，王川说："福尔摩斯，您给断断看。村民不理解咱们。多卖，货架没货；少卖，他们不高兴。咱们耗在这儿图啥啊？"

王川后悔来到农村，一时有了回乌鲁木齐的念头。

阿尔曼讨厌王川张口说泄气话，对他像孩子一样闹情绪习惯了。但他没有想到，迪丽娜尔也想和王川一起回乌鲁木齐，阿尔曼怔住了。阿尔曼以为迪丽娜尔因为生热娜的气，他信誓旦旦地表白自己的清白。迪丽娜尔不知道该信阿尔曼的誓言还是信他暧昧的表现。

阿尔曼一宿未眠，第二天他去县城筹钱，刚下车，一个熟悉的身影向他跑过来，好看的小蛮腰随着飘逸的连衣裙摆一起扭动。阿尔曼眼前一亮，风一样飞过来的漂亮姑娘原来是热娜。寒暄了几句，阿尔曼说明了他来县城的目的，一脸愁容，热娜咯咯笑起来，说声再见，风一样飞走了。阿尔曼茫然地望着那个青春飞扬的背影。

热娜终于等到阿尔曼低下傲慢的铁头那一天，她心里既心疼，又开心，决定帮他。回到家，热娜捧着一盘水果，摆在看电视的父亲吐尔干面前，贸然打听起父亲的存款。

吐尔干发现女儿行为古怪，一脸戒备，对热娜说："家里的钱是留给你的嫁妆，现在不能花，等你嫁人了，直接拎包和那些钱一起滚蛋。"

热娜知道爸爸还在生气，可现在阿尔曼倒霉了，父亲应该开心呀？热娜于是把阿尔曼的事情说了，动员父亲投资入股阿尔曼的公司。吐尔干历来看不起玉古尔村，什么好事到了那村就像雨水落在麦场，全部发霉。女儿说了沙丘一样的一堆话，说白了要父亲入股阿尔曼的电商公司，要艾塔克村投钱。

吐尔干说："别惦记着你爹的毯毯（钱），除非阿尔曼上门求情。"

热娜闹不清父亲说的是气话还是真要阿尔曼的一个道歉，但只要有希望，就不能放弃。

热娜去找阿尔曼，劝他对父亲低头。

热娜一进门，迪丽娜尔的心思就乱了，不理解她怎么总打着她爸的旗号来找自己的男朋友。听说吐尔干会入股，迪丽娜尔以为又是热娜在打什么小主意，坚决不同意。王川琢磨：吐尔干书记要投资，那就让他投，谁的钱都是钱。阿尔曼要是花心，热娜就是块试金石，阿尔曼要是犯了错，证明他对迪丽娜尔的恋情是假的，量他阿尔曼有贼心也没贼胆，充其量想色诱热娜。

两个男人都对热娜的提议非常感兴趣，迪丽娜尔无法接受，再没钱也不能糊里糊涂地引狼入室，她赌气走了。

阿尔曼的心思现在不在迪丽娜尔是否生气上面，他倒是担心尼加提书记和吐尔干书记是对头，两头斗牛斗了多年，如果吐尔干入股了，尼加提书记一定会崩溃的。但目前，只能如此了，有了资金，等"大好河山"发展了，玉古尔村受益了，尼加提书记的心结自然就解了。

但阿尔曼一行人去了艾塔克村，等了许久没人理会他们。吐尔干书记故意给他冷板凳坐，想敲打敲打目中无人的阿尔曼。阿尔曼也不着急，寻思吐尔干做事独特，不按常理出牌，被他敲打，正说明吐尔干书记想合作。等了一个下午不见吐尔干书记，王川觉得和吐尔干合作也是痴人说梦，几乎失去了信心。阿尔曼却窃笑。

快下班了，吐尔干书记带着六个村委鱼贯而入，斜瞥了一眼站起来的王川，问他是要走吗？挥挥手要道别的样子。王川赶忙解释，坐了一天，腿麻了，起来运动一下。

吐尔干书记和村委坐下来，一副三堂会审的架势，问阿尔曼此行的目的，问清楚了，好像也没多大兴趣。

阿尔曼描绘了一通电商发展的大好形势，口若悬河，王川和哈那提倒听得津津有味，赞不绝口，村委会里的人却一副心不在焉的样子。

阿尔曼说完，吐尔干书记迷迷瞪瞪地揉着眼睛，似从梦中醒来，转身向旁边的人，说："中午喝的酒一定是假酒，喝得头疼。"

说起酒，村委们顿时来了精神，一顿神侃，嚷着再和吐尔干书记去喝一场回神酒。吐尔干书记看了阿尔曼一眼，夸张地拍了一下自己的脑袋，一副自责的腔调，好像才看到眼前站着三个活人。

吐尔干书记嘟囔着要去饭店吃饭，也不知那话是对谁说的。哈那提听不明白，吐尔干书记到底是想请他们吃饭还是不想请？王川没心思吃吐尔干的饭，他看不得阿尔曼热脸贴冷屁股的模样，起身要走。

阿尔曼心里明镜似的。那吐尔干书记分明有备而来，故意在他们面前演了一场戏，他下那么大功夫表演，就是想摸清阿尔曼的底牌。

吐尔干书记就是要听其言观其行：阿尔曼一回去，说明自己的怀疑是对的，证明他们不是真正想合作，而是借钱。那就让这群小子哪里好玩就去哪里玩，我吐尔干也没心思奉陪，想从艾塔克村弄钱，没门儿。

阿尔曼早猜透了吐尔干的心思。要干大事，扛不住压力，受不得委屈，算哪门子骨气，阿尔曼没那么脆弱。

吐尔干已经出门去饭店了，阿尔曼追上他，跟进饭店。

吐尔干书记心里偷乐，使个眼色，让手下人扛了一箱白酒来，一字排开码到桌上，一人一个可盛二两酒的高脚杯，挨个倒满。看这阵势，阿尔曼三人傻了眼。哈那提腿发软，他最多只能喝半瓶。王川以前有200克的酒量，大学时喝酒，得了胃溃疡，五年了滴酒不沾。阿尔曼没吱声，看着桌上的白酒，咽了口吐沫，横竖也得拼，有一种英勇就义的决绝。

吐尔干书记和村委们面无表情地吃菜，阿尔曼不时瞄一眼面前的酒，心里发怵。王川和哈那提大口吃肉，肚子里空，经不住酒力，吃肉喝酒，醉得慢。

吐尔干书记一偏头，一个村干部拿过两个高脚杯，倒满白酒，递到阿尔曼面前让他喝。看到阿尔曼吞吞吐吐，一点不爽快，吐尔干书记说："艾塔克村的规矩，杯子多大感情多好，喝一次是朋友，喝两次是亲戚，喝三次就是亲人了。这酒是我自己买的，不违纪，痛快喝。"

王川推脱说自己有胃溃疡的毛病。倒酒的大个子村委笑起来，说他去年做了个大手术，掉了30公斤肉，现在，肉照吃，酒照喝。

"人活着不就是要好吃好喝，羊不喝酒，都让人宰了吃。"

众人哈哈大笑。

阿尔曼窘迫地看着面前的三杯酒。哈那提打圆场，要替阿尔曼分半杯。

吐尔干书记点点头，冷笑着说："可以，你喝了阿尔曼的半杯，就要再给阿尔曼加两杯。来我们村谈事，就得按我们的规矩来。两口酒都不敢喝的是儿子娃娃吗？"

哈那提嘴唇直抖，呆呆地看着对方。吐尔干书记端起酒杯，几名村委也纷纷端起酒杯，将杯中酒一饮而尽，啪啪地放下杯子，红着眼盯着阿尔曼他们。

哈那提哭丧着脸，阿尔曼呼吸急促，箭在弦上不得不发，所有人都干了杯中酒。吐尔干书记脸上露出开心的笑容。村委们愣住了，这些巴郎子（年轻人）还没有他们不敢下的火海。现场一片叫好声，气氛燃烧起来了。酒上了头，大家都有些按捺不住。哈那提晃着身体，搂着吐尔干书记的肩膀直叫大哥。王川笑一阵、哭一阵，和一群人拼酒。阿尔曼眼神迷离，一下子趴在桌子上了。

吐尔干书记十分兴奋，拍着胸脯说："你们遇到我，就是猎人来到了狩猎场。我塔克拉玛干的吐尔干，要不和你们合作，就是戈壁滩上渴死的狐狸，皮都没人要，小伙子们，你们放心跟我干！"

吐尔干说得语无伦次，但大家知道，他已经下了合作的决心。一场针锋相对的酒战，鸣号收兵，阿尔曼达到了预期目的。

第二天，按照约定，吐尔干书记和阿尔曼签订了投资协议书。

阿尔曼被豪爽的吐尔干书记感动了，毕竟，艾塔克村给了"大好河山"

电子商务公司关键的支持。在吐尔干书记眼里，这是一次圆满的合作，他相信阿尔曼能把钱的儿子、孙子给他一起抱回来。

阿尔曼握住吐尔干书记的手笑着说："下次来，喝点饮料就行，别那么费钱。"

吐尔干书记哈哈大笑说："以后见面只谈赚钱的事情，把酒都倒进塔里木河里。"

回家的路上，王川突然对派执行副总裁这一项条款提出了异议。艾塔克村占了40%的股份，是最大的股东，派人监管是正常的，可是却要派个高层副总来，阿尔曼签合同时看都不看，就签了字。原来的执行副总一直是迪丽娜尔。王川批评阿尔曼做事粗心，更担心新来一个副总，会让迪丽娜尔无所适从，心生矛盾。

那个条款是吐尔干最看重的，阿尔曼知道吐尔干的心思里对他们帮年轻人不放心，为了顺利签约，阿尔曼故意装着无所谓。其实阿尔曼早已成竹在胸，艾塔克村根本就没有懂现代管理的人。副总？只是他吐尔干要来的名声，自己的公司该咋干咋干。

回到公司，迪丽娜尔看了合同，十分佩服阿尔曼解决问题的能力，觉得对方派个副总也是理所当然。

大家正绘声绘色地描绘那场惊心动魄的喝酒战事，热娜从门口探进半个身，笑嘻嘻地进来找阿尔曼，说是来报到。

阿尔曼惊得目瞪口呆，王川正得意扬扬，仰面靠着椅背，一听这情况，向后一仰，翻倒在地。迪丽娜尔心烦意乱，阿尔曼为了签约，竟然隐瞒了热娜到公司来的事情，她把手里的笔一摔，走了。

热娜拿出签着她父亲吐尔干书记大名的委托书，阿尔曼呆若木鸡，热娜是教师，怎么能突然到电商公司来上班？

原来热娜为了能到"大好河山"和阿尔曼共事，在吐尔干喝完酒的那天晚上，他们父女一商量，第二天就办了停薪留职。

热娜煞有介事地与在座的人挨个握手。王川像在看一场精彩的莎士比亚戏剧，啼笑皆非，忍不住苦笑起来。

落霞满天，热闹了一天的玉古尔村安静下来。

吃过晚饭，阿尔曼心焦如焚，千呼万唤，约出迪丽娜尔，来到村边的胡杨林。

迪丽娜尔愠怒地沉默着，阿尔曼心情凝重，靠着树干，嘴里衔着根草棍，不知怎么解释眼前的一切。

在迪丽娜尔看来，让热娜来当副总，就是阿尔曼故意隐瞒的一个事实。阿尔曼有嘴说不清，他还是忽视了吐尔干的智商，吐尔干不按常理出牌是一贯作风，可让热娜来公司，简直像输红眼的赌徒。他无法向女友解释清楚。女孩子敏感是天性，感情上，看似芝麻大的事情，却有西瓜一样的重量。阿尔曼深爱着迪丽娜尔，他对热娜一丁点儿别的意思也没有。让艾塔克村派一名副总，是吐尔干书记答应投资的一个重要的条件，可他做梦都没有想到，那个聪明绝顶的吐尔干居然送来了他的女儿。

一向知书达理的迪丽娜尔，无法冷静下来，再通情达理，也容不下自己的男友和别的女孩子暗送秋波。吐尔干提出只有安排个副总才答应投资，分明是在要挟他。阿尔曼竟然昏头昏脑地答应了。热娜今后每天都会像苍蝇一样在眼前飞来飞去，自己这只蝴蝶在哪片花园飞才好？热娜现在是执行副总裁，排名在迪丽娜尔之前，决策权大她一级。这些都无法让迪丽娜尔保持心理平衡，姑娘内心充满苦涩。

第二天，热娜穿着职业装，挽着发髻，一副都市白领装束，兴致勃勃地走进办公区，微笑着向每一位员工点头致意，特意跟迪丽娜尔打了招呼，笑嘻嘻地坐下来，打开电脑，煞有介事地点击鼠标，看了一阵公司网页，几乎什么都没看明白。

公司的员工不时地向迪丽娜尔请示各种问题，很明显，在大家的心里，迪丽娜尔才是公司副总，他们需要迪丽娜尔给出解决各类问题的指示。

热娜百无聊赖，噘着嘴，在电脑上打游戏，玩了一会儿，打起哈欠，伏在桌子上睡着了。熬到下班，郁闷的热娜收拾东西准备回家。

艾尼从自己的办公室走出来，看到闷闷不乐的热娜，说道："私人的公司都这样，没人情味，要适应。"

在热娜眼里却不是那样，迪丽娜尔和员工有说有笑，人情味十足，只是大家偏偏不理自己而已。很明显，迪丽娜尔和员工在回避着自己，把自己屏蔽到了另一个世界。热娜内心不是滋味。

热娜对公司的业务又不懂，也没人教她，就央求艾尼教她学习业务。艾尼推脱他负责电商协会的工作，却提醒热娜过两天公司要办个品牌推介会，热娜应该在会上表现一下，让大家知道，公司里除了阿尔曼，就是热娜说了算！热娜好像恍然大悟。

回到家，热娜开始做瑜伽，身体舒展，曲线优美，解除了一天的烦恼。吐尔干书记爱怜地看着热娜，他担心女儿刚到阿尔曼的公司上班受欺负。

热娜乐呵呵地说："挺好，不过呀，我要夺权！"说完，神秘地笑了笑。

品牌推介会是"大好河山"公司要打响的第一炮，对公司来说意义重大，阿尔曼要为公司寻找绝处逢生的机会。

推介会的策划人是王川和迪丽娜尔，他们想借这次推介会向四方来宾展示出公司年轻、活力、激情的风貌和精神。参加品牌推介会的来宾很多是老客户、著名企业家，还有一些外商。阿尔曼打算借着品牌推介会达到强强联合、多维合作的目的，能够在现场签订项目协议书，做几个大单，全方位推广新疆特色物产。

如此，公司再上台阶，指日可待。在预备会上，阿尔曼做了激情洋溢的动员，公司员工跃跃欲试，斗志昂扬，充满信心。

预备会正要结束，热娜黑着脸走进会议室，盯着阿尔曼。热娜突然发话，众人一惊，热娜大声责备阿尔曼："为什么这么重要的会不通知我参加？"

阿尔曼解释说："考虑到你刚来公司，对很多情况不了解，就没说。"

热娜不信，说："我早就知道有这个推介会。"

迪丽娜尔奇怪，今天开的是品牌推介会的预备会，只有公司管理层知道，一直在秘密筹划，热娜来得晚，她从哪儿知道的？

热娜说："我作为公司领导，在这次品牌推介会上要担起副总的责任。"

艾尼热情地鼓动说，热娜是搞艺术的，品牌推介会需要她这样活泼的人牵线。

迪丽娜尔冷冷地看着阿尔曼，阿尔曼有些无所适从，王川和哈那提装作看不见。看着咄咄逼人的热娜，阿尔曼为了息事宁人，同意热娜可以按她的想法做一些具体工作。

热娜灿烂地笑起来，一副得意扬扬的获胜者模样。

微风轻拂，鸟语花香，多浪河畔，一个像举行室外婚礼的舞台搭建好了，那是热娜的作品，用来作为品牌推介会现场。

河畔的游艇上，一群客人围站在一起举着香槟碰杯。草地上，一侧摆放着冷餐桌，另一侧是展品架。舞台上方，悬挂了一块巨大的宽银幕，写着"'大好河山'品牌推介会"几个大字。欢快的新疆民族音乐把现场渲染得热热辣辣。

舞台上，穿着艳丽的民族服装的热娜在独舞，舞姿绚丽婀娜。

各方来客应接不暇，阿尔曼和王川手忙脚乱。

多浪河度假村里，迪丽娜尔和几个外国人从电梯里走出来，迪丽娜尔用流利的英语和外商文森特先生交流。文森特是沃尔玛在中亚地区的代理商，对民族特色的商品非常感兴趣，他想和"大好河山"公司接洽，进行一次商务合作，他已经有了合作意向，美丽的迪丽娜尔给他留下了深刻的印象。

文森特希望早日签订合同，尽快将"大好河山"的产品在沃尔玛超市上架。迪丽娜尔按捺不住内心的激动。

来到现场，文森特看到了舞台上旋转着的热娜，被美丽奔放的维吾尔族歌舞震撼。

热娜纵情旋转，激情四射，她突然拿起麦克风，轻敲话筒，要发表即兴演讲。热娜行了一个维吾尔抚胸礼，一紧张忘词了，急忙嚷道："大家在美丽的多浪河畔吃好、玩好、喝好！"

又声嘶力竭地吆喝台下的来宾上台，与她共舞，那风格就是乡村地头的露天舞台架势，粗犷而狂野。

王川脸都绿了，阿尔曼也懵了。让热娜一吆喝，推介会变了味道，就像是一场村民跳麦西来甫的大串烧。大家都不明白，热娜唱的这是哪一出，井井有条的推介会让热娜搅得天翻地覆。

正在与文森特交谈的迪丽娜尔也怔住了。热娜还在舞台上邀请来宾，狂野不羁。

王川匆忙走上舞台，凑近热娜，让她请阿尔曼上场讲话，要她别闹了。

热娜相当委屈，她见现场一板一眼，死气沉沉，客人看似彬彬有礼，其实没有多少兴致，她只是想让大家参与进来。热娜憋着劲，不下去。阿尔曼上台讲话时，热娜在一边助兴伴舞。

王川强忍怒火，热娜把推介会搅成了夏令营。

文森特接了一个电话，说他临时有事，准备提前离开，就急着想签合同。文森特刚要转身走，热娜在台上指着文森特，邀他上来跳舞。文森特对着迪丽娜尔耸耸肩，他早被眼前美丽妩媚、活力四射的姑娘所感染，他无法拒绝台上这位热情大方的姑娘。

迪丽娜尔一惊，怕耽误了签合同的正事，笑着劝文森特可以不上台，她担忧文质彬彬的文森特被豪放的热娜吓退了。文森特却一腔热情，坚持配合热娜跳一曲。

在迪丽娜尔的眼里，热娜疯了！这么重要的活动，眼看让她给搅了，跟文森特谈好了要签订项目合同，热娜却把文森特的时间浪费在跳舞上，阿尔曼还乐呵呵假惺惺地鼓励文森特和新疆最美的姑娘跳一曲，简直在纵容热娜。

迪丽娜尔无法忍受，转身离开会场。

王川追上迪丽娜尔，说："十万火急，我的女神，千万别撂挑子。"

迪丽娜尔毫不留情，走了。

热娜在舞台上教文森特跳麦西来甫，文森特迈着笨拙的舞步，双手扭成了麻花，手舞足蹈，热娜被逗得开怀大笑。热娜把气氛撩拨起来，在台上引领台下所有客人跳舞。

台上台下一片欢腾。

阿尔曼抢步走上舞台，热娜领舞正酣，阿尔曼强颜欢笑，拉住热娜的胳膊，生拉硬拽地将热娜拽下舞台。

热娜惊讶地发现阿尔曼已经气得脸黑嘴歪。

阿尔曼强压怒火，低声说："别再胡闹，你差点砸了场子。谁让你上台跳舞的？谁让你喊客人跟你学舞的？谁让你领着全场热舞的？会议流程你看没看？"

阿尔曼他们按照规规矩矩的商务活动，安排了会议议程，没想到让热娜活脱脱搞成了田园大派对。热娜还在兴头上，一时发蒙，她不明白让大家嗨起来怎么就胡闹了。

推介会现场从躁动中安静下来，舒缓的轻音乐柔曼地在空中飘荡。来宾们群聚在一起谈天说地。

此刻，文森特在急着寻找迪丽娜尔。

热娜笑意涟涟地迎上来。文森特急切地说了一堆叽里咕噜的话，热娜一句都听不懂，只是哈喽、哈喽地点头。文森特被眼前幽默的姑娘逗乐了，拜托她找到迪丽娜尔。热娜还在哈喽，文森特皱起眉头，才知道这个漂亮的姑娘不会说英语。文森特双手一摊，看了看表，他半个小时以后必须离开，要赶晚上的飞机回上海，眼前却没有迪丽娜尔的影子。

热娜哭丧着脸大声告诉王川，这个老外有事情找迪丽娜尔。

文森特和几名手下焦急地等待着。

王川跑过来，连猜带蒙，知道文森特要请迪丽娜尔来签署合作协议。阿尔曼喜出望外，去宾馆找迪丽娜尔。

文森特急得直看表，热娜也是干着急帮不上忙，又拉着文森特上了舞台，跳新疆舞。

阿尔曼按迪丽娜尔房间的门铃，迪丽娜尔把门开了一条缝，露出冷冷的眼神。阿尔曼刚张口提起文森特，迪丽娜尔说了声"与我无关！"砰地关上门。

阿尔曼站在门口不停地恳求，希望迪丽娜尔顾全大局。公司里只有迪丽娜尔英语流利，文森特再过一会儿就得走了，阿尔曼急得像热锅上的蚂蚁，迪丽娜尔突然冒了句："让热娜来请！"

热娜和文森特跳得正欢，客人乐得忘了时间。阿尔曼跑来让热娜去宾馆请迪丽娜尔。热娜光火，"迪丽娜尔耍脾气，要我哄？没门儿！"

阿尔曼生气地说："整个会议流程是迪丽娜尔制订的，现在全被你打乱了。文森特马上要走，临走前必须得把销售合同签了，这事非同小可，你要给耽误了，我撤你的职！"

热娜满眼委屈，泪光闪闪，她来到迪丽娜尔的门口，使劲敲门。迪丽娜尔听到热娜的声音，火气上涌，拿出枕头盖住头。

热娜一时委屈，无助地靠在门上哭诉起来，说文森特马上就走了，销售合同眼看就签不成了，如果这事搞砸了，阿尔曼要撤她的职。热娜哭得稀里哗啦的。

迪丽娜尔贴着门听着，在屋里抿嘴偷笑。热娜蹲在地上靠着门，哭得上气不接下气，不停地认错。看到火候差不多了，迪丽娜尔猛地拉开门，热娜重心不稳，一个后仰，躺到地上。看见迪丽娜尔出来，热娜含泪笑起来，稚气地问："迪丽娜尔姐姐是不是不生气了？"

迪丽娜尔没理会她，面无表情地走出去。

迪丽娜尔站在满脸焦急的文森特身后，若无其事地说："景色太美，居然忘了招呼文森特先生，去远处看风景了。"

文森特直说对不起，问她是不是因为自己上台学跳舞冷淡了她，让她生气了。

迪丽娜尔莞尔一笑，说："我的确不喜欢你上台学跳舞。"

文森特不停地表示歉意，冷不丁说："这么美丽的姑娘，这么美丽的风光，这么美丽的时光，站在台下就是浪费生命，那个跳舞的维吾尔姑娘就像一束火焰。"

迪丽娜尔笑了笑，不置可否。

阿尔曼和文森特迅速地签署完合同。

他们合作成功了。

临走时，文森特对迪丽娜尔说："下次我不上台陪那个姑娘跳舞，我要陪你看风景。"

迪丽娜尔舒心地笑了。

阿尔曼见迪丽娜尔没把最后一句话翻译过来，追问："文森特先生最后一句说了什么？"

迪丽娜尔装作没听到，把文森特送上车。

会议室一角立着的白板上写着一行字"员工培训第二季，主讲人：迪丽娜尔"。

迪丽娜尔走进会议室，里面空无一人，看看表，正疑惑间，办公区那边突然传出欢快的新疆音乐。迪丽娜尔走进去，见员工们站成几排，跟着热娜学跳麦西来甫。迪丽娜尔脸色铁青，拔下播放音乐的U盘，音乐声戛然而止。热娜恼火地看向迪丽娜尔，迪丽娜尔冷冷地盯着热娜。

员工们见势不妙，纷纷回到办公桌前。热娜搞不明白，自己在学校是舞蹈教师，教学生跳舞是工作之一，迪丽娜尔凭什么看不惯她跳舞。

迪丽娜尔忍无可忍，教训热娜："'大好河山'是电子商务公司，不是乡里的初级中学，作为公司的高级职员，不是教小朋友唱歌跳舞的老师。在公司里工作，不是搞课外活动。作为公司的副总，要做更多的努力和奉献，而不是蹦蹦跳跳，拖垮公司！"

热娜气得说不出话，扭身跑了。

迪丽娜尔给员工们上完培训课，拿起板擦擦掉白板上的字，一转身，发现阿尔曼站在门口。

迪丽娜尔冷淡地看着阿尔曼，阿尔曼小心翼翼地挑着说辞，认为热娜大小也算是公司的高管，迪丽娜尔不应该在大庭广众下那么批评她。他劝迪丽娜尔，为了大家的事业，很多事情需要忍耐。

迪丽娜尔已经没心思听下去了，她不明白，热娜说几句，阿尔曼就耳朵耷拉下来。阿尔曼是自己的男朋友，却从来不考虑她的感受，让她有什么理由相信，天真得出奇的热娜和阿尔曼是无辜的？

迪丽娜尔说:"我和她不可能和睦相处,你出去。"

阿尔曼一愣,迪丽娜尔把他推出门外,"咣当"一声,关上了会议室的门。

第二天,阿尔曼来到电商公司,迪丽娜尔冷冷地从阿尔曼身边经过,坐到自己的位置。阿尔曼想和她打招呼,看到热娜走过来,热娜也冷冷地看了阿尔曼一眼,没吱声,坐到自己的位置。

这种怪异的氛围,让阿尔曼无可奈何。

王川兴致勃勃地说:"文森特很够意思,沃尔玛公司已经在各大超市铺货了,咱们的新疆特产就要供不应求了。"

阿尔曼稍稍有点开心。

电商公司的销售火热起来,员工们忙得不可开交,公司里一派热气腾腾的繁忙景象。人手明显不够了,快递费用太高了,问题迫在眉睫。

迪丽娜尔和王川商量,如果在村里建一个自己的仓储物流中心,在华北、华南、华中和东北各建一个物流接收点,再统一进行派送,运输成本立刻能节约30%。

王川带着这个想法,兴致勃勃地去找阿尔曼商量,却没看见他的人影。原来阿尔曼和热娜在羊圈里照顾怀孕的刀郎母羊,母羊艾麦拉就在这两天要生产了。

迪丽娜尔来到羊圈外,冷冷地看着他们。阿尔曼和热娜吓了一跳,连忙站起来,热娜站得急了,没站稳,阿尔曼连忙扶住热娜,热娜顺势靠在阿尔曼怀里,阿尔曼忙和她分开。

迪丽娜尔仿佛熟视无睹,说和王川有个新想法,想和阿尔曼开会商量一下。阿尔曼推脱说现在走不开。

迪丽娜尔愠怒地说:"你把自己当羊倌了?我们'大好河山'的阿尔曼董事长!"

热娜说："艾麦拉要生了，我们得照顾它！"

迪丽娜尔一头雾水，村里没有叫艾麦拉的人呀？热娜说，艾麦拉就是这头大肚子母羊，名字是阿尔曼和她一起取的。

迪丽娜尔气得头晕。

热娜笑着说："外江（哎哟），美丽的迪丽娜尔就像沙漠里的油气田，气多得天天在天空里烧。"

热娜偷看了阿尔曼一眼，他神情自得。

阿尔曼被宝贝羊拴住，眼看公司的事情指望不上他了，王川和迪丽娜尔商量，他们先做仓储物流中心的方案，打算把隔壁的闲置旧厂房改造一下。

王川画了张设计草图，激情四射地介绍五个仓储区的分类布置，说得意气风发，抬眼看到迪丽娜尔在发呆，面色凝重。

看到王川柔软的目光，迪丽娜尔张张嘴，眼泪滑落下来了。王川内心升起一股怜惜之情。

迪丽娜尔擦掉眼泪，说："我们拼来拼去，都是给艾塔克村拼，给热娜和阿尔曼拼！有意义吗？"

王川说："别……别，阿尔曼的WiFi只对你开放，那爱情密码在你手里。"

迪丽娜尔痛苦地摇摇头。她已经不相信阿尔曼的所作所为了，他说要发展企业，结果一直都在为玉古尔村养羊，整天和那个村姑搅在一起。

王川也有点糊涂了，有点不确信阿尔曼的心思，叹了口气劝道："养羊这事，跟你和阿尔曼的感情是两回事，不就是两头羊嘛，先让阿尔曼他俩忙活去呗。"

迪丽娜尔情绪低沉，王川也不相信自己的说法，内心凌乱。

那边，刀郎母羊要生产了。

阿尔曼和热娜在忙活着。母羊剧烈地喘着气，不停地叫着。热娜说她小时候，看过她爸给牛接生，所以羊下羊羔应该和牛差不多，她可以接生。阿尔曼在翻教科书，让二姐阿娜尔罕按书上的要求准备碘酒、来苏水，让大姐把给小羊准备的暖房准备好。

这时，迪丽娜尔和王川来了。

王川戏谑地说："老远就听见羊叫，产房传喜讯了？"

阿尔曼喊他们帮忙。迪丽娜尔一看见母羊身上沾着血水，一阵恶心。

羊的叫声大起来，开始生产。热娜和王川上前按住羊，阿尔曼在接生。母羊难产了。看到血淋淋的场面，迪丽娜尔一阵呕吐。

一只小羊出来啦，没想到羊肚子里还有一只羊羔。经过漫长而紧张的忙碌，两只羊羔子顺利诞生，不一会儿，小羊羔子摇摇晃晃地站立起来。母子平安。

热娜抱起第一个钻出妈妈肚子的小羊，嚷着给它取个名字。她想了一会儿，为小羊取名叫再依娜甫（相思鸟）。迪丽娜尔听到这个名字一怔。

热娜动情地说："从母羊怀孕的时候到今天，我和阿尔曼一直在努力，它也算是我俩的结晶啊。"

阿尔曼慌忙制止："不要乱说。"

热娜加强语调，嚷着："小羊就是我们爱情的结晶。"

迪丽娜尔面无表情，内心却波涛翻滚，没说话，离开了。阿尔曼蹲在地上，心无旁骛地侍奉着小羊，压根儿没发现迪丽娜尔离开。

王川追了出去，迪丽娜尔擦掉眼泪，一副毫不在意的神情。

王川说："不要跟没心没肺的热娜一般见识！"

迪丽娜尔轻声说："我累了！"

没有人真正了解迪丽娜尔，她虽然意气风发，好像每天都干劲十足，其实她只是一个女孩子，她只在乎爱情！她需要一个温暖的家，一个疼她爱她的男人，爱情才是她晴朗的天空。阿尔曼想搞电商，她义无反顾地帮助他。事实上，她对事业没兴趣，她只想追随着阿尔曼的脚步，但是阿尔曼却辜负了她一片冰心。

迪丽娜尔想一个人静静，慢慢走了。王川一直望着她伤感的背影渐渐淡出视线。

王川转身回去，找到阿尔曼，说："你伤害了迪丽娜尔！"

阿尔曼的心思都在刀郎羊羔子上，说自己明天跟她聊。王川没好气地走了。阿尔曼没多想，又被热娜喊进了羊圈。

第二天，王川在讲解仓储物流中心的构想。投影仪上播放着仓储物流中心的PPT。所有人坐在会议桌前聆听。

他们打算，先建设一个仓储物流中心，再以玉古尔村为中心点辐射全疆，同时在内地分别建成物流配送中心，最终构成一个以推广"大好河山"特色专营物产的专门快递链。

大家讨论。哈那提觉得设想非常好，就是不太切合实际。艾尼想不明白，他们那些想法简直天马行空，怎么可能从小小的玉古尔村走向全中国？

热娜不同意，理由是她作为执行副总，这么大的事，竟然没有人和她商量。王川、迪丽娜尔诧异万分，难以想象热娜的理由仅仅是没有尊重她。

迪丽娜尔说："只是在策划、在商量，没有针对谁保密。"

王川十分不耐烦，根本不理热娜的茬。

阿尔曼说："我也不同意。一是现在实力有限，摊子铺得太大了推起来会很吃力。二是我们最现实的做法是把隔壁的旧厂房改造成刀郎羊养殖基地。"

王川急了，问道："阿尔曼你啥意思？养羊养上瘾了，是吧？"

迪丽娜尔没想到阿尔曼和热娜一个鼻孔出气，她无法理解阿尔曼，说："'再依娜甫'这个羊羔子迷了你的眼。"

王川问阿尔曼："建仓储物流中心，到底同意不同意？"

阿尔曼摇摇头。

王川啪地用力拍了桌子，大吼："不干了！散伙！"

王川转身离开会议室，迪丽娜尔目光喷火，也起身走了。

迪丽娜尔回家收拾行囊。二姐阿娜尔罕和大姐阿孜古丽在旁边干着急，买买提爷爷和茹仙奶奶默默看着。

二姐阿娜尔罕伸手拦住迪丽娜尔，说："好妹妹请不要走，等阿尔曼回来我替你打他。"

迪丽娜尔收拾好行李，一脸歉意地看看她们一家人，这段时间大家对她照顾得无微不至，可是她和阿尔曼两个人间发生了许多问题，她需要分开一段时间，冷静一下。

迪丽娜尔拎箱子走出房间，买买提爷爷欲言又止，迪丽娜尔行礼，什么也没说，拎箱子往院外走，碰到了迎面回来的阿尔曼。

阿尔曼觉得不可思议，不由分说地拎过迪丽娜尔的行李箱，拉她去了王川那里。可是王川也不冷静。

王川说："现在要么建仓储中心，要么我和迪丽娜尔走人，其他的免谈。"

在养羊的问题上阿尔曼是不会让步的，要投入那么大，建仓储中心，只是迪丽娜尔他们头脑发热的想法。

三个人争吵着，都想说服对方，都不肯让步。

阿尔曼走了，迪丽娜尔伤心落泪。

阿尔曼步履沉重地回到家。一家人没见到迪丽娜尔，非常失望。

买买提爷爷责怪地说："为了羊，让全村人吐吐沫，现在连自己的姑娘也留不住，真是普内提的孬儿子。"

夜深人静，阿尔曼呆立院中，仰望着夜空，眼睛里溢着泪水，心情抑郁。

阿尔曼出了门，来到村边的胡杨林，树影婆娑。阿尔曼慢慢走到了那棵画着记号的胡杨树旁，抚摸着树干，将额头顶在树干上，缓缓地闭上眼睛。阿尔曼内心纠结，在心底呼唤着父亲：

"爸，我错了吗？您说话呀……我是不是错了？"

胡杨林的叶子在微风下轻轻晃动着，仿佛真的有灵性一般，阿尔曼似乎听到了苍天的回答，他慢慢坚定了自己的想法。

早晨，组长杜从军来到公司，见阿尔曼精神萎靡，他已经知道王川和迪丽娜尔要走的事。

阿尔曼说："我既不想让他们走，也不想放弃养刀郎羊，不知道自己坚持养刀郎羊到底对不对？"

杜从军语重心长地说："当一个人做一件了不起的事情，总会招来很多人的反对，他们其实没有恶意，只是他们站在低处看不明白，他们只是站在自己的角度关心你，害怕你摔跟头。"

阿尔曼说："我当然明白，他们都是为我好，但我不能不管那些曾经跟随爸爸的村民。爸爸告诉过我，'人，不能只为自己活着，要以自己的善行造福于人们'。"

杜从军深情地望了一眼眼前这个英俊的维吾尔族小伙子。阿尔曼让他欣慰，谁说现在的年轻人没有梦想？阿尔曼让他尊重，一个为了一群人的幸福而忘我的人，该有着怎样一种超越于常人的修为？他们才是这个时代前行的力量！

王川抱着最后的希望，在等待着阿尔曼，他希望他的这个特立独行的同学，为了他们三个人的事业回心转意，哪怕为了他心爱的女友也应该表现出后悔之意。他们等待天亮的晨光，也在等待阿尔曼的到来。然而，什么都没有发生，似乎村里的所有人都默认了他们的选择。

天亮了，迪丽娜尔催促王川订回乌鲁木齐的机票。

迪丽娜尔说："你还指望着谁留你在这儿养羊吗？"

王川望着窗外，他想给阿尔曼点时间，万一他醒悟了呢？他不忍心自己和迪丽娜尔就这么和阿尔曼分手。

王川想起村里的父老乡亲，心有不忍，走之前要去跟他们打个招呼。其实，他的内心希望有人在最后的时间里挽留住他们。王川去了村委会。

明亮的湖面闪烁着翡翠般的光泽，湖边的小草倒映在波光粼粼的水面上。

阿尔曼坐在草地上，看着湖面发呆，热娜双手托腮，花痴一样看着阿尔曼。尼加提书记骑着摩托车疾驶而来，停在他们旁边。热娜看到他，有些不高兴。

尼加提书记问："真打算让王川和迪丽娜尔回城？"

阿尔曼说："为了乡亲的脱贫致富，我一定要养刀郎羊，这也是兑现父亲的承诺。迪丽娜尔和王川不理解，他们不支持养羊，但我又说服不了他们留下来。"

尼加提书记笑起来："站在天山的高峰张开眼，就知道脚下的路怎么走。聪明的阿尔曼也有沙子蒙眼的时候。"

阿尔曼犹如醍醐灌顶，突然明白自己该怎么做了，他忽地站起来，纵身一跃，跳进了湖里，游了起来，他要让自己冷静下来。

王川去公司和大家告别，有些尴尬。恰在此时，阿尔曼走进来，没理会他，直接走进了自己的办公室并关上了门。

王川假装轻松的笑容僵住了，心里开起受伤后的失落感，转瞬，他又强颜欢笑，挨个拍拍每个员工肩膀，故意大声地说他乘下午六点的班车去

绘画：马新胜

机场，而后望了一眼阿尔曼的办公室，想再说什么，声音有点哽咽，装出洒脱的样子，走了。

阿尔曼却无动于衷，双眼茫然，盯着电脑，手里鼠标乱点，似乎完全不理会外面的一切。听到王川离去，阿尔曼泪流满面。

王川回来，失意的眼睛布满血丝。不用问，迪丽娜尔猜到了结果，苦笑着，拿起行李，王川默默跟了出去。

路上，哈那提带着员工，茹仙奶奶和两个孙女堵在村口，最后一次挽留他们。人群里始终没有阿尔曼的身影。

班车来了，迪丽娜尔和王川上车，坐在车窗边，迪丽娜尔恋恋不舍地最后看了一眼熟悉的村庄，泪水滚落。

晚霞像一条彩带飘扬在苍凉的山丘顶端。

阿尔曼狂奔着跑向山丘，气喘吁吁。

他的脑海里，闪过一幕幕画面。就在几个月前，三个好朋友坐着火车兴奋地回到乌鲁木齐，然后阿尔曼和王川坐着颠簸的客车回玉古尔村。

那些情景就在眼前，阿尔曼一直以为，这些奋斗的日子会一直持续下去，他们的青春永恒，他们的友谊永恒！而残酷的现实告诉他，生活会以另一种狰狞的面目出现，所有美好的心愿，在冷酷的现实面前，变得几乎不堪一击。

公路上，一辆陈旧的客车顺着蜿蜒的道路前行。

阿尔曼目视着客车渐渐消失在夕阳的余晖中，泪如雨下。

7

　　这天，王川家里，父亲王敬轩在看电视，母亲在擦地板。王敬轩常年做生意，在乌鲁木齐市开了四个饭店。王敬轩希望儿子王川将来能帮他打理饭店。王川母亲一直担心，儿子要是知道她和他过去出轨离家的父亲已经复婚，一定会闹得天翻地覆。

　　两个人正聊着，忽然敲门声响，王川母亲疑惑地问是谁，"你儿子!"，王川母亲和王敬轩大惊。刚说到儿子，咋他突然回来了？又惊又喜。王敬轩赶紧回屋，拿起放在沙发上的衣服，王川母亲仔细检查着屋里有关王敬轩的一切痕迹，连忙把茶几上的茶杯收走。

　　王川母亲忙不迭地开了门，笑骂儿子不懂事，回来也不提前说一声。

　　王川见母亲神情有异，心里合计，是不是自己不在家的这段时间，母亲找了老伴了？他一直支持妈妈再找一个。

　　王川打开冰箱，发现里面居然有啤酒，拿出一罐，坐在沙发上喝，眼睛向四处瞟。王川母亲犹豫了一下，试着跟儿子提起他父亲王敬轩。

　　王川的反应强烈，说："这家有我在，就别想让王敬轩回来。"

　　王川母亲被王川噎得说不出话，转身去了厨房。

　　王川坐在沙发上，看见茶几上有一盒中华牌香烟，又看看烟灰缸，烟灰缸里有烟头，还有点烫。王川顿生疑窦，立马起身去卫生间和卧室里寻找起来。

走进卧室，用脚扫一下床底下，又去摸摸窗帘后面，再转身时视线落在了衣柜上，而衣柜的门缝正夹着一块衣角，他笑呵呵地走过去，敲敲衣柜门。

王川说："别躲了，我是她儿子，我举双手赞成我妈发展第二春的，没什么可害羞的，出来见见，咱爷儿俩再喝点。"

听到王川在卧室说话，王川母亲惊慌失措地跑进来，拦着儿子开衣柜。王川把母亲推开，笑嘻嘻地去拽柜门，果然一个男人头扎在衣服里背对着他们。王川一把抱住他的腰，把那人抱出来。

王川母亲惊诧万分，双手捂脸。王川抱着那人转一圈，笑脸马上变臭脸，推开他。王敬轩被儿子刚才又转圈又一推，整个人晕得站不稳。王敬轩睁眼看着身后怒气冲天的王川，低声下气，解释说自己回家是想补偿他们母子。王川根本听不进去，看到眼前这个曾经抛弃他们母子的男人，心里只有怒火，更想不通母亲为什么会和这个无情无义的男人复婚，越想越气。甩下一句："你们在这个家恩恩爱爱地过小日子吧，我走！"

王川拎起行李箱，出了门。王川母亲在后面哭喊着。

王川离开家后，租了个住处，奔波了几天，应聘到了一家旅行社，上了班。

星期天，王川约了迪丽娜尔见面，返回乌鲁木齐后，两个人第一次相见。

迪丽娜尔还没找到合适的工作，琢磨着考研。王川劝说迪丽娜尔考虑来他们旅行社试试，那是乌鲁木齐市一家比较有名的旅行社，老板年轻，以后发展机会也不错，将来他们一起带团还有个伴。迪丽娜尔有些心动。

王川带着迪丽娜尔见老板。旅行社装修考究，实力不凡，给迪丽娜尔留下了一个好印象。经理塔伊尔江人高马大，彬彬有礼。他受过良好的教育，头脑精明，抓住了新疆旅游市场发展机遇。公司业务飞速扩大，正在招兵买马，物色人才。

塔伊尔江眼前一亮。眼前的维吾尔族姑娘，一身时髦打扮，上身着休闲白色衬衫，下身穿水洗蓝的紧身牛仔裤，着一款好看的运动鞋，长发披肩，高挑的个头，身材凹凸有致，面色白净，鹅蛋脸，柳叶眉，眼窝深凹，明眸皓齿，鼻梁高挺，美丽惊艳，浑身散发着青春的气息，谈吐之间，充满知性和雅致。他被迪丽娜尔的知性和美艳惊呆了。

迪丽娜尔顺利入职。

第二天，王川和迪丽娜尔在商业街做宣传活动时，塔伊尔江开着辆跑车过来，下了车，帅气的样子让人侧目。他要迪丽娜尔陪他去见客户。塔伊尔江彬彬有礼，打开副驾驶车门，请迪丽娜尔上了车。

中午，王川去旅行社食堂吃饭，身后的一桌女员工七嘴八舌地议论着自己经理："帅兔子又找到嫩草了。"

"怎么漂亮姑娘眼里看到的都是跑车，那开车的可是个骚公羊呢。"

"一个闷骚，一个发骚，气味相投呗。"

她们说得正欢，王川气呼呼地站起来，砰的一声，碰翻了椅子，把女员工吓了一跳。

晚上，王川心情烦闷，问了迪丽娜尔回家时间，就打车去她家的小区，站在一棵树下等她。一会儿，看到塔伊尔江的跑车停在了大院门口。塔伊尔江下车给迪丽娜尔开车门，迪丽娜尔穿着一身名牌，下了车。塔伊尔江步行送迪丽娜尔，顺手把身上的西服外套披在她身上，迪丽娜尔推脱了一下，却还是披上塔伊尔江的衣服走进院子。

看到王川，迪丽娜尔很吃惊。

王川说："看到一个故事，说狐狸总是鼓励小鸡要勇敢飞翔，小鸡们纷纷爬到高处扇动翅膀，朝着远方飞去，结果小鸡都成了狐狸的餐中美味。"

迪丽娜尔不明白，王川为什么神神叨叨地讲这个故事。

王川说："塔伊尔江居心不良。"

迪丽娜尔笑起来，说："以小人之心，度君子之腹，看看人家塔伊尔江总是虚怀若谷，哪像你想象的那么猥琐不堪。"

迪丽娜尔甩下王川，回屋了。

夕阳映照远处的山峦，晚霞笼罩苍茫雄奇的峡谷，塬坡顶端阿尔曼迎风而立，注视着蜿蜒的公路的尽头。一辆客车缓缓驶来，车轮卷起地上的沙尘，驶向公路落日的尽头。

每天在村口等待，成了阿尔曼的习惯。

阿尔曼望着那一点点被吞噬在霞光里的公路与车影，他悲怆不已。

第二天，阿尔曼来到公司，出纳古丽告诉他，沃尔玛的文森特先生知道迪丽娜尔离开公司了，就取消了跟"大好河山"的合作。阿尔曼闷闷不乐，整日不见笑脸。看看财务报表，销售额直线下降，剩下的钱根本不够日常开支了。而艾塔克村的投资是阶梯式的，必须是月销售额达到20万元以上才会支付下一笔款项。资金链又快断了，而这个月的员工工资还欠着。

阿尔曼去了银行，拿出几张卡依次插进了插卡口中，把卡都查了一遍，只有几千块钱。哈那提刷了自己兜里的银行卡，算是凑合着解决了员工的工资款。阿尔曼内心五味杂陈。

一个月过去了，公司依旧老样子，毫无起色，员工人心波动。又到了发工资的日子，人人满面愁云。

阿尔曼走投无路，只好去找吐尔干书记。吐尔干在地里收玉米，见到阿尔曼，他一言不发。

公司前段时间发生了巨大变化，艾塔克村委会研究过了，从今以后不会再注资，必须严格按合同执行，等到销售额达到了合同约定的数额，第二笔资金才能跟进。

吐尔干书记说："趁太阳挂在头顶，还能看到路，你们赶紧回吧，我忙着呢。"

阿尔曼和哈那提心凉了半截，垂头丧气。拖欠员工工资三天了，大家都等着吃饭呢。这时热娜骑着电动车一路追来，掏出一个手工织的布艺钱包递给阿尔曼。阿尔曼打开一看，里面是一沓有零有整的钱，这是热娜攒的零花钱。阿尔曼没推脱，算是借下了热娜的私房钱，哈那提又找工作组的热依罕借了三千多元，可还是不够。

阿尔曼去找开修理铺的姐夫。一听借钱，热合曼爽快，在院子中央铺块毯子，把家里的所有能找到的大票、零票摊了一堆，连鞋盒里藏的都倒了出来，忙活完了，热合曼眨巴眨巴眼睛，眯眯笑着。

"我全部的黄金。"

"你的修理铺生意这么好，居然才这点钱，怪不得我二姐说你不老实。"

"冤枉我呢，我的钱都买了老母鸡，要抱小鸡呢，刚刚进了一批摩托，手上真没钱啊。"

阿尔曼痛苦地挠头，热合曼忽地灵光一现。去年和阿娜尔罕没离婚的时候，他给阿尔曼二姐花1万多元买了一个金灿灿的大镯子，现在金子涨价了，一定值钱。阿尔曼来了精神，拽上热合曼就走，他要姐夫帮忙偷姐姐的镯子。

进到院里，阿尔曼和热合曼一边一个躲在大门外，二姐阿娜尔罕正抱着一堆衣服出来，左手上果然带着个金灿灿的金镯子。

阿尔曼骗二姐阿娜尔罕，说："姐，金镯子会被碱性的洗衣粉水腐蚀，取下来收好。"

毫不知情的二姐阿娜尔罕信以为真，回屋去放首饰。

阿尔曼说："姐夫热合曼要带你去买金耳环，如果你不去，热合曼就送给别的漂亮的小姑娘了。"

那是阿尔曼的调虎离山之计，二姐阿娜尔罕一听弟弟说酒鬼老公要给别人买首饰，一赌气，真坐上热合曼的摩托车走了。

外面的摩托车声越来越远，阿尔曼急忙进了二姐阿娜尔罕的房间，找出首饰盒，拿了手镯出来，被放学回家的外甥阿里木看到，小家伙揉揉眼睛，以为看错了人。

二姐阿娜尔罕坐热合曼摩托车逛街，让村民们大惊失色，以为看走了眼。二姐阿娜尔罕满脑子都是怪异的感觉，弟弟假心假意的关心，热合曼一反常态的大胆，都不合常理，突然反应过来，这个点，金店都关门了，上哪儿买黄金首饰？认定其中有诈，伸手就拧热合曼的耳朵，叫他把车开回去。热合曼疼得直咧嘴。

"不能回去呀，阿尔曼说不能回去。"果然是场阴谋，二姐阿娜尔罕又用劲拧他的耳朵，让他说实话，摩托车在街道上疯狂拧巴，热合曼吓得面如土色，把实情说了个干干净净。

阿尔曼拿着首饰盒子跑出门，迎面撞见姐姐。

"阿尔曼弟弟，你怎么变成强盗骗子了？"

阿尔曼见事不妙，挣脱姐姐，跑出去，跨上了热合曼的摩托车，飞驰而去。热合曼愣愣地呆立原地，被二姐阿娜尔罕一家人逮了个正着，噼里啪啦地挨了一顿扫帚抽。

员工们等了一天，阿尔曼的影子都没有，大家灰心丧气，下班回家。第二天，阿尔曼凑够了钱，给员工发工资，大家欢呼雀跃。往常发工资，都是一踏踏整整齐齐的大票，今天却不一样，一半是整的一半是零的。大家拿到工资，激动得手在颤抖，他们知道阿尔曼的艰辛，虽然公司不景气，但和阿尔曼在一起就有一种踏实的感觉，他们愿意跟阿尔曼坚持到底。

哈那提在微信上把公司的情况讲给王川听。王川内心深受折磨，把阿尔曼的困境告诉了迪丽娜尔，两个人一阵沉默。

迪丽娜尔从兜里掏出钱包，把钱放在王川面前。

王川说："才八九百，差得远了。"

迪丽娜尔说："清醒点，我们俩的工资才几个钱，养得活'大好河山'那么多人吗？"

他们都知道自己爱莫能助。

塔伊尔江安排迪丽娜尔下个周日带团去巴音布鲁克草原，他也要一起去。王川很是不满，塔伊尔江总是找机会和迪丽娜尔单独相处。

王川说："您堂堂一个老总带队不合适吧？还是我和她去吧。"

塔伊尔江听不惯王川阴阳怪气的说话，大声训斥了王川几句，他们争吵起来，王川生气地甩门而去。迪丽娜尔追上了王川，拽住他。

迪丽娜尔说："这不是'大好河山'，耍什么老板脾气！"

王川激动地说："傍上富二代了，过快活日子了，早忘了那小山村里的傻小子了。"

迪丽娜尔气得直哭："王川，你混蛋！"

塔伊尔江跟出来。

王川怒火中烧，说："想追迪丽娜尔就光明正大地说，别没事打着工作的旗号拐弯抹角地做事！"

塔伊尔江走近王川，说："就冲你的态度，我随时都能开掉你！看迪丽娜尔的面子，你最好识相点。"

听塔伊尔江这么一说，王川一脚踹倒旁边的小圆桌，大步走出去。

阿尔曼把电商公司隔壁的旧厂房改造成简易的棚圈，挂上"刀郎羊试验养殖基地"的牌子。

一辆商务车和一辆小货车，停在电商公司门口。车旁，站着西装革履的经销商，那是新农网的老总宁先生。

新农网将按照标准验收刀郎羊，合格以后，他们会按最高市价收购刀郎羊。刀郎羊一只一只被牵出来，现场称重，核查养殖档案，抽血化验。

尼加提书记挤在村民中间，冷眼看着眼前的一切。

核查了一天，四头刀郎羊全部检验合格，各方面指标正常，而且都是绿色养殖。四只纯种刀郎羊，共计获利4万块钱。

消息传出，村里轰动了，村民们把养殖试验基地围得水泄不通，见养刀郎羊这么赚钱，都提出要养殖刀郎羊。

阿尔曼说："大家可以养刀郎羊，并且还不用你们掏钱买羊羔子。"

阿尔曼向大伙儿解释众筹的概念：客户拿钱养羊，咱们养羊的是受雇方，其实是替别人在养这个羊。羊出栏了，按事先约定的价钱收购，不会出现卖不掉的情况。必须遵守一条原则，要按标准化饲养，如果不符合规定，达不到客户要求的收购标准，反过来还要赔人家一头羊。认养刀郎羊的村民，每个羊圈都要按公司规定安装摄像头，出钱的客户随时可以观察他们的羊吃草、睡觉。公司发现了饲养中的问题也会及时提醒大家。羊出栏后，客户按市价回收。

尼加提书记大声说："万一这羊生病了、死了，草料不够了，咋办？咱们村不富裕，大伙一年赚不到几个钱，这么娇贵的羊让大家养，万一都没达标，每头羊再赔3000块，谁赔得起？"

阿尔曼说："按照标准养殖，就意味着达标！至于生病死了，这就是众筹的风险性，风险随时都有可能发生。"

尼加提书记找到了机会，对大伙说，养羊应该是赚钱的，但风险一来，就赔钱。尼加提书记不耐烦地叫大伙散了，背着手走出大门，村民们一下没了兴致，都四散了。

看着远去的村民们，阿尔曼一身疲惫，倒在沙发上，不知不觉睡着了。昏暗的灯光下，几个黑影闪身进了电商公司。阿尔曼忽然惊醒，打开大灯，只见库吐鲁克带着十几个村民，站在大厅里，他们是来申请养刀郎羊的。担心村民没有风险意识，再说尼加提书记也不支持，阿尔曼把各种不利因素给大家说了一遍。那些村民早已被阿尔曼的本事折服，跟着他再大的风险都不是问题，他们相谈甚欢。

阿尔曼叫来公司员工，连夜加班和村民签了十几份合同，和商家联系好了货源。

三天以后，几辆卡车拉来一批刀郎羊羔，送到了签合同的村民家。村民们像迎接久别的亲人，吹着唢呐，打着手鼓，把刀郎羊羔迎接进家门。

尼加提书记找到买买提爷爷告状。对于养殖刀郎羊，尼加提书记心里没有底，世界上哪有这样的好事，别人给你送羊羔子，你养大了，别人掏出白花花的银子，把你的羊拉走？大把钞票哗啦啦地进到口袋里。尼加提书记不相信，叫买买提爷爷管管他那上天入地的孙子，别带着村民跳到了河里。

每当遇到烦心事，买买提爷爷就会到村头的胡杨林边，在儿子普内提的墓前坐一会儿。到了吃晚饭时，爷爷还没有回来，奶奶茹仙努努嘴，阿尔曼心领神会，去了胡杨林边。

买买提爷爷正在对着儿子的孤坟自言自语："普内提，我管不了你儿子了，他在走你的老路，帮我劝劝你儿子阿尔曼，让他好自为之吧，不要像你一样欠下玉古尔村还不完的人情，还不完的债。"

买买提爷爷说完，站起来，看到背后站着孙子，头也不回地离开了。

夕阳西下，胡杨林被落日照得火红一片，金色的霞光映着阿尔曼的脸。阿尔曼呆呆地望着爷爷远去的佝偻的背影。

又到了电商公司发工资的日子，账上只有几十块钱了，公司里人心惶惶，几个员工有了辞职的想法。

阿尔曼对员工们说："公司现在步入了最艰难的时刻，越在困难的时刻，越能体现我们的凝聚力！我阿尔曼会想办法去筹钱，争取早日发出工资。请大家相信我，也请大家理解我！"

员工神情木然，他们被公司三天两头的欠薪搞得几乎失去了信心，但一看到阿尔曼，仿佛这个世界充满了成功和希望。可是一到发工资，却月月揭不开锅，大家觉得一起在陪着阿尔曼走钢丝，可眼前的阿尔曼却怎么也不像高空王子阿迪力呀。

阿尔曼低头走在路上，夕阳将他的身影拉得很长，越发显得孤单。一辆摩托车直奔阿尔曼飞驰而来，就在快撞到阿尔曼的一瞬间，摩托车猛地来了个漂亮的漂移，腾起一团烟尘。

摩托车冲出烟尘，前轮高高扬起，只用后轮着地，在空地上画出一个大圈，漂移出一个漂亮的弧线，终于停住。烟尘渐渐消散，热合曼坐在摩托上冲阿尔曼龇牙笑着。阿尔曼心生一计，像发现新大陆似的笑起来，他要利用前姐夫人赚一笔。

阿尔曼带着热合曼到会议室看视频。电视里播放着一段惊险刺激的摩托车杂技，硕大的球状铁网内，几辆摩托车在里面交叉换位，高速旋旋。热合曼看得面如死灰，小舅子又想出了整死自己的花招，他连连摆手摇头，向后退，靠倒了两把椅子。

阿尔曼拿着一套演出服，哈那提拿着一双靴子怪笑着逼近热合曼。转眼间，热合曼穿上花里胡哨的演出服和卷头靴子坐在会议桌上。热合曼哭丧着脸，这辈子他只会修理摩托车，还没学过表演车技。

哈那提说："别紧张，骑摩托瞎比画两下就行，不用啥车技。捡钱都不干吗？"

热合曼一向没主见，让阿尔曼一番苦口婆心的教育，立刻被洗了脑，信心满满地决心大干一场。

他们出了海报，画面上是施瓦辛格骑摩托车的定妆照，配上摩托车钻火圈、骑走钢丝之类的小图片，上面写着一行大字："轰动全欧洲顶级飞车专家倾情奉献！轰炸你的眼球！震撼你的神经！"

赶巴扎那天，阿尔曼带领员工搭了一个乡村马戏团常用的帆布大棚。

阿尔曼站在椅子上，戴着圣诞帽和假鼻子，吆喝着卖票："10元一张票，10元你买不了吃亏，10元你买不了上当，飞车表演，走过路过，千万不要错过！"

观众络绎不绝。

村里的一个妇女去找二姐阿娜尔罕，叫她一起去看热合曼的精彩表演。二姐阿娜尔罕不知热合曼又干了什么走火入魔的勾当，停下手中活计，赶着驴车到了巴扎。

阿尔曼站在高凳子上正扯着脖子喊。二姐阿娜尔罕犹如做梦：阿尔曼竟然带着自己的男人演起了杂技，竟然撺掇热合曼干丢人的事情。

阿尔曼看到姐姐，心头一紧，装着无所谓的样子，说："公司俩月没开工资了，挣点钱！热合曼在里面，表演摩托车飞骑技术。"

二姐阿娜尔罕急得直抹眼泪，走进马戏大棚，只见里面黑压压坐满了人。舞台上喷着烟雾，射灯飞速旋转，光怪陆离。二姐阿娜尔罕紧紧抓着大姐阿孜古丽的手，紧张得浑身颤抖。

这时全场灯光熄灭，劲爆的音乐响起。

主持人拿着话筒走上舞台中央，大呼小叫，吹得天花乱坠，要让观众看到一场终生难忘、精妙绝伦的摩托车特技表演：

"我们荣幸地请来享誉全欧洲的摩托车特技表演专家霍夫曼辛格先生，

为大家奉献紧张刺激的飞车表演。"

骑手穿着花哨的演出服，穿着卷靴，带着假胡子，脸上画着浓浓的油彩，勾着厚厚的眼线，摇摇晃晃站在舞台中央。全场山呼海啸。

骑手骑上摩托车，发动，加一把油门，表演"空中飞火轮"，摩托车驶过袖珍木桥接着掉头，又驶过木桥……舞台上骑手来来回回地骑着摩托过袖珍木桥。

观众们吹起口哨，一片嘘声，有人往上扔矿泉水瓶子。

看着那个叫霍夫曼辛格的家伙胆战心惊的表演，二姐阿娜尔罕和大姐阿孜古丽狂笑不止。

他们当天收入了2900元！照这个速度，连续演五天，就能凑齐一个月工资了。

可是到了第二天，就没有多少人来看他们的演出了，那些拙劣的演出，让观众大喊上当，一串串葡萄飞上舞台，台下观众乱哄哄笑成一片，只收入了几百块钱。

装神弄鬼连续演了十几天，阿尔曼凑齐了5000元钱。根本不够给每个人发工资，只好把钱分成了十等份，每摞500元。

阿尔曼说："有谁不愿意留下来的，拿一摞就可以走了。愿意留下来继续坚持的，工资就先欠着，咱们'大好河山'总有一天会翻过身来，到时候我会加倍补偿给大家。请大家自己选择。"

一种大厦将倾的悲壮。

良久，只有三名员工拿了钱离去。其余的员工留下来，表示愿意和阿尔曼一起同甘苦。阿尔曼非常感动，向大家深深地行了个礼。

迪丽娜尔向塔伊尔江请假，她心里始终装着"大好河山"，她无法丢下阿尔曼和他的公司，她私下约好了一家投资公司的老板，去推销"大好河山"。

迪丽娜尔兴致勃勃地跑了几家投资公司，把公司的现状和前景做了详细推荐，所有人似乎对和迪丽娜尔本人合作更感兴趣，对投资却没什么想法。一次次吃了闭门羹，迪丽娜尔的心情落到冰点。

从旅行社辞职以后，王川一直没找到合适的工作。

早晨，王川洗了一把脸，打开冰箱，冰箱里几乎是空的，只在夹层里有一根冻蔫了的茄子，他拿出来，又在冰箱侧面找到一瓶酱，打开盖子闻了闻，拿茄子蘸酱，吃了顿早餐。

王川掏出钱包，里面只有1.5元，拿起存钱罐，晃了晃，抠开底盖，掉出几个1元硬币，所有的现金加起来就11元钱，他出了门。

王川来到商品批发市场。打听了几家，王川找了一份装卸工的工作，他顾不了那么多了，先把自己的生存问题解决一下。

王川穿着蓝色工装，推着空胶轮车走向门口，突然听到旁边传出争吵声，走到一家小摊贩摊位前，看见两个小摊贩在吵架。

年轻点的抓住年纪大的领子，恶狠狠地说："楚国光，你敢撬行，抢我孙大海的客人。"

两个人推搡起来。孙大海挥手要打楚国光，王川最看不惯欺负老人的人，心里本来就憋着火，看到孙大海凶神恶煞的样子，就想教训他一下。眼看着孙大海的手举起来，王川一把抓住他将要落下的手。孙大海看见半道里杀出个程咬金，上来抓王川的脖领，被王川一把抓住手腕，顺势往下一背，将孙大海的胳膊拧起来。

旁边站着个漂亮的女孩，是楚国光的女儿楚月，她惊叫一声，楚国光和楚母目瞪口呆。楚月和楚国光上来拉开王川。如果王川再用劲一拧，那孙大海保不准出事。孙大海灰溜溜地回到自己摊位。

王川在市场门口装货，楚月找到他，感谢他出手相救。两人相互留了电话号码，楚月约了王川吃饭。干了一天粗活的王川，正饥肠辘辘，也不推脱，和楚家人一起吃饭。王川狼吞虎咽，一会儿风卷残云。

楚国光打探出王川收入不多，就提出请王川帮忙照看摊子。王川不假思索地答应了，楚国光一个月给他6000元工资。

王川说："一个月给5000就不少了。"

楚国光没想到这孩子这么实在。不过王川提出先预支四个月的工资。楚国光和楚月怔怔地看着王川，觉得眼前的这个搬运工，好像很憨实，又好像异常聪明。

公司里，会计也要辞职。阿尔曼理解这些跟着他没有生活保障的员工的心情。会计要交账，打开电脑，愣住了，公司账面上多出来2万元钱！一时间疑云密布，哈那提点开汇款一栏，难以遏制兴奋，那钱是王川给汇的。

阿尔曼怔住了，泪水涌了出来。在心里，他和王川已经恩断义绝，可他万万没料到，王川以一贯的幽默和他开了个友谊的玩笑，在他最困难的时候，王川雪中送炭。他的眼前浮现出王川顽皮的笑脸和迪丽娜尔美丽的面孔，他以为自己封闭的心灵早已把他们拒之门外，其实他们都彼此珍惜着那份友谊和爱情。阿尔曼决定去找老朋友王川，并看望一下那个抛弃了自己的女朋友迪丽娜尔。

为了省钱，阿尔曼坐了一天一夜的夜班车来到乌鲁木齐，这个久违的美丽城市，就在眼前。

阿尔曼到批发市场找王川。摊前，王川一边在吃盒饭，一边在给几个女孩子推荐物品。

"王川！"

王川猛地抬头，看见阿尔曼，瞬间石化。俩人紧紧拥抱。

他们来到人民广场散步。阿尔曼劝王川回到玉古尔村两人一起从头再来。

王川摇头，说："公司现在这样，回去也是累赘。先这么干一阵子，多少还能贴补点。楚家对我不薄，我还得帮他们一阵子。公司这么挺着也只是权宜之计，必须得融资，销售上去了，赶紧寻求大资本收购上市，那才是正道！"

阿尔曼打算去趟杭州，找一下过去的老师和同学，碰碰运气，尽快拿到融资。

工川拿出一个项链，递给阿尔曼，说："去杭州，顺便替我看看陈曦。"

阿尔曼默默地将项链放回盒子里，吞吞吐吐地问起迪丽娜尔。王川一笑，知道阿尔曼放不下迪丽娜尔。

王川叹口气，说："收起对迪丽娜尔的念想吧，人家这会儿，没准儿和高富帅共进浪漫晚餐哩。"

他们去旅游公司找迪丽娜尔。迪丽娜尔和塔伊尔江正好说笑着走出来，两人站到旅游大巴门前，指挥游客们上车。阿尔曼看着不远处的迪丽娜尔，他有一种冲过去抱住她的冲动。迪丽娜尔和塔伊尔江上了车，豪华大巴车门关闭，缓缓启动，汇入车流。

连绵逶迤的草原，如一碧万顷的绿毯，星罗棋布的蒙古包，遍地如绒花般的羊群，一辆旅游大巴在公路上行驶而来。

忙了一天，游客们休息了。

落日的余晖映照着草原上的九曲十八弯，微风拂面，迪丽娜尔倚着栏杆，望着寂静浩渺的星空，陷入一种感伤的情绪中。

塔伊尔江来到她身边，将一件外衣披在她的身上。

塔伊尔江问："前段时间总是请假，到处奔走联系事，就是为阿尔曼的事吗？他遇到了麻烦事？"

迪丽娜尔点点头，简单叙述了他们大学毕业，合伙创立电子商务公司

"大好河山"，以及他们发生矛盾，她和王川回乌鲁木齐的经过。

迪丽娜尔说："听说公司最近资金出了问题，需要融资。虽然我们两个人的矛盾多，可我也不想看到公司这样毁掉。"

塔伊尔江许诺说他帮迪丽娜尔融资。迪丽娜尔十分意外。塔伊尔江看到眼前的姑娘愁容尽消，他心神恍惚，他多么希望姑娘的每一个笑容都是为自己绽放的。他内心充满了对迪丽娜尔的渴望，为了她，他会不顾一切。

送走了阿尔曼，王川依旧在楚家帮忙。对面的孙大海，对王川一脸不屑，目光中透着敌意。

孙大海总是在王川的摊位前面晃，吹着口哨，一副洋洋自得的神态，王川不动声色。

一天，来了几个顾客，孙大海迎上去，把顾客向自己的摊位引。顾客们稀里糊涂地随着孙大海走向他的摊位，在经过楚家柜台时，有顾客想看看，被孙大海拉过去。王川冲楚月笑了笑，示意且看孙大海如何表演。

顾客围拢在孙大海柜台前，一个顾客看上了一条男式银手链，一番讨价还价，孙大海让到280元。

王川说："280元，我要了。"

王川挤进来，举着280元钱递给孙大海，一把扯过那条链子。

王川说："看清楚啥是假货！"

顾客们纷纷聚拢过来。王川从自己的铺子拿起一根同样的手链举起来。王川拿出一个铁榔头，对着手链猛砸过去。王川拿起砸断了的银链，亮出断口向众人展示。

王川说："925银，银含量为92.5%，含铜7.5%，有亮度，不会变黑，切口也不会发黑，看清楚了吧？诸位再看看他这条！"

王川挥动榔头猛地将粗链子砸开，他站起来举着断口处，所有人都能看到断口处是黑色的，王川让大家一一过目。

王川接着说："看清楚啊，黑心的是啥料？大伙能认出来了吧。这是不折不扣的铁，镀银的假货。"

孙大海气得鼻子都歪了，他见识过王川的功夫，当面不敢顶撞，锁上柜台，走了。

第二天，王川踢踏着拖鞋，晃晃荡荡地到市场上班。市场门口，楚月正在抹着眼泪。刚才，孙大海找了几个人一大早过来捣乱，不让楚家做生意。走进市场，王川看见头发造型古怪的四个年轻人歪歪扭扭地站在楚家摊位前。只要顾客靠近摊位，怪发青年就会抢下顾客要看的货品，凶神恶煞般地怒视着顾客，顾客们被吓得快快走人。王川像没事人一样走进摊位。怪发青年们马上围住了摊位，乱翻摊位上的物品。

孙大海在一旁等着看好戏。楚国光在柜台里敢怒不敢言。

王川笑了，冲着孙大海和四个怪发青年说："大海，哥儿几个，我有眼不识泰山！我做东，请大家吃饭！有啥事咱们可以谈！别影响人做生意，行不行？"

孙大海说："哥儿几个，走着。"

楚家人惊恐万分。

楚月跟了过去。

王川、楚月和孙大海，还有四个怪发青年围桌坐下，圆桌中间是一口沸腾的红油火锅。服务员为各位倒酒。一个怪发青年突然挡住服务员，拿起酒杯，说不干净，随手一扔，酒杯在地上当啷碎了。楚月一哆嗦。服务员重新给怪发青年倒上酒，忍气吞声地蹲到地上捡碎玻璃片。

王川端起酒杯给孙大海和四个怪发青年敬酒。四个怪发青年嘻嘻哈哈地玩起手机，不理睬王川。

孙大海直奔主题："王川！我跟我这帮兄弟们今天可不是白来的，你当着他们的面给我一个回答，我们要谈的事，你能代楚家做得了主?"

王川说："能!"

孙大海直截了当地说："只要把楚家摊位盘给我，事儿就算完!"

桌子对面的一个怪发青年唰地亮出一把小刀，啪的一声拍到桌子上，然后照旧低头玩手机。包厢服务员吓得脸色发白。

王川掏出一个精装Zippo打火机，准备点烟。对面站起来一个怪发青年把打火机打落进沸腾的火锅里。

王川怒目而视，又看看翻滚的火锅，直接把手伸进滚烫的火锅，拿出那只挂满红油的打火机。孙大海和怪发青年们都傻了眼，大张着嘴，下巴快掉下来。

王川把打火机重丢回火锅。

"孙大海，你也露一手。"

火锅翻滚冒出腾腾热气，孙大海和四个怪发青年你望望我，我望望你，看着火锅。怪发青年齐刷刷站了起来，双手握拳。

"失敬失敬! 在家靠父母，在外靠朋友，有啥需要，递个话就行! 兄弟们先撤了!"

怪发青年们溜走了。王川目送他们，转眼盯着孙大海，不说话。孙大海擦擦额头汗，夺门而逃。

楚月哭着拉王川去医院包扎手。

晚上，王川在楚月家吃饭，楚月在餐桌上对爸妈讲王川大战怪发青年的故事，老人又是心疼又是开心。自从王川来了，他们再也不受欺负了。

楚月一家仍然担心孙大海不会善罢甘休。

王川说："毕竟大家在市场还是邻居，低头不见抬头见，能相逢一笑泯恩仇是最好不过的了。"

楚母和楚月内心都止不住地喜欢眼前这个威武的小伙子。

　　第二天，楚家摆开摊位。孙大海也刚好来到他自己的摊位前。楚国光和楚母小心地看了看孙大海，怕他找事。楚月要把摊位摆放饰品的大扇板支开，但是别住了。楚国光凑过去，两人哗啦哗啦扳了好一阵也没弄好。孙大海走过来，捣鼓两下，板就弄好了。

　　孙大海尴尬地说："有事说话啊！都不是外人！"

　　孙大海咧嘴一笑，楚国光夫妻一怔，大家一起笑了起来。

8

　　阿尔曼和陈曦坐在浙江大学附中校园的长椅上，阿尔曼把项链盒子递给陈曦，陈曦打开，抚摸着项链，无比激动。

　　王川平常不怎么联系陈曦，她还以为他在新疆又有了心上人，真没想到他还有这份心。

　　阿尔曼说："我保证，王川心里没有过别人，只有你陈曦。"

　　舅舅阿尔曼来杭州，努尔异常开心。努尔自从来杭州上内高班，就不太适应，生活上十分不习惯。

　　下课铃声响了，一群内高班学生跑出教学楼。努尔看到阿尔曼，兴奋地挥手跑过来。他们紧紧拥抱在一起，努尔激动地大叫。

　　在杭州，阿尔曼一直在联系融资的事情。

　　耸入云霄的雪山群峰，绵延的山脉白雪皑皑。

　　迪丽娜尔带着登山团向上攀登，有人停下来，拿出氧气罐补氧。雪山陡峭，非常危险。游客们兴致很高，不顾迪丽娜尔的劝阻，继续向上攀爬。

　　天空乌云翻滚，寒风飕飕，迪丽娜尔突然想起天气预报说今天将下暴雨，那是对平原的天气预报，到了半山腰，才发现，天气即将发生巨变。迪丽娜尔觉察到了危险，她催促大家抓紧时间下山，可是游客看到刚才还晴空万里的天空，突然云卷风吹，更加兴致勃勃。

突然一阵轰轰隆隆的巨响，雪山之巅发生了雪崩，大块的雪滑下了来。游客们慌乱了起来，慌忙向巨石后面跑。迪丽娜尔指挥大家跑到背风口，聚在一起，躲避到了半山腰一块突出的山体后面。

雪崩的速度极快，一瞬间大山安静下来。由于他们躲在一块突出的山体后面，冰雪没压住他们，但是四周都被雪阻住，像是给她们搭了个封死的雪房子，里面一片漆黑。

迪丽娜尔组织大家凿出通气孔，打电话报了警，自己找了个靠墙的拐角处，坐了下去。迪丽娜尔松了口气。

雪洞里的光线渐渐暗了，三三两两的人拥在一起，瑟瑟发抖。迪丽娜尔冻得脸色发青。

迪丽娜尔的手机没有电了，她借了一个手机，哆哆嗦嗦地拨出一个号码。

黄昏中的杭州，妩媚而妖娆。

阿尔曼站在楼顶阳台，迎风而立，神情忧伤，到了杭州，融资的事情一点眉目也没有，这座让他充满幸福记忆的城市，突然离他那么遥远。他的手机响了，是来自乌鲁木齐的陌生号码。原来是迪丽娜尔的来电。听到阿尔曼久违的声音，迪丽娜尔紧抿嘴唇，眼泪控制不住地掉下来。

迪丽娜尔努力镇静下来，说："阿尔曼，以后忘了我，找个爱你的人过一辈子。"

在接电话那一刻，阿尔曼的直觉告诉他，迪丽娜尔那边一定出事情了。

"迪丽娜尔，你在哪儿？是不是发生了啥事？"

迪丽娜尔停了几秒,说:"只是分开得太久,太伤心了。所以,彻底了断一下吧,阿尔曼多保重。"

迪丽娜尔挂断电话,坐在雪洞一角,默默流泪,她的心比这天山雪峰的冰洞还要寒冷。在雪崩的刹那,她感觉死亡离自己仅仅只有一步的距离,而那一刻,脑子里充满了阿尔曼俊朗的笑容。当一切平静下来,她只有一个想法就是听一次阿尔曼的声音,她要告诉他,美丽的迪丽娜尔爱着英俊的阿尔曼。可是当她拿起电话,却言不由衷地让阿尔曼离开自己。也许,这是她最残忍的欺骗,欺骗自己,欺骗阿尔曼,欺骗自己爱着阿尔曼的那颗心。

阿尔曼呆立在原地,他慢慢地蹲下去,痛苦地将头埋在臂弯中。

晚上,杭州内高班的同学们都睡着了,努尔的床头台灯亮着,他在看陈曦送给他的阿尔曼舅舅写的日记。

"2007年9月2日,今天分班了,班级里大部分都是汉族的同学,大家对我很热情也很好奇,甚至问我很多很多的问题。我知道他们是没有恶意的,可是他们问这些,让我感觉很烦,觉得自己像是异类一样。

"2007年10月25日,听说西湖的秋天很美,今天自己一个人去西湖,这是离开新疆后第一次出远门,我要去看看南屏山。那山和家乡的天山是多么不同,天山是用来赞叹的,留给少数的英雄攀登的。而南屏山却敞开胸怀,接纳所有喜欢攀登的人们,它的海拔才101米,林木繁茂,山峰耸秀,怪石嶙峋,宛若屏障,'南屏晚钟'是'西湖十景'之一。我一路跑上去,汗水湿透衣衫,站在南屏山顶那一刻,感觉到所有的压力都被抛去了。我看到了另一番美丽风景,站在这里我承载了家乡人的希望,我咋能放弃,加油,阿尔曼!"

努尔拿起手机给陈曦发了个微信,问她可不可以带他去南屏山。

陈曦带着努尔爬上南屏山,努尔脑海中想着阿尔曼舅舅在日记中提到的情景，到了山顶上，努尔俯瞰着整座城市，深呼吸着，被眼前的情景所震撼，体会到了阿尔曼日记中说的心情，他大声呼喊："我爱杭州，我要好好学习！"

陈曦看着努尔振奋起来，会心笑了。

塔伊尔江和救援队员们一起登山。天色昏暗，依稀看到雪山的轮廓。

洞里的人依偎在一起，迪丽娜尔蜷缩在一角，浑身发抖，一个女孩跑过来，抱紧了她。

雪洞口的人看到了远处救援队伍的灯火，游客们挥舞手电，大声呼救。援救队迅速朝山上赶来，游客们得救了。

一阵晕眩，迪丽娜尔眼前一黑，晕倒在塔伊尔江的怀抱里。

当迪丽娜尔醒来时，已经躺在干净的病房里。塔伊尔江小心地把迪丽娜尔扶起来，迪丽娜尔看看手臂上的绷带又摸摸脸。

塔伊尔江关切地看着迪丽娜尔，微笑着，迪丽娜尔有些不自然，她看到了塔伊尔江眼中的真诚，她转眼看向别处。

王川拎着一兜子水果匆匆地走来，推开病房门，正好看到塔伊尔江在扶迪丽娜尔，然后半蹲着帮迪丽娜尔把鞋脱下来。

王川怔在门口，塔伊尔江伸手接过水果袋。塔伊尔江轻声和迪丽娜尔耳语，然后拿了两个苹果到一旁，给她榨起了果汁。

迪丽娜尔笑着和塔伊尔江对视一眼，脉脉含情。王川充满敌意地看着塔伊尔江。

迪丽娜尔告诉王川是塔伊尔江及时救了她："再晚一点，估计手臂已经冻掉了。"

塔伊尔江端来榨好的果汁，细心地插了个吸管，又轻轻撩去她粘在脸侧的发丝。这些动作，刺激着王川，那应该是阿尔曼做的事情呀，王川极不舒服。

他故意提起阿尔曼，问道："受伤的事没告诉阿尔曼吧？"

迪丽娜尔一阵沉默。

王川叹了口气，挖苦道："不打扰王子公主的甜蜜时光，这样挺好，比在玉古尔村吃苦强。"

王川走了。

塔伊尔江说："迪丽娜尔，我要投资'大好河山'。"

迪丽娜尔有点出乎意料，眼前的男人让她心情复杂。

"塔伊尔江，我不知道啥时候能还清你的人情。"

塔伊尔江诚挚地说："那你就用一辈子来还吧。去雪山找你的时候，我就下定决心了，只要能让你活着，我可以用命去换，如果我们都平安无事，我一定鼓起勇气对你表白。迪丽娜尔，做我的女朋友吧！"

塔伊尔江激动地拉住迪丽娜尔的手。迪丽娜尔迟疑一下，轻轻地点下头。

阿尔曼回到乌鲁木齐，接到迪丽娜尔的电话，如约走进咖啡厅。迪丽娜尔已经在等他了，在她身边，塔伊尔江正轻轻地按摩她的手臂，两人对视着微笑。

阿尔曼大脑一片空白，放慢了脚步。

看到阿尔曼，迪丽娜尔下意识躲开了塔伊尔江的手，塔伊尔江看到了阿尔曼，迪丽娜尔站起来，一时不知怎么说开场白。

阿尔曼看似轻松地坐在他们对面，望了迪丽娜尔一眼，又看看塔伊尔江。

"这是阿尔曼。"

"塔伊尔江，我的男朋友。"

阿尔曼早有了心理准备，可还是难掩失意。

塔伊尔江笑呵呵地和阿尔曼握手。塔伊尔江开诚布公地说自己愿意投资阿尔曼的公司，如果阿尔曼愿意，近期他要去村里考察一下。

阿尔曼打起精神故作轻松，谈了一些具体事宜。三个人都觉得很别扭。塔伊尔江大度地找了个借口，离开了。

一阵沉默，阿尔曼忍不住说："他对你很好。"

迪丽娜尔嗯了一声，说："住院那几天都是他在照顾，他很细心。"

阿尔曼自嘲说："比我强，我总是让你替我担心，照顾我，我算不上什么好男人。你跟他在一起，我就放心了，祝福你。"

阿尔曼无限惆怅，匆匆话别。

热娜在羊棚子里给刀郎羊喂草，心情郁闷，阿尔曼走了很久，一点音讯也没有。她脑子里翻腾着迪丽娜尔的笑颜，她抓不住阿尔曼的心，她是那么喜欢阿尔曼，她的心就像天空的烈日光芒四射，就像戈壁的沙尘暴狂风大作，可是阿尔曼却像远处静静的河流，舒缓而淡然。

一旁哈那提的手机响了，接完电话，他兴奋地嚷道："阿尔曼回来了，还带回了新的投资人。"

热娜难以抑制激动的心情，公司需要阿尔曼，自己更期待着阿尔曼。热娜开心地拽着哈那提原地转圈，裙角飞扬，哈那提被她转得晕头转向。热娜突然松手，哈那提脚下不稳，摔倒在了羊圈里。

热娜拍手大笑。

晨光中的薄雾渐渐散去，阳光照在无垠的戈壁旷野上，大地充满雄浑的力量。

一辆路虎揽胜在向玉古尔村疾驰。

路虎车停在了公司门口，热娜带着女员工们穿着美丽的艾德莱丝裙子，跳起维吾尔舞蹈欢迎远方的来宾。

塔伊尔江参观了公司，了解了经营模式，坚定了他投资的决心。阿尔曼喜上眉梢，商量一起找艾塔克村的吐尔干书记谈股份配置的问题。

阿尔曼和塔伊尔江到了吐尔干书记的办公室，说明来意。塔伊尔江向吐尔干书记伸出手，可吐尔干书记没伸手，斜着眼看阿尔曼。

吐尔干书记说："股权？已经卖给凯萨了。"

横生变故，阿尔曼五内俱焚。一边的凯萨一脸得意，坐在办公桌沿上，跷着二郎腿，一颠一颠的，挑了挑眉毛，望着塔伊尔江和阿尔曼。阿尔曼握了握拳头。

凯萨讥讽说，"大好河山"按之前的想法发展绝对不行，他在生意场上摸爬滚打多年，市场是他的"老情人"，他心里明白市场需要什么：要转轨，开发另一种销售产品。

阿尔曼急了。"大好河山"的品牌构成和营销理念是以新疆物产为主的。凯萨一上来就要瞎折腾。

凯萨说："阿尔曼，您那是学生娃娃的书本概念，那套乱七八糟的放我这儿，就不行！啥东西赚钱快卖啥。"一副菜市场小贩的神情。

现在是凯萨绝对控股，阿尔曼没了讨价还价的资格。塔伊尔江笑着摇摇头，出了办公室，拉开车门要上车。阿尔曼追上来。

塔伊尔江说："那就是个农村的小癞子，合作不成，啥时候能把他踢出局，我再来。"

阿尔曼呆立原地，许久回不过神来。

凯萨来到"大好河山"，指手画脚地要员工把原来的产品介绍都删掉，换成和田玉的图片。阿尔曼不允许改动网站页面，凯萨大发雷霆，突然间阿尔曼将电脑从桌子上掀起，电脑显示器摔在地上，液晶屏碎了。

热娜和哈那提把阿尔曼拽出去，他们来到胡杨林。

阿尔曼颓废不已，盯着远方的夕阳。

热娜和哈那提劝阿尔曼也把股权退了。怎么可能？"大好河山"就像阿尔曼的孩子，看着他出生、成长，他绝对不允许别人糟蹋。

阿尔曼神情悲怆，说："要我阿尔曼放弃，我宁可死。"

阿尔曼一夜未眠。

第二天，凯萨给员工们开会。

热娜回头望向门窗外，见阿尔曼背着双肩包进来了。凯萨冷冷地看着阿尔曼，阿尔曼看一眼凯萨，一反常态，满脸堆笑，说："不好意思，我迟到了。"

阿尔曼冲凯萨嘿嘿一笑，凯萨诧异万分，莫不是太阳从西边沙梁爬上山头？阿尔曼竟然给凯萨谄媚？员工低声议论，以为阿尔曼吃错了药。热娜也一脸惊愕，皱起眉头。

阿尔曼约凯萨去办公室，凯萨十分警惕，和阿尔曼拉开距离，并看了一眼门背后的防爆棍。

阿尔曼率先开口："哥，我先认个错，你走南闯北见识广，以后啊，还得多带我。我虽然念过大学，但是黑板上种地做实验，比不上你真刀真枪干过大事。我认真考虑了，还是踏踏实实跟着你干，总好过我摸着石头过河。"

凯萨笑了，阿尔曼这话说得他很舒服，他轻而易举地征服了这个桀骜不驯的家伙，心想：这个在村里像英雄一样的小子，他不一样得跪在我的脚下。

只一瞬间的得意，凯萨又收敛笑容，仔细端详阿尔曼，他不相信阿尔曼变得这么快，像换了个人似的。

"阿尔曼，你该不是演戏吧？"

阿尔曼笑嘻嘻地说："是不是心里话，咱们来日方长！"

凯萨背着手出门，在办公区里巡视，阿尔曼跟在他身后，凯萨说什么他都点头称是。阿尔曼唯唯诺诺的样子，看得员工满腔怒火，一头雾水。凯萨要走了，阿尔曼紧跟两步，替凯萨将车门打开。眼前的阿尔曼失去了往日所有的尊严。

热娜瞪大眼睛，以为是做梦。阿尔曼走向村子，被热娜叫住。

热娜非常生气，说："阿尔曼，你每天站在马屁股后面举着手，一丁点男子汉的劲儿都没有了！"

热娜骑上电动车，一溜烟驶离。

阿尔曼深深叹了口气。

9

　　楚家的摊位前，一群女生叽叽喳喳地围在柜台，楚月在一旁忙收钱。隔壁摊位却没了人气，孙大海愁眉苦脸。

　　一群女孩选购完王川的货，准备离开。

　　王川说："别走啊，告诉你们，这个链子配上蝴蝶心的戒指才漂亮！要不然就单调了！我家没有，我朋友家有，大海！"

　　几个女孩乐呵呵地过去了，围住了孙大海的摊位。王川和孙大海相视一笑。

　　晚上，楚国光一算账，这个月多挣了一倍，楚母惊讶不已，直夸王川厉害。

　　又要去口岸进货了，楚国光决定让王川到红其拉甫口岸去进货，一旁的楚母的脸上却流露出几分担忧。

　　"用人不疑，疑人不用，这孩子靠谱。"

　　第二天，楚国光向王川交代了一下，把一张银行卡给了王川，说："楚叔信得过你！"

　　楚国光目送王川远去。

　　红其拉甫边贸市场商贾云集，车来车往，异国风情的摊档鳞次栉比。

王川按照名片地址，找到了要找的银饰店。

巴基斯坦店主看看王川手里的名片，给王川奉上了茶，用夹生的中文笑道："欢迎，楚国光，我的老朋友。"

王川手里拿着一叠订货单，仔细察看一盘盘银饰样品，选了货物，巴基斯坦店主打印出货物清单，总价是150080元，那是他能给老客户的最低价了。

王川不认同，就给巴基斯坦店主算人民币升值和黄金、白银下跌百分率，算完说："如果还按一年前的价格卖产品，我很遗憾，不能达成这笔交易！"

王川拉起行李箱要走，他要去对面的商店，采购这些货物。巴基斯坦店主呆住了，没想到眼前的中国小伙子这么精明。以前他说什么，楚国光都点头称是，虽然没有欺诈过老客户，赚的利润总是多点，谁叫那些中国土豪一点国际金融知识也没有。

店主连忙道歉，他不想失去中国朋友，最后双方以13万的价钱成交。王川和店主击掌、握手。

王川连夜往乌鲁木齐赶，上了夜班大巴。一名戴帽了的男青年挤到王川身边，挨着他坐下。售票员让戴帽子的男青年买票，男青年递了三张百元大钞给售票员，售票员没有零钱，年轻人也没有，热心的王川替戴帽子青年付了零头。

戴帽子的年轻人千恩万谢，从旅行袋里拿了两罐外国啤酒给王川。王川笑着接过了啤酒，跟年轻人碰杯。一杯酒下肚，王川睡眼蒙眬，不知过了多久，醒来发现身边戴帽子的年轻人不见了，他迟疑了一会儿，摸了摸衣服几个口袋，脸上突然变色，他从坐椅上站起来大喊停车。

有人偷了他的钱包和手机。

长途大巴内炸锅了。

　　长途大巴靠路边停下，王川和司机匆匆下车，司机打开车身下的行李舱，王川的行李箱也不见了！

　　王川慢慢抱着头蹲到地下，懊丧地捶打自己。司机回放查看车厢内的监控视频。显示器上显示，王川睡着的时候，大巴车停了下来，有两名乘客站起来下了车。王川身边戴帽子的年轻人也站起来，从王川衣服口袋内掏出了什么，然后取下行李袋，走到大巴前部，从前门下车，并提取了大车行李箱里的一件行李，而那个行李就是王川的。停车的时间在早晨6点，停车的地方在塔州加油站。

　　王川匆匆下车。

　　乌鲁木齐那边，楚家和王川已经失去了联系。楚母脸色阴沉，心事重重，不断拨打王川电话，手机关机。楚国光歪斜着坐在椅子上发呆，一家人心情差到极点。楚国光细琢磨，是自己看走眼了？不应该啊。可好好的人，咋就会突然变了呢？

　　楚月说："王川要是贪钱的人，他会把自己的手往火锅里伸吗？"

　　楚母没好气地说："就是为我们家一点钱，才把自己的手往火锅里伸。"

　　楚月伤心地哭了。

　　楚国光决定，再等一天，不行就报警。

　　王川搭了一辆货车，去了县城。车停了，王川从车厢里跳下，打量着四周，这是南疆一个普普通通县城的郊区。街道上不时驶过汽车、摩托车、电三轮，王川一片茫然。

　　远处就是视频里的塔州加油站。

　　王川跑进办公室，说明被偷的事情经过，提出看一下监控视频。可加油站的监控视频外人不能查看。

　　王川找到加油站的主任，主任是个中年女性，见到落魄的王川，面无表情。王川再一次叙述自己的不幸遭遇。主任再看一眼满脸尘土的小伙子，那些灰尘也遮不住小伙子眉清目秀的英俊轮廓，小伙子的诚恳让她想起自己远在内地读书的儿子。

"您一定是一位母亲，想一想您的孩子像我一样，人在异乡出了事情，是不是需要帮助？"

主任意味深长地望着王川，内心充满矛盾，并没有接话。

王川继续说："被偷走的行李箱里的货物是乌鲁木齐一对做小生意的老夫妻的，我是他们的伙计，来南疆帮他们进货。货丢了，我就得负责，得对得起老人对我的信任，做人不能没有诚信，不逮住小偷，我没脸回去。"

"我应不应该信任您？"

"当然啊，阿姨！世界就是因为信任才充满了温暖，难道我们需要一个冷冰冰的世界？"

主任笑起来，说："是啊，诚信！金子也换不来。破一次例！"

把视频调到6点42分时，果然有辆大巴停在马路对面。大巴开走后，一个戴帽子的青年手里拉着王川的行李，继而来了一辆轿车，戴帽子的年轻人上车离开。

王川目不转睛地盯着显示屏，发现小车停了一会儿，小偷和司机谈了几分钟后才上车。他们应该在谈价，这是辆黑车！屏幕显示出了车牌号。

王川去了县城，对着车牌号找车。第三天，王川眼前发亮，看到了那辆停在路边的黑色桑塔纳。王川跑过去，打开车门跳上副驾驶座。

黑车司机问去哪儿？王川在座椅上正襟危坐，严肃地说："只听，别问，然后照着做。三天前，凌晨6点47分，你在塔州加油站加完油，6点51分，你在加油站马路对面拉了一名戴帽子的客人，这人还带着一只行李箱和一只旅行袋，现在把我送到年轻人下车的地方。"

黑车司机很诧异，本来就在做不合法生意，现在可是遇到找事的主了，竟然把自己三天前夜里的事情摸得一清二楚。司机回忆了一下，一踩油门，车嗷嗷地冲了出去。

黑车司机一边开车一边偷偷瞄着王川，王川一脸严肃。黑车司机终于忍不住，小心翼翼发问："你是干啥的？你找的这人是干啥的？"

王川说："秘密！不要再打听。"

黑车司机立即闭嘴。

到了地方，黑车司机吓得连车费都没敢收。王川斜挎旅行袋，向最近的村庄走去。王川要找一个戴棒球帽的年轻人，村民不知道名字，没办法帮他找。一个戴着小花帽的维吾尔族青年哈哈笑了："羊群的羊都是一样长着毛，你要找哪一只呢？"

王川不达到目的决不罢休，挨家挨户敲门。

忽然，王川看到一堵矮院墙里，晾衣绳上夹着一只帽子，他趴在院墙上等着，屋里面出来一个中年男人，从晾衣绳上解下帽子，戴在头上走出了院子。王川十分失望。王川眼里只有帽子，看到一顶帽子就以为是小偷戴的，他知道自己意识里发生了错觉，他已经两顿饭没吃了，他坐下来，稳定一下自己的情绪，休息一会儿，又在村里找人。

走过馕坑，一个大妈在烤馕，王川摸摸口袋，又翻了翻身上的旅行袋，一毛钱也没找到。

大妈看着王川的窘样，会心地笑了，说："钱被姑娘骗走了？送你一个馕，吃完回家吧，家里有床睡觉，有妈妈做饭，比在外面被人骗强。"

王川眼睛湿润了，他咬了一口馕，继续去村里找人。咔嚓一声，王川踩到了一件东西，低头一看，脚下是一只空的啤酒瓶，和他在长途大巴上见过的外国牌子一模一样。一抬头，大巴上戴帽子的年轻人吹着口哨从对面潇洒地走出来。王川猛地拍了下年轻人的肩膀，年轻人一愣。王川一拳打上去，年轻人被王川吓到了，也不知他怎么就从天而降。小伙子看到王川追到了家门口，知道再抵赖也没有用，害怕闹得村民笑话。村里人可一直把他当好榜样，用来教育孩子，因为他初中毕业以后就外出打工，家里不久盖起了新房。不像村里的一帮年轻人，一天到晚在村里闲逛，东家长西家短，女人一样说闲话。在村民眼里，他是一个好小伙子。

"你的东西我一个没动，还你。居然跑到沙漠边找到我家，算你也是新疆儿子娃娃。"

王川拿到行李箱，一屁股坐在地上，呜呜哭起来。

楚国光和楚母在看摊位，整日愁眉苦脸，像死了祖宗，一向和善待客的两个老人，动不动就和顾客吵起来。隔壁孙大海偷偷观察老两口三天，觉得气氛不对，实在憋不下去，放下手里的活，绕到楚国光跟前。

孙大海说："老爷子，受谁的气了？谁欺负你们，我找人收拾他。"

楚母抱怨着，把王川失踪好几天的事情说了。

孙大海一拍楚国光的肩膀，嚷道："嗨，王川还真不是那种人，做女婿，倒是你们家的福气。王川要讹您楚老爷子的血汗钱，算我眼瞎，把这一对眼珠抠出来，扔到您老脚下踩。"

楚国光似有所悟，心情好了点。

到了晚上，仍然不见王川的影子，楚家商定去派出所报案，楚月哭成个泪人。

楚国光打开门，门外站着蓬头垢面的王川，手里拉着绿色旅行箱。

三人被眼前的王川吓得惊叫起来。楚月捂住了嘴，眼泪唰的一下滚落，她冲上去抱住了蓬头垢面的王川。王川微微一笑，轻轻拍了拍楚月。

凯萨在公司整日大呼小叫，嚣张跋扈。有批货，其中的一部分红枣和香梨已经烂了，凯萨要求立刻发出去，员工古丽不同意，担心发到客户手里全是烂枣烂梨了，"大好河山"从来没这么做过损人又不利己的事！他们吵了起来。

凯萨呵斥道："羊羔子担心兔子饿 —— 瞎操心。收到烂水果，客户投诉，也是和快递公司算账。"

古丽说："以前都是严格按照保鲜日期来发货，超一天都不行。这样蒙骗客户，纸又包不住火，快递公司又不是傻子，这种事出现一次人家就不跟咱们合作了。"

凯萨发脾气，员工敢怒不敢言。阿尔曼来了，大家眼巴巴指望着他杀一杀凯萨的气焰。出乎意料的是，阿尔曼提醒大家凯萨总经理是公司的老人，他让大家咋干就咋干。还肉麻地夸凯萨在生意场上摸爬滚打多年，他的决定错不了。凯萨点着头，得意地扫了大家一眼。热娜气得脸发白，恨恨地看着阿尔曼。

古丽不相信阿尔曼能说出这样的话，她要辞职。热娜说如果古丽辞职，她也辞职。

热娜骑着电动车走了。阿尔曼骑着摩托车追上来。

热娜猛地刹住车，怒视阿尔曼。

"阿尔曼，你是个唯利是图的小人。"

阿尔曼沉默了许久，说："我这么做，是为了保住'大好河山'的品牌，相信我，'大好河山'的品牌早晚会从凯萨手里夺回来。"

热娜似从梦里醒来，在她眼里，阿尔曼活力四射，千变万化，神秘莫测。他身上那种怎么都抓不住的魅力，让热情奔放的热娜痴迷而怨恨。而此刻，一个安安静静的阿尔曼真实地站在她面前。

"想不想听听我的计划？"

热娜笑起来，娇嗔地打了阿尔曼一下。阿尔曼把搞垮凯萨的计划向热娜和盘托出。

热娜哈哈大笑起来，说："我从来就不相信塔里木沙狼会和森林狐狸住在一个窝里。"

热娜毫不犹豫地答应帮助阿尔曼一起完成计划。看着远去的热娜，阿尔曼忽然觉得很温暖。

第二天上班，热娜笑嘻嘻地进到凯萨办公室，托着一盘切好的哈密瓜。

凯萨愣怔住了，有点不相信自己的眼睛。

热娜朝凯萨甜甜地笑了，说："你的笑容比哈密瓜甜。"

凯萨兴奋地拿起一块瓜，咬了一大口。

热娜和凯萨在办公室嘻嘻哈哈了半天，热娜提出要和凯萨一起工作。一会儿，凯萨把行政主管叫来，要求把热娜调过来给他当秘书。

热娜高兴地跳起来。员工们以为一大早热娜就喝醉了酒，昨天还和古丽一起骂凯萨，转眼又欢天喜地要给老板当秘书。凯萨得意地笑起来，热娜是副总，终于又争取到了一个同盟军。

凯萨笑看着阿尔曼。

"是啊，漂亮的热娜给英俊的老大当秘书，绝配。"阿尔曼恭维地说。

众人惊愕，向阿尔曼投去鄙夷的目光，凯萨哈哈大笑。

办公室的窗边，凯萨坐在摇椅上享受着日光沐浴，热娜坐在旁边，一边给他扇着扇子，一边用叉子喂他水果吃，凯萨脸上美得开出了花。凯萨张大嘴，热娜又叉了块水果喂他，还冲他眨了下眼睛。凯萨心花怒放，口水几乎流下来，看着热娜，他脑子里打起来了坏主意，眯着眼睛开始幻想……

凯萨突然双脚用力，椅子摇动的幅度大，他故意上身抬高，嘴正好撞到了热娜的脸上，亲了个正着。热娜害羞地捂着脸，挤出个笑脸。

阿尔曼推开办公室门进来。热娜扭身看阿尔曼，凯萨闭着眼，大幅度晃摇椅，又想好事重来，把脸故意朝热娜脸前凑，却没想到热娜早躲开了，扑通一下，幅度过大的凯萨被翻了的摇椅扣在了地上。

阿尔曼和热娜急忙扶凯萨，凯萨就势往热娜肩膀上一靠。

凯萨扭头大声说："阿尔曼出去！进门要敲门，你不懂啊？"

阿尔曼头脑发热，有一种要扇凯萨一巴掌的冲动，心底里另一个声音提醒他冷静下来。于是，他转身出去。

黄昏，落日的余晖像燃烧的炉膛里最后的火焰，失去了灿烂的光芒，发出温润的红光，洒在胡杨林的梢头，从细密的枝叶间透出，金色的树叶边镶了一层薄薄的红晕，大地温馨而安详。

阿尔曼和热娜缓步走在胡杨林边。

阿尔曼心情复杂，让热娜接近凯萨是自己的主意，可看到凯萨明目张胆地骚扰美丽的热娜，自己的心里像爬了一只虫子，挠得难受。治凯萨的办法多得很，但怎么做着做着就走到这种龌龊的地步，让那个满身臭气的家伙揩热娜的油。何况，阿尔曼对热娜心里藏着说不清的情愫。

热娜没好气地说："你天天叫我美人，美人就使美人计，好玩。公司里的事，凯萨全扔给你了，要的就这效果，你不是也挺满意吗？免得公司品牌被凯萨做坏了，还把我支得远远的，不碍你的眼。"

阿尔曼哭笑不得。

第二天上班，凯萨依然对热娜拉拉扯扯，热娜看见旁边的阿尔曼，心头气恼，咬了凯萨的手一口。

凯萨对阿尔曼说："你看到热娜眼睛里的火焰了吗？她抛出的媚眼，击伤了我的心，我要拿下她，哥们儿要帮忙呀。"

凯萨要请阿尔曼和热娜一起喝酒，让他帮忙把热娜灌醉。

凯萨猥琐地笑了起来，阿尔曼一阵恶心，凯萨身上的流氓习气让他忍无可忍，可是为了公司又不能翻脸，阿尔曼只想扇自己几个嘴巴。

下班后，热娜一听说吃饭，兴高采烈上了车。

到了酒店，阿尔曼去酒水台拿了三瓶250克的地方酒，到后堂，把其中两个酒瓶的酒倒了，灌满矿泉水。

阿尔曼端着三个酒瓶过来，给大家一人分了一瓶酒，阿尔曼冲凯萨使使眼色，示意已办妥，凯萨忙拿过热娜的酒瓶子替她满上。

阿尔曼三人碰杯，凯萨先干掉自己杯中酒，看向对面，热娜小喝一口，表情痛苦，凯萨心花怒放，兴奋地冲阿尔曼直挤眼，阿尔曼苦笑了一下，把自己杯中的酒喝掉。

酒酣耳热，热娜称赞凯萨人好，是自己的偶像。凯萨兴奋得找不着北，不停劝酒。

热娜说："喝可以，不过公司推广要一笔经费，你得支持。"

凯萨想都没想，答应了，偷偷乐着把水当酒喝。

凯萨和热娜频频举杯，热娜一点醉的迹象也没有。阿尔曼在闷闷不乐地一杯杯灌自己，眼神迷离，忽然把持不住，酒瓶从手中落下，扑倒在桌子上，已酩酊大醉。

阿尔曼挣扎着起来，凯萨扶他，阿尔曼嘴一张，秽物喷了凯萨一身。凯萨一惊，拿起阿尔曼的酒杯闻闻，知道阿尔曼喝的是酒，而按凯萨的计划，那酒该给热娜喝。

阿尔曼已醉了。

凯萨开车送他们回家。心里在骂阿尔曼："多好的机会，水一样溜跑了！"

凯萨把车停在了买买提爷爷家门外，看到阿尔曼还是烂醉如泥，一脚把阿尔曼给踹了下去。

第二天，热娜笑嘻嘻地找凯萨签报销发票，凯萨见了她，头脑发热，堆起笑脸，稀里糊涂批了一堆发票。热娜找会计报账，会计看着一堆发票，知道凯萨唯热娜是从，不能得罪，拿起财务章嗵嗵嗵地扣了下去。

自从凯萨放手让阿尔曼重新负责"大好河山"的业务，生意有了点起色，快递购物单不断。

凯萨说："上次吃饭，我以为你把我和热娜的好事搅黄了，没想到热娜变乖了，居然让我以后天天送她回家了。天天送热娜，一年是365天，300多次机会，种300颗种子还不出苗？"

凯萨脸上爬满猥琐的笑容。

"我不相信你真喜欢热娜。"

"这年头，啥喜欢不喜欢的。蜜蜂嘛，到处采采蜜！"

阿尔曼见了热娜劝她离凯萨远点，更不要让他天天送。

"这不是把羊羔子送狼窝吗？"

热娜装着没听见，蹦蹦跳跳地走了，心里蜜一般甜，阿尔曼哥哥的心里开始有她了，开始担心自己和凯萨在一起。热娜心里又升起一丝惆怅，难道木讷的阿尔曼看不出自己一直爱着他？

10

看着王川天天忙里忙外，天气越来越暖和，可他还穿着厚衣服，楚月上街给王川从头到脚买了新行头。

王川说："怎么好意思让你给我买东西，算是代买，钱从工资里扣。"

听到王川没心没肺的话，楚月心里一抽，拿出一双袜子递给爸爸。

楚国光接过袜子，瞅了一眼王川怀里那一大堆东西。走到摊位外面，把袜子递给楚母。

"闺女逛了一天街，拎了一大堆东西给王川，亲爹只能捞到一双袜子。"

楚母责怪老公笨。王川开心地试穿衣服，楚月羞涩万分地站在一旁。看到女儿发自心底的笑容，楚国光恍然大悟。

两个老人心里都非常喜欢王川这个孩子，长得帅，人品好，有魄力，是个女婿的好人选，只是搞不清这么好的孩子，怕是名草有主了。又一想看他天天来得早走得晚，晚上也没有应酬，不见交乱七八糟的人，应该没有女朋友。

王川陪楚母去菜市场，拎着鸡鸭鱼肉。楚母一边夸赞王川一边抱怨："你楚叔每次来菜市场，都嫌我买得慢买得多。"

"那以后阿姨您买菜就带着我，我只干活不吃饭。"

楚母被他这话哄得哈哈笑。楚母挑牛肉，王川怕把她手弄脏，贴心地递过来个塑料袋让楚母套在手上。

摊主夸道："这儿子真懂事，疼妈。"

楚母笑得更开心了，试探王川说："咋一直没听你说过你父母的事呢，他们也在乌鲁木齐吗？"

王川说："我妈妈不管我，爸爸没有了。"

楚母唏嘘地说："可怜的孩子，你人这么好，以后丈母娘也能把你当亲儿子。"

王川脑海中闪现出陈曦妈的嘴脸，心中厌烦，说："没丈母娘！"

楚母一听，知道王川没丈母娘也一定没女朋友，笑逐颜开。

家里，楚国光听楚母说完王川的情况，觉得收王川入赘做女婿再合适不过，闺女和他过，也不用担心她在婆家受气。商量把家里亲戚叫来，让他们帮着参谋参谋。

楚国光请王川晚上到家里吃饭，说是来了两个亲戚。晚上，楚家客厅里闹闹哄哄的都是人，王川没想到有这么多人，怔住了。楚国光还特意向他介绍了一家人。王川挨个问好，客厅里的人都盯着王川瞧。王川十分尴尬，找个借口钻进了厨房，帮着楚母切菜，楚月也帮忙打下手。王川一边炒菜一边和进来的亲戚聊天，亲戚乐得合不上嘴，纷纷给楚国光竖大拇指。

亲戚们谈笑着落座。

二婶开口说："小王和楚月还挺般配的，往这儿一站，和电视里那些明星比也差不了啥。"

大家附和着说他们挺有夫妻相。

二叔说："其实婚姻也算是一种投资，王川要是成了我哥的女婿，这个家以后就是他们小两口的，王川马上从打工仔变成小老板。"

王川原以为是一次简单的吃饭，没想到是做女婿的入门考察，脱口说："我要是做了楚叔的女婿，我在杭州的女朋友也不同意啊。"

楚家人目瞪口呆。

楚母问道："你不是说没有丈母娘吗？"

王川解释说："因为我不去杭州，丈母娘和我闹矛盾，我就不想说起她。"

楚月忽然跑回了自己的房间，砰地关上了门，屋里传来哭声。王川缓缓地站起来，尴尬地说："对不起，先告辞。"

楚国光一路追了出去。

王川说："对不起。"

楚国光说："我们自己太草率，没问清楚情况，也让你为难了。"

王川突然对老人鞠了个躬，说："谢谢你们一家这段时间的照顾，没想到今天闹成这样，我也无法面对楚月，以后我们就再不见面了。"

王川找到孙大海告诉他自己要走了，说："大海，麻烦你一件事情，代我好好照顾楚家。"

王川一脸悲壮，孙大海拍拍他的肩膀："哥们儿，都是新疆儿子娃娃，放心！"

下班，凯萨和热娜说说笑笑地从办公室里走出来。哈那提看他俩出去，直摇头。

凯萨的车朝艾塔克村开去，阿尔曼骑着摩托车在后面，保持距离跟着。

凯萨心猿意马，看到了艾塔克村的灯光，他把车停在了僻静的路边。后面赶来的阿尔曼躲在一旁观察车里的动静。

凯萨装模作样说车坏了，在车里左看右看，热娜似乎有所警觉，右手悄悄地伸进包里。凯萨低头装着看刹车，眼睛一瞄看到了热娜垂在旁边的粉嫩的左手，他的手慢慢地滑向热娜的手。热娜急忙推他，凯萨的手伸向热娜的腿。热娜顿时暴怒，二话不说拿包就打凯萨的头。听到热娜的叫声，阿尔曼急忙跑过去。

到了车前，听到凯萨一声惨叫："啊，我的眼睛！"

热娜说："在我家门口敢不老实，你不想活啦！"

凯萨双手捂着眼睛呼天抢地。

热娜下了车，整理下头发和衣服，发现了车后的阿尔曼，手指放在嘴唇上嘘了一下，笑着对阿尔曼挥挥手，快步回家。

凯萨还在捂着眼睛叫唤，刚才，热娜用防身辣椒水喷了凯萨一脸。阿尔曼忍住笑，抬脚又踹了凯萨一脚，骑上摩托车跑了。

第二天，凯萨戴着墨镜低头进了公司，来到办公室摘下墨镜，露出红肿的眼睛。

阿尔曼强忍住笑，问："谁整的？"

凯萨说："热娜那个疯丫头！她天天对我又笑又跳，还让送她回家，见到我像羊羔子见了母羊，可昨晚送她回家，我摸了一下她的手，结果就被她狠心地喷成这样。"

阿尔曼说："为什么那么漂亮的丫头我却不娶？那花是沙枣花，刺人呢！"

凯萨半天说不出来话，最后扔出一句："都是坏怂！"

塔伊尔江约了迪丽娜尔去吃饭，说好他在那里等她。

迪丽娜尔经过通向那家餐厅的街道，一拨一拨的人迎着她过来，每人送给她一支玫瑰花。迪丽娜尔不明所以，送花的路人络绎不绝，没有人说话，不一会儿，她手里就拿了一大束玫瑰花。

一大束彩色气球飞起来。

塔伊尔江突然出现，身着酒红色的西装西裤，神采奕奕，魅力四射。他打开一个宝石盒，拿出一枚钻戒，单膝跪地，向迪丽娜尔求婚。那些送花的人们一下子聚拢过来，欢呼雀跃。迪丽娜尔坠入似醉似梦的幻觉里，呆望着塔伊尔江，不由自主地点了下头。

塔伊尔江紧紧拥抱起面前的女神。

一切仿佛发生在梦里，迪丽娜尔回到家，看看镜子里的美丽容颜，内心忐忑，匆匆忙忙给陈曦打电话。

"当时人很多，我失去了判断力，以为在梦里，但那种感觉很独特，从来没有的被征服感，我似乎被催眠了，当着他的朋友和亲戚的面，我答应了他的求婚。"

陈曦说："他还救过你，这才是真实的生活，不是挺好吗？"

迪丽娜尔说："有时候我也会想，和塔伊尔江结婚了，就要跟过去告别了。可是过去有那么多美好的东西，无法放下。"

陈曦说："放下阿尔曼，试着接受塔伊尔江，找一个心疼自己的人，不会那么累。"

陈曦的话并没有让迪丽娜尔轻松下来，却多了些莫名其妙的纠结。

塔伊尔江在环境幽雅的别墅小区买了婚房。迪丽娜尔站在二楼的阳台上，望着远处的风景。

塔伊尔江温柔地说："这是我们的家。"

窗外，是赫赫有名的红山。

红山像一条头西脚东的巨龙一样昂首屹立在远处。峭壁绝崖、飞红溢丹、层峦叠嶂、巍峨挺拔。这个传说中的赤色巨龙，从博格达山峰蜿蜒西下，山脉突断，山头矗起，恰似巨龙昂首。

红山塔下万千景象。

迪丽娜尔嘴角抽了一下，挤出笑容。

塔伊尔江带着迪丽娜尔买婚纱、看办婚礼的场地。迪丽娜尔一路点头，一副乖乖女的姿态，其实内心凄惶。

要去民政局领证了。

阳光明媚，犹如塔伊尔江的好心情，那些艰难的爱情跋涉就要结束了，那个女神一样的姑娘，此刻就在身边。他的手正紧紧握住她凝脂般的小手，塔伊尔江的心突突跳动着，还有几步，他们将一起取得那个盖着国徽的大红证书，他们幸福的生活将从眼前的大门无限延伸出去，然后一群孩子围在他们身边……塔伊尔江不敢再想下去了，他的心快要飞翔起来，他想对每一个人大喊：我要和眼前这个美丽的女孩白头到老！

塔伊尔江说："领完证，我们去马尔代夫办婚礼吧。"

迪丽娜尔内心在激烈斗争，几乎迈不开步伐，矛盾的情绪揪着她的心，看着塔伊尔江拉着自己的手，那手背上长着黑密的坚硬的绒毛，那手就像一块巨石压在她的手臂上。

迪丽娜尔脑海中闪现出浙江大学校园里阿尔曼的身影，眼前交错重叠出的是一只只白皙温暖的大手：阿尔曼拉着她朝图书馆走去；阿尔曼拉着她漫步在胡杨林里；阿尔曼撩着湖水泼向她。

迪丽娜尔又一次看到了那个咖啡厅，那是她和阿尔曼离别的地方，她的脑海里闪现着阿尔曼临走时最后的回眸。

在迈进民政局大门前的最后一刻，迪丽娜尔猛地收住脚，塔伊尔江奇怪地回头。

迪丽娜尔看看民政局的大门，又看看眼前的塔伊尔江。

"这不是我想要的！"

迪丽娜尔松开了塔伊尔江的手，后退了一步。

"对不起，对不起！"

迪丽娜尔转身跑了，塔伊尔江石化了。

迪丽娜尔消失了。塔伊尔江如五雷轰顶。

塔伊尔江收到了迪丽娜尔的告别信："塔伊尔江，真的很对不起，你对我很好，还救过我的命，我几乎觉得你就是我此生的伴侣……你能给我所有人都羡慕的一切，让我生活在所有人都认为的幸福里。但是我终于想清楚了，羡慕的眼光不是生活的阳光，你眼里的幸福不是我心底的幸福，你所给予我的，不是我要追寻的生活。可能我很残忍，但我要是不离开你，就是对自己最大的背叛。爱情是生命的灵魂，我无法背叛灵魂，我无法说服自己爱上你。你有你雪山的伟岸，我有我草原的情怀。我对你，只有感激，请原谅，我要追求那只属于我的幸福了！我的幸福不在高楼林立的都市，我属于远方，那遥远的天际藏着我的爱恋。你离我太近了，近到惊醒了我的梦。再见！"

塔伊尔江落寞地放下迪丽娜尔的信，颓丧地坐在椅子上。

迪丽娜尔自己创业了，成立了自己的"大美锦江旅行社"。

阿尔曼和哈那提去库吐鲁克家的羊圈查看饲养刀郎羊的情况。库吐鲁克笑着指指摄像头："天天都放呢！放心吧，这个摄像头看着呢！"

城里人无微不至地关心这些羊娃子，给自己的羊都起了名字。库吐鲁克一个个叫着小羊的名字：艾伦、波比、喜羊羊……噢嗬！这些名字记得库吐鲁克脑袋都大了。

哈那提说："你是养羊，他们是养宠物。"

库吐鲁克连连称是，他的手机一天到晚嘀嘀地响，都是羊爸爸羊妈妈给他发的微信，了解羊的状况，天天有一堆眼睛盯着他干活。最让人气愤的是，他们以为羊不高兴的时候，还要让他去哄羊开心。

"那些人把羊娃子当儿子养呢。"

阿尔曼和哈那提的眼泪都快笑出来了。

凯萨和阿尔曼商量，打算开个小油馕加工厂。阿尔曼根本不相信。凯萨对利润低、风险大的生意都不做，小油馕产值低，在电商的所有项目中销售收入也最少。

凯萨说："小油馕是小丫头的小辫子，人人都喜欢呢。尼加提书记也一直想卖小油馕，总得给村里办点实事吧。"

凯萨指了指远处的一座山，要在那个山脚下建厂。阿尔曼疑惑：玉古尔村地方大了去了，哪儿不能建厂？那儿连条柏油路都没有，不知道凯萨念的是哪段经。

阿尔曼在做小油馕的策划案，对着电脑发呆已经三天了，没理出个头绪，他总觉得这事不对劲。凯萨接手电商公司到现在，啥时候对卖产品感兴趣过？这回他居然主动要花上百万投资开一个不赚钱的小油馕加工厂，还必须选在个秃山上？

哈那提说："事出反常必有妖。"

两天以来，阿尔曼变着法子想套出凯萨的真实想法，狡猾的凯萨闭口不谈，更让阿尔曼怀疑他有什么不可告人的目的。

哈那提吃了一口拌面，嘲笑道："这回笨了，凯萨防着你，当然啥也不说，可他从来不防着热娜。"

阿尔曼眼前一亮。

热娜去凯萨办公室，他面前摊着图纸，正在写着什么，看到热娜，急忙藏起来。热娜责怪凯萨这几天总是到处跑，也不理她，一双热辣辣的眼睛望过去，目光勾魂，凯萨看得心头怦怦直跳。

凯萨解释说是在忙加工厂的事。

热娜不屑地说："就那个小油馕呀，那个能赚几个钱，你一向聪明，这回咋笨了呢？"

凯萨解释说："我得为村民的口袋想一想，我是村里优秀的青年企业家呀。"

热娜放肆地大笑："外江（哎哟），猫头鹰也唱歌了，骗骗别人还行，我热娜还不了解你？"

但是凯萨吞吞吐吐，还是没说。

热娜说："晚上送我回家？"

凯萨的心理防线塌了，笑逐颜开。

一辆快递厢货车停在门口送货。凯萨扭头，看到了在公司厂房门口看报纸的艾尼。

"艾尼过来，帮着搬。"

艾尼十分不满，凯萨竟然直呼其名。

艾尼说："我这电商副会长是县里派下来的，干不了你的活。"

凯萨说："管你哪儿派下来的，阿尔曼那个电商会长都给我提鞋呢，你有啥高级的，快搬！"

艾尼和他理论，气得脸青，说："羊羔子眼里的牛都是小犊子！"

艾尼觉得好歹自己也是个干部，人人都敬三分，凯萨算哪个圈里的头羊，还瞧不起人？他们一阵恶吵。

热娜想尽了办法也没套出凯萨的口风，让阿尔曼更加坚定了自己的判断，凯萨在密谋一件什么事情。

热娜说："晚上约了凯萨送我回家，不爬上悬崖就掏不到狼窝。"

夕阳西下，凯萨送热娜回家。一路上凯萨姿势僵硬，中规中矩地开车，眼睛不时瞟一眼身边的热娜，眼神刚斜过去，热娜正盯着他笑，凯萨吓得把视线又收回去。

热娜问："今天咋不说话啊？"

凯萨结巴着问："包里带上回那个东西了吗？"

热娜淡定地说："带了。"

凯萨打了个激灵。热娜笑了，告诉凯萨，那防身的辣椒水是她爸给的，让她天天带着防狼。

"不会再喷你啦，上次只是想试一试有没有作用，过期没有。"

热娜把头突然靠在凯萨的肩膀上。凯萨整个后背僵直，嘴咧起来傻笑，喘着粗气，有贼心又没贼胆。

离热娜家不远了，热娜在路口下车，挥手告别。看热娜要走了，凯萨突然忍不住，打开车门追了下来，热娜偷笑着。凯萨凑近热娜，热娜嘻笑着往后退到一棵树边。

凯萨两眼通红，表白道："你像天上那颗星星在我心里闪着呢，做我的女朋友吧！"

热娜警告说："我爸听到会出来打人呢。"

凯萨心虚地看一眼远处的大门，壮着胆子说："答应我，让我亲一下，不要让我整天看画在墙上的馕，看得见吃不着。"

热娜说："知道你喜欢我，我是守规矩的人，必须要结婚以后才可以！"

凯萨表示马上结婚！

热娜问："你有啥资格娶我？就你那个电商，挣的钱只够给员工开工资，我还想要在乌鲁木齐买房子，还想要豪车，一年至少出国两回。这些条件不满足我，我和我爸都不会答应的。"

凯萨不肯罢休，说："钱马上就会像鸟一样飞进我的口袋。"

热娜不信，说："难道你还有别的挣钱门道我不知道？警告你，虽然你人有点色，可要存心欺骗我，我就不去电商上班了，你凯萨也别想踏进艾塔克村一步。"

热娜故意生气转身要走，凯萨急忙拦住她，看看左右没人，索性说："挣大钱！建油馕加工厂是外面飘的红旗，给人看的，我要那个山，其实就是为了这个。"

凯萨说着掏出脖子上的玉坠在热娜眼前晃了晃。

热娜明白了，说："好好表现，我要好好考验一番。"

热娜兴高采烈地告诉阿尔曼，凯萨想挖玉。阿尔曼如释重负，他忍辱负重等的就是这一天，当对手在得意中出了昏招，就离灭亡不远了，也是自己收网的大好时机，拿回"大好河山"指日可待！阿尔曼以不变应万变，等待大鱼上钩。

11

王川又一次失业了。他吃着泡面，盯着笔记本电脑屏幕，在搜索招聘信息。突然手机铃响，他看了眼手机，是陈曦的电话。王川忙咽下嘴里的面条，喝了口水，漱漱口，清了清嗓子，接听手机。陈曦半晌不说话。

王川催促着："说话啊！"

陈曦说："王川，你是否还爱我？"

陈曦在那边哭诉，她妈天天逼着她跟别人相亲，她受不了那种折磨，求王川回杭州一趟。

王川有些颓废和难过，爱情和事业都被自己搞得一塌糊涂，他决定去见陈曦。

从萧山机场出来，陈曦从远处奔来，两人紧紧地拥抱在一起。

进了陈曦家，陈母系着围裙在做饭，她笑容满面地和王川打招呼。陈母意外的热情让王川发愣，好久才回过神，赶紧把从新疆带来的土特产礼盒递上去。陈母笑着接过来，看也没看，随手放进旁边的柜子里，急匆匆地去了厨房。陈母的态度，让王川很不适应。

坐在沙发上，王川屁股下面像坐了根针似的，起身走进厨房要帮忙，却被陈母推出来。王川很不自在。

陈曦悄悄说："看来妈是想通了，真意外。"

一股久违的温暖袭上心头，王川一把搂过陈曦。

陈母做好菜，端上桌，却拿了四副碗筷。

"一会儿还有人来。"

门铃响起，陈母高兴地跑去开门。

王川小心问："陈曦，不会是给你找了个后爹吧。"

一个年轻男子进了门。

陈母口中喊着："大龙，你可来了，就等你呢！"

陈曦看到大龙，脸色突变，王川皱起眉头。大龙将手里的 LV 包和卡地亚的礼袋交到陈母手上。

王川用眼神问陈曦，陈曦含糊其辞："一个不太熟的朋友。"

王川看着 LV 包说："再熟，得送房送车了。"

大龙看到陈曦殷勤地笑笑，视线落在王川脸上，愣了一下，礼貌地点点头。

陈母介绍，大龙是她同学的儿子，全家移民到加拿大去了，最近因工作原因，他回国长住杭州。

陈母说："陈曦和大龙是青梅竹马长大的，大龙妈妈喜欢我家陈曦，我们两家很早就结了娃娃亲。"又对大龙说："王川是陈曦的大学同学，从新疆来杭州办事的，以前上学时照顾过陈曦，我请他来陪你一起吃个饭，省得你第一次来拘束。"

大龙礼貌地伸出手，手腕露出百达翡丽表，王川不情愿地回握了下手，没说话。

陈母根本不看王川，一边说"今天的菜都是大龙爱吃的，好好吃，要喜欢以后就常来吃"，一边招呼陈曦给大龙夹菜。

王川压着火，问道："阿姨，我难道只是陈曦的同学？"

陈母一脸平静，说："本来今天是请大龙的，你来得突然，就一起吃呗。"

王川站起来走人，陈母冷冷说了声"不送"。

陈曦站起来，被陈母拉住，说："今天就是让他看看，让他知难而退。"

陈曦却挣脱开母亲的手，声嘶力竭地叫着王川的名字，追到小区门口，拉住王川的手。

王川狠狠地甩开她，说："回去陪华侨去，我这种穷光蛋不配做陈家的女婿！我活了二十多年从来没像今天这么被作践，你妈就诚心羞辱我，你们满意了吧！"

有路人围观，王川一把推开路人，嚷道："幸灾乐祸啊，我被自己的女朋友的妈妈打发了，你们开心啊？"

路人莫名其妙地看了一眼疯狂的王川，闪开了。陈曦边哭边拉他。王川推开陈曦，拦了一辆出租车走了。陈曦站在路边，嚎啕大哭。

那个晚上，没有王川的任何消息。早晨，陈曦心思恍惚，来到校园，看到校园门口站着一个熟悉的身影，眼前的王川神情憔悴。

陈曦嘴唇颤抖，张了张嘴却说不出话来。

王川问道："我只想知道，你是否还爱我？"

陈曦含泪点头，王川把陈曦紧紧地搂在怀中，头深深地埋在她的颈窝。

许久，王川说："我现在一事无成，一无所有，有家难回，只有心中的爱情让我有活下去的理由。陈曦，跟我回乌鲁木齐吧，我们一起创造我们的神话。"

陈曦搂着王川哭泣。

王川已经山穷水尽，用兜里所有的钱买了两张回乌鲁木齐的机票。

上课铃响了，陈曦痛不欲生。

王川说："明天上午的飞机，班次和起飞时间我会发到你的微信上，我等你！"陈曦点点头。

努尔已经养成了在校门口等陈曦的习惯，王川和陈曦没有注意到一旁的努尔，努尔眼睁睁看着他们生死离别的告白和信誓旦旦的承诺，他知道陈曦老师要离开这里了。

王川走远了，陈曦转回身，怔住了，见努尔阴郁地站在她身后。

努尔说："陈曦老师，你让我坚持留下来，自己却要走，我再也不相信你！"

努尔跑进校门，陈曦黯然神伤，惊愕地看着他的背影。

陈曦接到王川的信息，心烦意乱，手足无措，她不知道下一步该怎么办。

回到家，看到陈母陪着大龙在客厅里坐着，陈曦径自走进自己房间，砰地关上门。大龙尴尬地告辞。陈母唠唠叨叨责怪女儿，陈曦看着佝偻着背的母亲，百感交集，内心纠结。

陈曦哭了一夜，下定决心。

早晨，陈曦提着行李箱，悄悄从自己房间里走出来，母亲已经下去晨练了，她回头望一眼墙上自己和母亲的合影，心中念叨着对不起，毅然走出门去。

王川在候机大厅焦灼地等待陈曦。两人汇合后换好登机牌，排队等待过安检。王川兴奋异常，而身旁的陈曦神情忧虑。

陈曦手机铃响了，她看了眼手机屏幕，是学校老师的来电。陈曦接了电话，脸色大变，神情紧张。阿尔曼的外甥努尔失踪了。

陈曦说："我要去找他，他是我的学生，也是我的孩子，我不能丢下他。"

王川紧张地说："飞机就要起飞了。你在为不想走找借口。"

陈曦说完离开队伍。

王川大声喊道："你要走了，我们俩就真完了！"

陈曦猛地停住，犹豫了一下，跑向候机厅出口。王川呆怔地看着陈曦的背影，一转身走向安检口。

陈曦回到学校，努尔失踪犹如定时炸弹，在学校炸开了锅，消息已经传到新疆。杭州市派出警力，全体动员，寻找努尔。

陈曦和努尔最好的同学于冬去了雷峰塔。站在塔上，清新的空气吹醒了晕晕乎乎的陈曦，她似乎突然从梦中醒来，看到头顶呼啸而过的飞机，内心如针扎般痛楚，那一刻，她知道自己该怎么办了。

"去火车站。"陈曦对身边的学生说。

火车站售票大厅，努尔脸色憔悴，在售票窗口排队买票，他对售票员说要买去新疆乌鲁木齐的硬座，然后将手中攥得皱巴巴的钱全部递给售票员，售票员展开来，只有40多元钱。看着这个漂亮的维吾尔族小孩，售票员警觉起来，刚才派出所已经通知了一个维吾尔族学生失踪的情况，她偷偷报了警。机警的努尔看情况不对，一转眼消失在人流中。

售票大厅的广播声响起来："浙江大学附中的努尔同学，你的老师和同学们都在找你，听到广播后请到车站咨询处！再播送一遍……"

努尔听到广播，心里难过，咬了咬嘴唇，知道自己闯了大祸，六神无主，悄悄躲在大厅的一角。

努尔看到了漂亮的陈曦老师。老师喊着努尔的名字，声音嘶哑，绝望地站在大厅，痛哭失声。努尔远远地看着哭得撕心裂肺的老师，眼泪哗地流下来，突然从角落里跑了出来。

"陈老师！"

陈曦张开双臂，一把将努尔抱在怀里，师生抱头痛哭。

陈曦接到阿尔曼电话，家里要努尔回新疆。

教室里布置得五颜六色，挂满了气球和彩带。黑板上用汉字和维吾尔文分别写着："欢送努尔·迪力夏提同学！"同学们拍着手唱着送别的歌，气氛热烈又带着些许伤感，于冬舍不得努尔离开。

几位女同学在场地中央跳新疆舞蹈，努尔面带微笑，随着节拍拍手。陈曦无比伤心，为自己没有照顾好努尔自责。于冬把自己心爱的遥控直升机送给努尔，还一把将努尔抱住，两个少年相拥而泣。

陈曦和同学们拉起手，将努尔围在中间，大家一边转着圈一边唱《远方的客人请你留下来》。同学们越转越快，努尔流着眼泪，目不暇接地看着面前的同学们，教室里一片哭泣声。

努尔突然站在教室中央，说："我不回去了！"

努尔的胸膛剧烈起伏，下定了决心。同学们停止了哭泣，意外地看着努尔，几秒钟后，一片欢腾，大家围着努尔欢跳着。

陈曦的泪水如决堤的河水一样哗哗直流。

凯萨叫阿尔曼过去，他在办公室里站着，面色不悦。

"怎么像蚂蚁一样，干什么事情都慢慢的，让你和县领导联系小油馕加工厂的事，好几天了，一点回音都没有。"

阿尔曼已经找了阿布利孜副县长，问县里要支持、要免税，并希望投资100万元。阿布利孜副县长一听那么小的项目，还要一块土地，没有同意。

阿尔曼说："阿布利孜副县长不是嫌小吗？咱们就搞大！搞它个新疆首届小油馕文化节，文化搭台，经济唱戏！请上两个歌星，把有头有脸的人都请来，宣扬本土文化，拉动本村经济。歌星来了啦啦啦，媒体来了啪啪啪，领导能不高兴吗？"

凯萨一听，兴奋到了极点，猛拍了一下阿尔曼的肩膀。

"你的办法像头发一样多。"

"办法好是好，就是太铺张，有点贵。"

"贵也要办！就是把鞋子卖了，这事都得办！"

阿尔曼在公司做了激情洋溢的发言："小油馕文化节的开办，将掀起全县饮食文化的新篇章！小油馕文化节的开办，将会拉动全县新的经济热潮！最后我们得到的不仅仅是销售额，重要的是我们造出去的影响及巨大的广告效益！"

凯萨带头鼓掌，掌声如潮。凯萨宣布，小油馕文化节的筹备和主办工作全权交由阿尔曼负责。这是公司转型以来的第一件大事，公司倾全力支持小油馕文化节。

凯萨说："办得好了，给全体员工加工资，把馕吃饱。"

员工欢呼起来，掌声经久不息，凯萨紧握着阿尔曼的手有些感动。

凯萨说："以前我的眼睛像蚊子一样小，看不清人，我看错你了。等这事办好了，烤只全羊，彼此认个兄弟。"

凯萨称赞阿尔曼有本事、有能力，处处为自己着想，以前他多有对不住的对方，说着说着，凯萨抹了抹眼角的眼泪。哈那提、热娜和阿尔曼用诡异的眼光看着凯萨，忍着笑。

阿布利孜副县长听说吐尔干书记把股份卖给了凯萨以后，凯萨把阿尔曼整惨了，公司经营得一塌糊涂。他计划过几天去阿尔曼那儿调研一下，阿尔曼却找上门来了。

阿布利孜副县长说："阿尔曼，不要有太多的负担，公司的股份转让就转让了，融进了资金，公司有了活力，谁当董事长都一样。大家心里都有数，公司的发展，还是靠你阿尔曼的。"

阿尔曼说："现在公司的发展，主要靠凯萨董事长，凯萨有思想、有头脑、懂经营、经验足，是个不可多得的人才哩。"

阿布利孜副县长有些不相信自己的耳朵，怔怔地看着阿尔曼。

"那你来是干啥？"

"凯萨想为县里做贡献，搞一个小油馕文化节！"

阿布利孜副县长没想到他们有这么好的想法，拍手称道，但是奇怪怎么阿尔曼突然跟凯萨好得像穿一条裤子一样。

哈那提在做小油馕文化节的预算，热娜嫌他做得太低。

哈那提压低嗓音，说："加这么多，会出事。"

热娜却认为又不是咱们贪污，要搞就高大上，有多少钱都给凯萨花出去。

土地的事情，县里立刻批下来了，施工队迅速进了小油馕文化节施工现场。

阿尔曼和哈那提在工地检查。

哈那提把音响施工都包给塔河市的一个演出公司了，阿尔曼不满意。

"要更高端的，要周杰伦在工体开演唱会的那种！"

哈那提为难了，塔河市没有那种设备。

阿尔曼坚定地说："没有就从内地现调！"

哈那提吃惊不已，没想到阿尔曼够狠。

那边，凯萨的神秘加工厂厂房已现雏形，凯萨一天到晚戴着安全帽出出进进，他一出大门，门卫立即将大门锁上。阿尔曼不过问他这边工地的事情，凯萨心里安生。

凯萨审查阿尔曼递交的预算，非常不满。

"这油馕节是火炉子烧钱呢。"

阿尔曼说："荒地不开出来，怎么能种小麦！"

凯萨那边的加工厂的手续还没办完，但为了文化节顺利举行，县里同意凯萨先上船后补票。

阿尔曼说："文化节办得要是不令人满意，随便一个手续上过不去，加工厂就得夭折。"

凯萨吸了口凉气，但仍旧心有不甘，小油馕文化节的礼品，给一等奖奖匹马就可以了，可阿尔曼却一定要奖辆车。

"就10多万块钱，又不是啥名车。都啥时代了，还想拿牛马羊啥的糊弄群众？"

凯萨说不过阿尔曼，不得已拿起笔在预算上签了字。

小油馕加工厂仍然在施工，但周围被围上了一圈更高的围栏，像在建设一个军事设施。

阿尔曼、哈那提和热娜趴在工地不远处的土沟里，拿着望远镜观察。一辆小型的挖掘机开进去，里面动静不小。哈那提疑虑重重，阿尔曼和热娜会意一笑，万事俱备，只欠东风了。

下班了，艾尼准备走，见热娜过来，他抱怨凯萨太不把他当回事了，他找凯萨批个钱，那是他两天前去塔河市买的办公用品，凯萨说现在钱都得用到油馕文化节上。

艾尼学着凯萨的腔调说："'买办公用品是你艾尼个人的事，电商协会占着茅坑不拉屎，文化节完事了就解散。'热娜，你评评理，这像是个董事长说的话吗？"

热娜义愤地说："凯萨太瞧不起人，你艾尼在局里大小也是个主任，是棵胡杨，他凯萨就是棵红柳嘛！"

艾尼有点欣慰，夸热娜明事理，提醒她别跟凯萨那家伙走得太近。

"他是羊羔子尾巴长不了。"

热娜趁机透露凯萨逼着阿尔曼搞那个文化节，是想掩人耳目。果不其然，艾尼来了兴趣，热娜做出欲说还休的样子，艾尼指天发誓不会乱说。看火候已到，热娜对艾尼一阵耳语。

艾尼眉眼放光，说："凯萨你就等着吧，我让你的眼泪在沙漠里流条河。"

首届"'大好河山'油馕文化节暨南疆特产电商订货会"开幕了。主席台上停了一辆车，窗上贴着"奖品"字样。

热娜带领员工们跳着欢快的麦西来甫，乐手们尽情弹奏着新疆舞曲。凯萨、阿尔曼和艾尼胸口别着红花，披着写有"油馕文化节欢迎你"字样的红色绶带，站在会场入口处迎接来宾。

人们欢天喜地。

赵杨书记、阿布利孜副县长、尼加提书记和工作组的杜从军、哈那提、热依罕一起来了。赵杨不停夸赞活动搞得很好，凯萨为弘扬民族文化、发展地方经济做了一件大好事。

凯萨和艾尼领着赵书记一行人观看烤油馕表演。

阿尔曼新闻界的老朋友姜岩也来了，他带着记者们跑到凯萨身边，要对他做个专访。记者们纷纷拿出录音机、照相机和摄像机对准凯萨，这阵势搞得凯萨很是舒服受用，他有些忘乎所以。

记者问到："'大好河山'公司在经营出现困难、难以为继的时刻，凯萨先生挺身而出，出资买下了大部分股权，很有魄力和眼光，请问当初是咋想的？"

凯萨侃侃而谈。

艾尼陪在赵杨、阿布利孜副县长、尼加提书记、杜从军身边做介绍。

哈那提走过来，贴在艾尼耳边提醒说，给领导说说加工厂的事。

艾尼一惊，盯一眼哈那提，难道他们都知道凯萨做的那些龌龊事情？艾尼呵呵笑了起来，提议赵杨书记去观摩一下建好的小油馕加工厂。赵杨书记频频点头，跟着艾尼走出会场。

加工厂门卫发现中巴车行驶过来，非常紧张，艾尼和赵杨书记一行人下了车，却遭到了门卫的阻拦，艾尼介绍来人是县委赵书记。

"不管是谁，没有凯萨经理批准，谁也不能进。"

艾尼喝令门卫给凯萨打电话。门卫梗着脖子，拨了手机。兴奋地接受采访的凯萨，接完电话，面色大变，丢下记者去了加工厂。

凯萨连滚带爬下了车，慌张地站到赵杨书记面前。结结巴巴地说里面还没交工，脏得很、乱得很，不能进去看。

阿布利孜副县长觉得奇怪，说："我们是来公司调研的，又不是突击检查，怕啥嘛?"

赵杨书记已经感觉气氛不对，终喝把门打开。艾尼躲在众人身后看着凯萨，脸上漾起暗暗的笑意。

门卫哗地拉开大铁门。车间里面烟尘飞扬，地上零乱地散放着各种切割工具，还有一堆堆的碎石子铺在地上。墙边摆放着几台烤馕炉，却还没开封。几名工人满身灰土地在车间里走来走去，有个胸牌上写着"卫生监督"的工人像土猴一样，手里竟提着把小锤子。尼加提书记看着凯萨，凯萨低着头躲避他的视线。赵杨书记他们走到一个挂着大锁的铁门旁边，凯萨想阻挡，赵杨书记瞪了凯萨一眼，鹰眼如炬。尼加提书记提过一把大铁锤，手起锤落，门上的锁头应声砸落在地。

所有人大吃一惊，异口同声地惊呼起来。车间里全都是玉石的毛料，本来应该装油馕的大盘子里装着大大小小的石头。四五个工人傻愣愣地站在打磨机前。赵杨书记忍住怒气，拿起一块玉石。尼加提书记气得直咬牙。

艾尼已经摸到了车间的后门，向外看去，大声喊："这儿有个洞。"

玉石就是从山后这个洞里面掏出来的，大家面面相觑，赵杨书记雷霆震怒，凯萨吓得瑟瑟发抖，一切大白于天下。

院子回廊下，阿尔曼悠闲地斜躺在榻上，吃着水果。

大姐阿孜古丽问道："今天咋不去上班?"

"公司停业整顿，这几天不用去了。"

姐姐奇怪公司停业整顿了，阿尔曼咋还这么高兴。

大姐阿孜古丽趁爷爷不在，和阿尔曼商量让努尔回来。

茹仙奶奶说："小孩子要像身边的狗娃子一样围着转呢，把他像鸽子一样放出去，他心里苦，一打电话就哭，委屈得很，就让他回来吧。"

二姐阿娜尔罕说："有一个上过内高班的就行了，让努尔回来上个离家近点的高中，只要孩子开心，大姐的心也舒服点。"

大姐阿孜古丽抹了眼角的泪花。阿尔曼十分为难，不置可否。

凯萨急得一脑门子汗，催促会计在账上给他转10万出来交罚款。账上就剩1000多块钱了，为了办小油馕文化节，钱花完了，会计给他看账本，凯萨拿起账本往自己额头上一阵猛拍。

凯萨去找吐尔干书记，想退回电商公司的股份。

吐尔干书记嘿嘿一笑，说："'大好河山'公司像肥羊一样被你打断了腿，你还好意思让我帮你擦屁股？想都别想！"

凯萨去买买提爷爷家找阿尔曼，阿尔曼正躺在回廊下的榻上看书。

凯萨抱怨阿尔曼还有心思过这么舒服的日子。

"公司停业整顿，只能在家待着啊。"

凯萨诉苦说他现在手上没钱交罚款，眼看马上就到日子了，想把持有的股份卖出去变现钱。阿尔曼漫不经心地吃着水果。做生意的人都不是傻子，小油囊厂的事十里八村全知道了，这"大好河山"正在风口浪尖上，他凯萨上哪儿找这么大头的人来买股份？

"谁来买？"

凯萨一想也是，心一横，说："干脆硬赖着不交罚款，拖一天是一天，拖到地里长出草，他们就算了吧。"

阿尔曼提醒道："罚钱算照顾了，矿石属于国家财产，个人私自挖矿，再拒交罚款，坐牢还只是三年打底。"

凯萨整个人僵住了，慌了神。

阿尔曼趁机责怪凯萨平时得罪人太多，也不看清楚周围都啥人，像艾尼那样的也敢得罪，把他呼来喝去的，事做绝了，落到这般地步。

凯萨头点得像捣蒜瓣，认错求阿尔曼买回股份，公司的股份值50万，央求给30万就行。阿尔曼摇头叹气，劝凯萨也想开点。

"为罚款坐牢也不丢人。"

凯萨急了，说："能帮我交上罚款钱就行，'大好河山'的股份我全交出。"

阿尔曼喜出望外："10万就把股份全让出，不会后悔吧？"

凯萨拍着胸脯保证："男人嘛！有啥后悔的，雄鹰离不开蓝天，自由最重要啊。"

阿尔曼把凯萨唬住了，说："怎么忍心看你坐牢，砸锅卖铁，凑出10万来。"

凯萨千恩万谢，大呼阿尔曼好兄弟，热情地把阿尔曼抱起来。

尼加提书记见到凯萨，提醒说："交罚款的期限要到了，难道还想耍赖？"

凯萨说："尼加提书记你放心，这两天就交，我已经把电商公司的股份卖给阿尔曼了，等他把钱拿来后就马上送去。"

尼加提书记说："我不信阿尔曼有这么多钱！"

这时，热合曼骑着摩托车，摩托车的把手中央拴了一只电子喇叭，电子喇叭里传出阿尔曼的声音："养刀郎羊的村民注意了，众筹养羊的日子已经到了，大家把刀郎羊牵到'大好河山'公司来，公司给大家结款！"

尼加提书记愣住了，杜从军欣慰地笑了。

村民们赶着刀郎羊，纷纷出来。尼加提书记眼花缭乱，目瞪口呆，村里到处都是刀郎羊，村民们啥时候养的刀郎羊？村民们只顾着匆匆赶羊，没人理会他。

村民们从四面八方把刀郎羊赶到了电商公司的院里，员工们登记完羊的数量，和村民算账。旁边一辆拉羊的货车停着，艾尼监督工作人员把羊一只只地拉上车。

尼加提书记对杜从军发牢骚，说："居然捂着我的耳朵，捂着我的眼睛，偷偷地养羊，连点羊的叫声我都没有听到，阿尔曼简直是个妖怪！"

杜从军呵呵笑起来。

拉羊的车开走了，村民排队、签字、领钱，接过厚厚的票子，大家眉开眼笑。

尼加提书记看着每个路过他的村民手中那一沓红艳艳的票子，脸色温和下来。库吐鲁克兴奋得无以复加，他养了十只刀郎羊，挣了2万块钱。

杜从军顿时感慨地说："这刀郎羊还真值钱啊，阿尔曼有本事！"

尼加提书记转怒为喜，嘴上还是不饶人，说："算阿尔曼这小子运气好，种草嘛长出鲜花了，没让村民们赔了。"

说着望了阿尔曼一眼，阿尔曼对他笑笑，尼加提书记想笑，却故意板着脸转身走了，杜从军冲着阿尔曼竖了大拇指。

等村民走完，会计把十沓百元大钞递到了凯萨的手里，同时递过来一份协议。凯萨拿起协议，忽然神情一震，阿尔曼还给了他10%的股份？

"这不是真的吧?"

阿尔曼和哈那提笑了起来，热娜没好气地瞪了凯萨一眼，一群人都在笑。

不管怎么样，凯萨出手帮公司渡过了最艰难的阶段，又投入了那么多，按照阿尔曼的为人，他虽然精心设计了一个局，让凯萨一步步滑入泥潭，但他的目的不是赶走凯萨，他要拯救自己打造的公司，那里有他的梦想，有他的爱情，有他对父亲的承诺和对村民的责任。他还有责任让凯萨爬起来。

凯萨感激不已，呵呵直笑，说："阿尔曼你是玉古尔村的男子汉，我挖玉也是为了我的梦想，我的爱情。"说着看向热娜。

热娜白了他一眼。大家兴奋地欢呼，一起抬起阿尔曼，把他抛向天空。

副县长阿布利孜向赵杨书记汇报了"大好河山"电商公司的发展情况。

"凯萨的罚款交了，阿尔曼花了10万从凯萨手里把电商公司的股份给买回来了。"

赵杨深深地吸口气，说，"我的副县长，大家稀里糊涂地给一帮年轻人当了回演员，阿尔曼是导演！小伙子不达目的不罢休，有那么些胆量，还有些狡诈，后生可畏啊。算了，前前后后这些事情够难为他了，他能绝处逢生，也算我们当初没看走眼。"

阿布利孜苦笑一下，摇了摇头。

阿尔曼用笔记本电脑和外甥努尔连线视频，大姐阿孜古丽、二姐阿娜尔罕和茹仙奶奶盯着屏幕等着努尔的身影出现。努尔出现在屏幕中，陈曦和几名新疆同学站在他身后。

努尔说："妈妈，我决定不回新疆了，留在内高班继续学习。知道您很想我，我也很想妈妈。但是放弃内高班的学业，只是为了和家人团聚生活在一起，这个代价太大了。我要珍惜在内高班学习的机会，学好本领，将来更好地建设我们美丽的新疆。"

大姐阿孜古丽说不出话，一个劲儿点头，抹眼泪，鼓励儿子。

阿尔曼说："学好本领，建设新疆，要让所有人过上好日子，才是我们的理想。"

努尔摆了摆手中阿尔曼那本发黄的日记本，调皮地笑起来，用手捂住了视频镜头。

12

    王川神情落寞，衣着邋遢，双手插兜，百无聊赖地在人才市场里闲逛。

    一身职业装束的迪丽娜尔坐在柜台后正在面试一个女孩。王川心不在焉，没看到迪丽娜尔，径直从她的摊位前走过。迪丽娜尔眼睛一亮："王川。"

    听到迪丽娜尔熟悉的声音，王川愣了一下，没有回头，装作没听见，快步向前走。没走出几步，迪丽娜尔赶上来拍了下王川的肩膀。

    王川尴尬地说："以为谁和我重名。"

    来到咖啡厅，王川盯着咖啡，目光忧郁。

    迪丽娜尔问："陈曦那边最近咋样？"

    "杳无音信。"

    王川陷入沉默，事业失利，爱情失意，王川万念俱灰。

    "加入到我的大美锦疆旅行社吧，我需要你的头脑。"

    王川已别无出路。

    徒步团在一片绿色的山梁上前行着，团员们无比兴奋。王川拿着导游旗，背着双肩包，累得东倒西歪。一个团员帮他背了背包，快步追上前面的团队。王川慢腾腾地跟在后面，整个人要崩溃，他停下来，双手叉腰直喘粗气，大汗淋漓，咬牙又往前追几步，跌跌撞撞，差点趴地上。

下了一道坡，一个牧民牵一匹马过来，王川趴上马背，累得气喘吁吁。

手机嘀嘀响起来，是阿尔曼的语音微信："王川！凯萨的股份已被收回！'大好河山'又回来了！"

王川高举双手狂喊，一高兴从马背上掉到草地上。

王川没和迪丽娜尔商量，搞了个新企业家高品质体验新疆的旅行项目，向社会发放了大量的宣传单。迪丽娜尔问起这事，王川正坐在转椅上闭目养神，高兴地等着迪丽娜尔夸他。却不料等来迪丽娜尔的一顿责怪。王川擅自做主创立新团的想法影响了迪丽娜尔开发徒步旅行的初衷。

王川不服气地说："你那初衷就是要把人累死，带了两回徒步团，脚磨掉一层皮不说，挣的钱都不够买两双耐克的。"

迪丽娜尔反正不同意做新团。王川来了脾气说："这种没意义的团谁爱带谁带，我不遭那个罪！"

两人不欢而散。

由私企老总们组成的徒步体验团在天鹅湖景区体验了一天，队员们横七竖八地倒在地上，像群溃散的逃兵，只剩下喘气的份儿了。迪丽娜尔也累得不轻，但她依然精神抖擞，清点着人数，王川累得上气不接下气。

巴音布鲁克草原一望无际，清泉密布，形成天然湖泊，湖中小岛密布，芦苇和野草，各种禽鸟栖息于此。连绵的雪岭耸入云霄，泉水、溪流和天山雪水汇入湖中，气候凉爽而湿润。每当春天来到，冰雪消融，万物复苏，天鹅成群结队地飞越崇山峻岭，来到天鹅湖栖息繁衍。和煦的阳光下，湖水、天光、云影、天鹅，构成一幅美丽的画卷。因为土尔扈特蒙古人对大自然无比敬畏，将天鹅视为"贞洁之鸟""吉祥的象征"，对天鹅倍加保护，天鹅湖美若天堂。

队员们早已无心欣赏天鹅的美丽，只想着早点结束旅途奔波。离目的地巩乃斯草原还有100多公里，还有30公里的徒步任务。队员闹腾起来，不愿再前行。迪丽娜尔有些不知所措，今天又有3个团员脱团，照这速度，第7天这个团就剩她和王川俩人了。

王川建议再走10公里，到了巴音布鲁克景区就休息，迪丽娜尔坚持原定计划。

王川不理会迪丽娜尔，鼓励游客："到了镇上自由活动，咋舒坦咋样来，有热水澡！有烤羊腿！再搞一个啤酒烤肉派对，痛痛快快放轻松。"

在王川的鼓动下，游客们纷纷起立，稀稀拉拉地出发。

来到营地，大家在草原上燃起篝火，喝酒吃肉，好不热闹。

迪丽娜尔神色忧郁，非常苦恼，之前她搞驴友徒步，大家走得兴高采烈的，怎么来了一群企业家，这活动在他们嘴里就成了吃苦受累。

王川喝着啤酒，安慰道："追求不同嘛，像老总这样的就适合那豪华团，就试试嘛，又亏不了！"

迪丽娜尔内心已经接受了王川的提议，看样子得改弦易辙。

一名游客喝得面红耳赤，走过来，哈哈笑着向迪丽娜尔伸出手，邀请她一起跳舞，迪丽娜尔迟疑了一下，走进人群，游客们围着她又唱又跳。

回到旅行社，王川做了一个豪华旅游团的项目计划书。

迪丽娜尔依然不同意："成本太高，而且豪华团太庸俗，难道就是想满足他们挥金如土的挥霍快感吗？这不是我们旅行社倡导的理念。"

王川认为这就是市场，不同阶层有不同阶层的需求。豪华旅行团的理念是在享受中获得快乐。

王川说："当有那么一天，土豪们突然领悟到了旅行的意义，发现旅行原来不仅仅是吃吃喝喝、唱歌跳舞，到那时，这个团的理念会升华，他们也跟着升华了。"

迪丽娜尔动摇了。王川将2米高的大幅广告板立到旅行社门口，广告板上写着："超七星级至尊豪华新疆游 —— 送给成功的你！"

不久豪华游达到了组团人数，王川自信满满，把名单递给迪丽娜尔，迪丽娜尔将信将疑。

"至尊豪华游"出发日，旅行社门前豪车一溜排开，还跟随着两辆豪华房车，一队戴着墨镜、身着黑色西服的服务员，像保镖一样整齐地站成一排。王川西装革履，张罗着队员们上车，车队徐徐启动。

车队开进了巩乃斯草原景区的大门。巩乃斯草原充满生机，远远望去，左右两边各有一座不高的山坡由近及远形成山谷之势，远处巍峨的雪山雄伟无比。

在平缓茂密的草甸上，游客热火朝天地烤全羊，牛排在油煎中滋滋作响，新鲜的蔬菜沙拉摆满一桌子。长桌边，豪华团的游客们都穿着燕尾服正襟危坐，摇了摇桌上的铃铛，年轻貌美的服务员们端着精致的牛排、沙拉等走过来。

游客们拿起刀叉，王川开了两瓶1982年的拉菲。一片叫好声。

迪丽娜尔像是一个观摩员，看着王川折腾。王川把现场气氛搞得火热。迪丽娜尔暗暗发笑。

游客们人手一杯红酒齐刷刷地端起酒杯，叮叮咚咚碰杯，充满了诙谐庄重的仪式感。王川带领大家举杯，大快朵颐，游客们非常陶醉。

王川和迪丽娜尔走在草原上，王川算了笔账，整个活动花了不到50万，一个队员的会费是10万块，十五个就是150万，十天行程挣100万。

迪丽娜尔万分激动，佩服王川的吸金能力，决定把旅行社40%的股份让给王川。

王川惊讶不已："我是在共产主义社会吗？"

迪丽娜尔笑起来，向远处跑去。

回到乌鲁木齐，王川和迪丽娜商量，他想买一个260平方米的大房子。

迪丽娜尔说："两个人住，房子太大。"

可是只有260平方米的房子有大露台。那一直是陈曦梦寐以求的，她想让露台上开满姹紫嫣红的鲜花。

迪丽娜尔一脸心事，王川看出迪丽娜尔的心思。

王川嬉皮笑脸地说："等这个团带完，一起再杀回玉古尔村一趟，看看买买提爷爷，顺便查查阿尔曼这个怂的岗？"

迪丽娜尔含蓄地笑起来，心里涌出一丝期待。

电商公司门前红旗飘扬，热娜带着员工们跳起了麦西来甫，他们在庆贺公司回归。

阿尔曼和哈那提跳累了，坐到一边品茶，看着跳舞的人们，有种守得云开见月明、苦尽甘来的舒畅。

热娜也过来，坐在阿尔曼身边。

哈那提说："最该谢热娜的美人计。"

热娜娇媚地拍了一下哈那提的肩膀，嚷着让阿尔曼请客吃饭。

把盏碰杯，阿尔曼和热娜喝得面色潮红。

阿尔曼喝尽杯中酒，说："谢谢这段时间忍辱负重。"

热娜回敬道："敬你这段时间披着羊皮做狼。"

两人大笑。

阿尔曼喝得有些醉了，话多起来，说："就喜欢热娜这样深明大义的女孩子。"

热娜手肘支在桌子上，脑袋直晃，激将道："真喜欢，就娶了啊！"

阿尔曼一会儿说没问题，一会儿说热娜不该把鲜花插在牛粪上，两个人晕晕乎乎，说些醉话，你一杯我一盏，醉眼蒙眬，摇摇晃晃地从饭店出来，辨不清方向。

太阳冉冉升起。

沉睡的热娜咽咽口水，眉头紧皱，一只手臂搭在了阿尔曼的身上。阿尔曼迷糊地抓住又扔回去，转眼那只手又搭在他的身上，他再抓起来时，眼睛倏地睁开，猛地惊醒，坐起来，突然从床上跳起来，发现自己穿着短裤。

阿尔曼惊呼："热娜，你怎么在我的房间？"

阿尔曼十分紧张，左顾右盼，定了定心神，结结巴巴，他记不清自己和热娜怎么到了酒店，还住在了一起，也不知道自己干了什么伤天害理的事情。

"我们 …… 我们 …… 那个那个什么了？"

热娜用被子挡脸笑起来，然后故意逗他说："公鸡和母鸡在一个窝里，能干什么？"

阿尔曼着急了，觉得是一场噩梦，呆若木鸡，他转身拿头撞墙，痛苦地跑进了卫生间。

热娜掀开被子下了床，她一个晚上都穿戴整齐，她其实一直在装醉，她就是想看到阿尔曼在自己面前失魂落魄的样子。

可是酒醉的阿尔曼呼呼大睡了一个晚上，心思一点都不在热娜身上。

热娜呵呵地笑起来，一会儿又默默流泪。

客车缓缓行驶在回家的路上。热娜和阿尔曼坐在后排，热娜一直似笑非笑地盯着阿尔曼。阿尔曼别扭地把脸转向一边，热娜靠近他，他一下弹开，坐到了另一边的座位上，热娜埋头咯咯笑起来。

走进电商公司院子，热娜故意贴着阿尔曼身边走，阿尔曼躲着她，热娜开心地往上贴。

公司里传出来吐尔干书记的喊声，阿尔曼和热娜一惊。吐尔干书记正双手叉腰站在那儿生气，看到阿尔曼回来，才松口气。热娜一夜未归，吐尔干书记急得七窍生烟。看到女儿平平安安地和阿尔曼回来，把女儿拉到一边，问昨晚不归的原因。

热娜脖子一扬，干脆说："住在酒店。"

吐尔干书记目眦欲裂，拿起墙边的扫帚打向阿尔曼，场面一团混乱。

阿尔曼坐在沙丘上，双手抱头回忆昨晚的细节，可怎么也想不起来，抬头木然地看着远处连绵起伏的沙漠。阿尔曼要回到酒店情景再现，这事必须搞清楚！

阿尔曼到酒店前台，问了一下服务员昨天的情景，拿了房卡，往楼上走，突然回忆起，昨天热娜扶着阿尔曼走进来，热娜说过开两个房间。

阿尔曼一点点回忆起来，热娜扶着他进来，他先冲进卫生间，大口呕吐，秽物溅到了裤子上，他把裤子脱下来踢一边。热娜把他扶到房间里推到床上，然后给他盖上被子离开。其实，当阿尔曼睡到天刚亮时，热娜才来到他的房间，阿尔曼醉卧在地上，热娜把他拉上床，阿尔曼迷迷糊糊地看了热娜一眼，又一头睡过去。

阿尔曼一拍手，笑了，飞也似的冲出宾馆。

夕阳西下，景色瑰丽。

阿尔曼骑着摩托车去了吐尔干书记家，伸手拽院门，里面被反锁了。热娜兴高采烈地跑过来，要翻院子。

热娜说："我要跟你私奔。"

阿尔曼告诉她，他想起了酒店的事。

"我们赶紧一起向你爸爸解释。"

两人正透过门缝拽着手，后边传来吐尔干书记怒不可遏的声音："阿尔曼，你把手给我松开！"

吐尔干书记气冲冲地过来，追着阿尔曼打，阿尔曼跳上摩托车，后背挨了一拳，仓皇逃离。

吐尔干书记风风火火地追进电商公司，把员工吓到窒息。

吐尔干书记强压着心中的怒火，说："我们谈谈热娜的婚事。"

阿尔曼喊了句："我不能娶！"

吐尔干书记气得把阿尔曼桌上的东西全扫到地上，抓着一个木棍去打阿尔曼，阿尔曼撒腿就跑。阿尔曼一筹莫展，明知道热娜在整他，现在浑身是嘴也说不清。

夜深人静，玉古尔村亮起星星灯火。突然，灯光尽灭，一片黑暗。

断电了，吐尔干书记这招真够狠的，原本是他和阿尔曼的事，现在成了和全村人的矛盾。吐尔干书记豁出去了，不顾一切了。玉古尔村和艾塔克村多少年都像仇人一样，好不容易缓和了些，而现在之前所有的努力都白费了。

尼加提书记来找买买提爷爷想办法，不住地叹气。

"雷打完了嘛，下雨！吐尔干书记把水电都断了。他这回是真生气了，脸面都丢尽了。"

买买提爷爷也觉得这事的确是阿尔曼不对，祸是阿尔曼惹的，给村里添了大麻烦，他得亲自去吐尔干书记家赔罪。

尼加提书记说："吐尔干要的不是道歉，要的是你孙子阿尔曼的人。"

买买提爷爷本来就有意让他跟热娜结婚，摊上这事倒也好！买买提爷爷家是大族，做事讲究体面。买买提爷爷让尼加提书记第二天通知村民们都到村委会开会，既然关乎全村人的利益，就得让阿尔曼当着全村人的面解决问题。

村民塞日娅骑着电动车，到了吐尔干书记家门口，说给热娜报喜，热娜爬上墙头听。塞日娅悄悄告诉她，明天上午玉古尔村开全体村民大会，买买提爷爷要在大会上让阿尔曼娶热娜！热娜兴奋异常，一瞬间又恢复了理智：阿尔曼是一匹烈马，他可不会被别人随便摆布。

塞日娅说："这回可由不得他了！尼加提书记说，如果阿尔曼不同意，买买提爷爷就会在全村人面前宣布跟他断绝关系！"

热娜一听，花痴一般地笑了起来，脚下没踩稳，从墙头上掉到院子里去。

第二天早晨，买买提爷爷喂了大灰驴，叫上阿尔曼一起去村委会开会。

吐尔干书记出了门，继续把热娜锁在家里，走了。热娜撑起身体，爬上了墙头，翻下去，差点崴了脚，一瘸一拐地跑了。

买买提爷爷和阿尔曼一前一后走在玉古尔村的巷子里，人们目视着他俩，原本堵死的人群让出一条路来，买买提爷爷和阿尔曼一前一后，走过来。热合曼也在人群中，冲阿尔曼直挤眼，挤到他的身边，捅一下他的腰，以示鼓励。

尼加提书记拿起话筒说话，现场安静下来。热娜闪身进了院门，在角落里伸着脖子看阿尔曼。

尼加提书记说话了："艾塔克村断了咱们的水电，原因呢 …… 是吐尔干书记逼着让阿尔曼当他的女婿。"

尼加提书记说得故作轻松，人群笑起来。

买买提爷爷说："热娜是个好姑娘，大家伙都很喜欢她。既然吐尔干书记那么想把他的闺女嫁过来，那就成亲吧！"

阿尔曼面色通红，看向爷爷，爷爷怒目圆睁瞪着他。

买买提爷爷今天叫大家来，就是请大家作个见证。

买买提爷爷说："阿尔曼如果还是不懂事，拒绝跟热娜成亲的话，阿尔曼就不再是我买买提家族的人了！"

众人惊呼。阿尔曼异常伤感，喃喃地说："我会跟热娜结婚。"

说完，阿尔曼快步走了。

买买提爷爷和尼加提书记心存愧意，村民们傻了眼。望着阿尔曼的背影，热娜既兴奋又忧虑。杜从军一声叹息。

眼前的惊变，让阿尔曼措手不及，他呆呆地坐在父亲普内提的墓前，面对孤坟，一幕一幕的往事浮现在脑海里。

阿尔曼深深地叹口气，自言自语地说："爸爸，您说人不能只为自己活着，我努力了，可是真的要拿我一辈子的幸福来换吗？"

在阿尔曼心底，热娜只是一个小妹妹，她很可爱、善解人意，可他并不爱她，他心里深深爱的依然是迪丽娜尔。现在要娶热娜，他几乎失去了思考的能力，不知所措。

躲在背后的热娜，听到阿尔曼的自言自语，扭身跑了。

村口那边，家家户户的灯亮了。

王川的日子好起来，买了辆宝马轿车，办完购车手续，就想着去南疆，他要去看望老同学阿尔曼。当他和迪丽娜尔的生意红火起来，他们经常会相视无语，眼前的一切似乎都无法让他们快乐。没有了阿尔曼，对于他们来说，一个人失去了友谊，一个人失去了爱情，他们每天都避开阿尔曼这个话题，但内心却无法逃避一种愧疚和思念，仿佛自己的生活越好，越是对阿尔曼的嘲弄。

有一天，迪丽娜尔突然说："我们出去走走吧。"

王川说："我就等着你这句话，走吧，去塔克拉玛干，去那片绿洲看望我们的英雄阿尔曼。"

迪丽娜尔难掩兴奋和激动，去收拾行李。

恰在这时，哈那提打来电话。

王川说："你会分分钟看到我们。"

哈那提一头雾水，他不知道王川和迪丽娜尔要去玉古尔村。

"我只是告诉你，阿尔曼要和热娜结婚了。"

好像一盆冰水泼到王川脸上，王川冻住了。许久，王川清醒过来，去找迪丽娜尔。

迪丽娜尔一边忙活一边说："给买买提爷爷买了一台理疗仪，给两个姐姐买了些法国化妆品，是不是给奶奶买身衣服？"

迪丽娜尔回头，见王川发呆，问道："机器人呀，断电了？"

王川支支吾吾，说："阿尔曼，他 …… 他要跟热娜结婚了。"

行李箱从迪丽娜尔手中滑落，一切都凝固了，迪丽娜尔双目无神，一言不发。

大姐阿孜古丽驾着驴车，二姐阿娜尔罕和阿尔曼坐在车上，去艾塔克村。

来到院子，吐尔干书记热情地招待客人。热娜偷偷地看了心上人一眼，而阿尔曼始终低着头，这让她感到落寞。

两个姐姐和吐尔干书记合计着结婚的事情。

吐尔干书记高兴地问："阿尔曼想好没有？"

阿尔曼轻轻点点头。热娜一直隐忍着，情绪低沉。

吐尔干书记说："你要保证让我家的小鸟儿幸福。"

阿尔曼说："从今往后，热娜就是我最亲的亲人 …… "

热娜突然大吼着："阿尔曼你别说了。"

大家被热娜吓了一跳。

热娜泪流满面："我拒绝结婚，因为宾馆的事是假的，什么都没发生。我本来也希望借这件事让阿尔曼来到我的身边，但我知道，住在阿尔曼心里的姑娘不是我。阿尔曼，只有你心里的姑娘消失了，你才能真心实意地向我求婚。"

吐尔干书记气得怒火中烧，女儿再次让他在村民面前抬不起头来，他气愤地给了热娜一个巴掌。

一波三折，订婚的事情没了眉目。

13

　　塞日娅火急火燎地走进买买提爷爷家，焦急地喊阿尔曼，说是出大事了，尼加提书记让他马上去村委会。

　　阿尔曼立刻去了。买买提爷爷牵着大灰驴也沉着脸走向村委会。

　　村委会院子里挤满了人，村民都拉着刀郎羊，羊都瘦骨嶙峋。阿尔曼的公司3000元一只回收刀郎羊，村民看能挣钱，疯了一样，一下子就养了一万多只。羊羔子一天天长大，一天比一天能吃。村民家里的草不够羊吃，都去巴扎买草料，草料价格飞涨，县里的草料不够，村民又去邻县买，草料价格竟然涨了五倍多，村民养不起这群宝贝了。

　　阿尔曼思忖着，每家养的羊都有对应的客户，都签了协议，现在还不到出栏的时候，客户不会回收没长大的羊。如果不养了，就会受到违规处罚，每头羊要罚款5000块。

　　村民们群情激奋。

　　尼加提书记也厉声道："早说不能养不能养，天上哪有白掉馕的好事？"

　　阿尔曼安抚村民，让家里有存料的先喂存料，没有存料的先买两天草料。涨价超出的部分，由公司负责报销。村民有了指望，慢慢散去。

　　买买提爷爷看到眼前的一切，哼了一声，在大灰驴屁股上抽了一鞭子，走了。

阿尔曼带哈那提去村边的盐碱地。哈那提不理解阿尔曼怎么还有心思逛戈壁滩，公司两天就补贴村民1万多块钱草料钱，再这么补贴下去，公司得赔出去了。

关键要解决草的问题，阿尔曼要破釜沉舟，找出一劳永逸的解决办法。

"在戈壁上种草！"

哈那提摸摸阿尔曼的脑袋，以为他疯了。

阿尔曼和哈那提找到尼加提书记，要一万亩地。

尼加提书记大眼圆睁："我是村书记，不是县委书记！村里耕地加一块乘以二也没有一万亩哩！"

阿尔曼笑了说："我要的是盐碱地，用来种草。"

尼加提书记盯着阿尔曼看了好一阵，笑了，这个小巴郎子疯了，他活这么大岁数，没听说过盐碱地里能种草。

阿尔曼拿出一篇题目为《盐碱地种植的可行性评估》的论文，作者孙教授是阿尔曼的大学老师，在盐碱地里种草刚刚试验成功。

在尼加提书记眼里，阿尔曼在胡闹，草涨价可以少买点，羊娃子裤腰带勒紧一点也饿不死，可是阿尔曼这个小伙子快疯了。

阿尔曼说："村里一万亩盐碱地，荒着也是荒着，如果在上面种草成功，咱们村再多养一万只羊也不成问题。"

尼加提书记愣愣地看着阿尔曼，对哈那提说："浙江援疆干部来了个神经科专家，医术好得很，你带阿尔曼去看看，他脑子坏掉了！"

晚饭时，买买提爷爷突然发起脾气，说："阿尔曼，你去问村里的勺子艾山江盐碱地上能种草吗？艾山江肯定会说：'哎！你是个勺子！'"

茹仙奶奶也劝阿尔曼："盐碱地能长草太荒唐，奶奶八十岁了，都是从盐碱地挖土盐。"

买买提爷爷说："村里的荒地都是厚厚的一层白霜，种草？腌咸菜吧。你爸爸当年种草，人没了，你今天又要种草，真是上天作孽。"

阿尔曼沉默不语。

几天以后，阿尔曼从浙江大学请来了孙教授。孙教授查看了地貌，取了土样，临走时说这片盐碱地碱化比较严重，但理论上是能够种出草来的。不久，孙教授寄来了测试报告，理论上分析种草成活的概率有50%—60%。

阿尔曼踌躇满志，自己只要有决心就意味着孙教授的结论应该是100%，但是临时找块地先试验也来不及了，阿尔曼决定赌一把，一边实验，一边种草，同步进行。

阿尔曼写了抵押承包协议书，交给尼加提书记，协商把村里的一万亩盐碱地承包给阿尔曼种草，阿尔曼用"大好河山"电子商务公司做抵押。如果种出草来，皆大欢喜，如果种不出草来，电商公司归村里，作为赔偿饲养刀郎羊的损失。在此期间，村民买草的钱需要自己垫付。

尼加提书记有点犹豫。

阿尔曼说："这个合作对村里又没损失，书记你只须签个字，协议立即生效。"

尼加提书记签了字，结结实实地盖了大红公章。

阿尔曼平整了一块盐碱地，掏出一个个小窝，撒上黄花苜蓿籽埋上。

阿尔曼把孙教授请来，一起研究。阿尔曼介绍黄花苜蓿的蛋白质含量是最高的，属于优良的饲用植物，作为羊饲草适口性好，在盐碱地里种植黄花苜蓿，能中和土壤碱性浓度，所以黄花苜蓿应该是最佳选择。在阿尔曼的记忆里，小时候，随着盐碱化越来越重，很多植物种在碱化土壤上之后都死了，活到最后的，就是这个黄花苜蓿。

孙教授要阿尔曼拿出种黄花苜蓿的理论依据，阿尔曼语塞。

孙教授说："一株植物从生长到死亡，是有各种因素在里面的。仅仅通过小时候的回忆，判断种植的可行性，并不科学。"

阿尔曼却坚持会出现奇迹。孙教授列出一大堆植物名称：碱茅、沙打旺、紫穗槐⋯⋯都是在盐碱地里成功种植的植物。孙教授对每种草的盐碱耐受性、生命力做过十多年的数据分析和试验，最佳的是灯蕊新麦草，不仅长势最好，羊也喜欢吃。

第二天一大早，他们来到地里，掀开一垄地的地膜，一叶草都没出。

孙教授说："黄花苜蓿绝不是一个好选择。"

阿尔曼正式试验，1号地，种灯蕊新麦草；2号地，种碱茅；3号地，种沙蒿。

热合曼骑着摩托车，边骑边对村民喊："阿尔曼和孙教授在盐碱地种草哩。"

一拨拨村民聚拢到盐碱地边看热闹。阿尔曼、孙教授和哈那提在铺设水管，在每块盐碱地的地头上插了块木牌，写着"1号试验田""2号试验田""3号试验田"。

一位村民告诉尼加提书记，阿尔曼真的要在白花花的盐碱地上种草，地里铺了密密麻麻的滴灌管子。尼加提书记满是疑惑，直摇头，不用大水漫灌洗盐碱，却用滴灌？老老少少一群书生。

热合曼开着拖拉机在深翻盐碱地，村民们议论纷纷，一家子脑袋都坏了。

热合曼说："小舅子的脑袋糊掉了，我的脑袋没有糊，我相信我小舅子呢。"

村民们哈哈大笑。

时间一天天过去，失望的情绪越来越浓。玉古尔村的土质太差了，盐碱浓度过大，任何种子都扛不过去，这片盐碱地出现生命迹象的可能性几乎没有。

孙教授说："试验，到此为止吧。"

晚上，阿尔曼依然站在白板前拿着笔在白板上写写画画，还在研究。孙教授已经给盐碱地判了死刑，可阿尔曼不服气，他认为孙教授把重点放到了抗盐碱的问题上了，但是草长不出来还有土地的营养物质被盐碱破坏的问题，可能是因为缺了某种必需的营养成分，草才长不出来的。

哈那提说："这是在否定你孙教授的研究成果啊，而且是推翻。"

一家人在院子里葡萄架下吃饭。阿尔曼狼吞虎咽，他的吃相把阿里木看乐了。阿尔曼干了一天，播完了草籽，铺完了地膜，吃饭特别香。

深夜，沙尘暴无声地刮过来，霎时间，黄沙满天、狂风肆虐。挂在晾衣绳上的挂毯像飞毯似的飘向半空，院子里翻滚着脸盆和柳筐，大灰驴在嘶叫跳跃，羊圈的棚顶被吹塌，羊不停地乱叫。

买买提爷爷顶着风打开驴棚，将大灰驴牵进屋里，二姐阿娜尔罕和大姐阿孜古丽把羊赶进家里。阿尔曼想起了盐碱地里的试验田，冲向院外。

狂风继续刮着，阿尔曼用衣服包住头，弯着腰顶风前进。昏暗的夜光下，盐碱地里铺好的塑料地膜已经被沙尘暴刮得七零八落。

第二天早晨，风停了，盐碱地里一片狼藉，风刮起的黄沙，填平了垄沟。盐碱地里，阿尔曼和哈那提背靠背，静静坐着，宛若两尊刚出土的兵马俑。

买买提爷爷牵着大灰驴走过来，面色冷峻又带着一丝自得，好像这风是他刮起来的。

他走到盐碱地边说："这是老天在警示你们，盐碱地里就是长不出草。"

十多辆机动三轮车拉着草料开进玉古尔村村口，等候在旁边的村民们一拥而上。草是村里赊账买来的，钱算在阿尔曼头上。

尼加提书记带着塞日娅来送账单，阿尔曼靠在椅子上睡着了。尼加提书记示意塞日娅弄醒阿尔曼，塞日娅走到阿尔曼旁边，阿尔曼猛地睁开眼睛，把塞日娅吓了一跳，塞日娅将账单递给阿尔曼。

尼加提书记今天找阿尔曼主要是谈公司拍卖的事，他前两天托人对"大好河山"公司评估了一下，市值差不多50万。阿尔曼不屑一顾，公司的潜在价值远远高出这个数，50万只算个零头。

可是阿尔曼在盐碱地折腾了一大圈，草也没种出来，按照协议，这么长时间没长出草来，这个值50万块钱的公司该归村委会了。

尼加提书记笑着说："现在能值50万就不错了。"

阿尔曼一惊，才发现事态的严重性。他央求尼加提书记说："如果十天后长不出草芽来，就签公司转让书。"

尼加提书记让塞日娅查查日期，弄准了十天后签转让书的时间，具体时间都以小时计算。

阿尔曼在地里面忙活着。前姐夫热合曼骑摩托车过来，从车后座箱里拿出酒、羊腿和馕。夜里，热合曼在帐篷旁边架起了火堆烤羊腿，唱着歌。阿尔曼在棚里简易操作台上分拨草籽，发现做检样的小白盘少一个，四处寻找。热合曼用小白盘装了孜然调料，他清理一下，急忙递给阿尔曼。阿尔曼警告热合曼最好不要乱动实验器具，热合曼并不理会。热合曼打开一瓶酒，左右看看，发现了阿尔曼的量杯，就把酒倒进了量杯里，晃了晃量杯，一饮而尽，喝了一杯还不够解馋，又接着倒了一杯，热合曼打了一个酒嗝，酒劲上了头。

热合曼念叨着和阿尔曼姐姐结婚时的幸福事，不停感慨，拿着量杯的手有点晃。热合曼很奇怪怎么喝了三杯，就要醉了，头晕得像喝了一公斤。原来，量杯里残留的试剂和酒起了反应。热合曼一头扎在地上，睡过去。

早晨起来，热合曼唱着歌去骑摩托车，突然翻倒在地沟里。

阿尔曼奇怪酒鬼姐夫怎么一大早就喝醉。热合曼说没喝酒，阿尔曼意识到热合曼可能中毒了，让他去医院。

热合曼连声说："不用，杯子真神奇，喝两杯像是喝了两瓶子，试剂真是好东西，兑酒喝省钱呢。"

阿尔曼苦笑。

二姐阿娜尔罕给弟弟送早饭，远远走来。热合曼眼睛一亮，他朝思暮想地要和前老婆复婚。

"老婆啥时候跟我回家？"

二姐阿娜尔罕呛声说："盐碱地里啥时候长出草来，就啥时候跟你回家。"

热合曼看着二姐阿娜尔罕的背影，说："阿尔曼啊，你的草就是我的命根子。"

盐碱地里，阿尔曼一边吃着馕一边翻弄着土壤，他已经好几天没有回家休息了。明天就是跟尼加提书记的协议到期的日子，阿尔曼内心在祈祷。

他不敢打开地膜，他内心太希望成功了，但他害怕等来的是彻底的失败。他让热合曼帮忙掀地膜，阿尔曼紧张得透不过气来。热合曼缓缓地掀开地膜，发现啥也没有！阿尔曼疯狂了，他冲到地垄边使劲地撕开一垄一垄的地膜，寸草不生！

阿尔曼彻底绝望，身体慢慢沉下去，一下子跪在地上，身体剧烈颤抖，痛哭流涕。

尼加提书记来到公司，当初白纸黑字写得清清楚楚，村委会做了决定，准备以50万卖掉公司，补贴村民。尼加提书记提醒塞日娅抓紧时间办理交接手续，嘱咐村委们把桌子上的电脑标上号，一会儿收旧家用电器的就来了。

办公区里一下子乱起来。

阿尔曼一声怒喝："都给他们！"

员工们大哭，如丧考妣。

阿尔曼说："别拦着了，让他们搬吧。咱们还年轻，还有机会。"

热合曼迷迷糊糊地站在帐篷前，一脸悲怆地看着盐碱地，他将永远没有机会和老婆复婚了。

一位村民安慰热合曼："就该老老实实修摩托，种啥草嘛？"

热合曼非常沮丧，草长没长出来跟他没关系，可他和阿娜尔罕这回是一点关系也没有了，他望着白花花的盐碱地，泪流满面。

热合曼跨上摩托车，又走起了 S 线，酒劲还在，他有些迷迷瞪瞪地骑着，摇摇晃晃地冲进黄花苜蓿试验田，摔倒在试验田旁边。

热合曼趴在盐碱地里，发现眼前有一片绿，他摇晃摇晃脑袋，再去看，那片绿草连成一片。他趴在地上凑近去看，眼神对不上焦，看不清，他伸手去摸，又没摸着，最后猛地一扑，把一把草抓到手里，在嘴里嚼了嚼，顿时眼睛瞪大，狠扇一巴掌自己的脸，恢复了清醒，看一眼手和地上，全是绿油油的草尖。

热合曼疯狂喊起来："长草啦！"

热合曼骑着摩托车，酒还没醒，车行的路线依然是 S 形，他摇摇晃晃地边骑边喊："长草啦！盐碱地长草啦！"

村民们怀疑热合曼疯掉了，纷纷议论："阿尔曼种草，自己种嘛，把姐夫给逼疯了。"

这边会计将所有手续交齐，塞日娅将手续放到一个大袋子里，封好。尼加提书记一声令下：搬！

正在这时，热合曼的声音传进来：长草啦！长草啦！

热合曼骑车过来，直接把车摔倒在地，冲进来抱住阿尔曼，举起一把绿草给大家看。

阿尔曼简直不相信自己的耳朵。

尼加提书记打断说："说疯话呢！我们刚从盐碱地里看过以后过来的，这么一会儿草就长出来了？"

热合曼忙说："不是你看的那块地，是黄花苜蓿试验田！"

阿尔曼确认姐夫没喝酒，大叫一声奔跑出门口，员工们呼啦一下全跟着跑了出去。热合曼骑着摩托车摇摇晃晃地跟在后面，依旧喊着"盐碱地长草了"。村民从自家出来，跟着他们跑了起来。

黄花苜蓿试验田，满眼的绿色。人们惊呆了。

阿尔曼跪下来，双手颤抖地摩挲着刚冒头的草芽，泪水滴落到草芽上。每个人的脸上现出惊愕的表情。尼加提书记看到黄花苜蓿试验田里的绿色，也呆住了。

杜从军激动地说："奇迹！"

尼加提书记也喃喃地说："母羊肚子生出头驴，奇迹！奇迹得很哩。"

人们站在地头神色激动，兴奋得嗷嗷直叫，又蹦又跳。

阿尔曼眼泪汪汪的，声音颤抖，对员工们说："草长出来了，电商公司还是咱们的！"

员工们激动得泣不成声，村民兴高采烈，塞日娅也终止了交接手续的办理。

买买提爷爷牵着大灰驴静静地站在远处，一个人开心地笑起来，白胡子在阳光下显得更加洁白。

村里的一万亩荒地全种上了黄花苜蓿，田间地头满是村民劳碌的身影，一派繁忙景象，往日寂静的荒地沸腾起来。

草料的问题解决了，阿尔曼又过了一道难关，村里养殖刀郎羊的积极性高涨，小羊羔子转眼长成膘肥体壮的出栏成品羊，客商收购刀郎羊的货车在村里出出进进，村民的口袋一天天鼓起来，脸上写满幸福和满足，个个笑得合不拢嘴，整日里欢天喜地。

和玉古尔村欢庆的场面不同，艾塔克村的当家人坐不住了，眼看阿尔曼走到悬崖边上，可他一个转身，化险为夷，什么事情到了阿尔曼的手上，就能够点石成金，荒滩戈壁竟然种出了金子。吐尔干书记苦思冥想，怎么也得搭上这趟捡钱的顺风车。

吐尔干书记带着村委，屈身请阿尔曼和尼加提书记吃饭。阿尔曼一脸狐疑，只要吐尔干找他，他总是小心翼翼，脑子里都是狐狸动员母鸡上天，头脑发热的母鸡从悬崖上栽倒在狐狸面前的画面。

吐尔干书记说："还是老话题，艾塔克村常年给玉古尔村供水，浇浇耕地可以，都是邻居，互相帮忙，但是现在玉尔古村一下翻了一万亩盐碱地种草，原来一头牛喝水，现在一群牛喝水，这个水太多了，艾塔克村就负担不了了。"

阿尔曼立刻明白，吐尔干书记又动心思了。

"别绕弯，您直说，又想来一场什么合作？"

吐尔干书记说："我们村也有个七八千亩盐碱地，那地不能闲着。"

阿尔曼笑着说："种草是高技术含量的活，不是人人可以瞎种的。"

吐尔干书记大大咧咧地眨巴眨巴眼，眉毛一挑，说："艾塔克村有水，你阿尔曼有技术，双赢呀。"

阿尔曼笑了，吐尔干书记哈哈大笑起来，村委们都跟着笑了，大家好像都在用笑声肯定着自己的聪明才智。

尼加提书记暴跳如雷，说："什么合作？共同吃肉？一件皮袄大家穿？我尼加提跟你吐尔干打了三十多年的交道，你就像那戈壁滩上喂不饱的饿狼。我们村要发展，你就锁我们的咽喉。"

阿尔曼一直不发一言，这种一触即发的火爆场面，让他更加谨慎。

回到村委会，阿尔曼对杜从军和尼加提书记说了自己的想法：和吐尔干打交道，发脾气无济于事，他要斗勇，咱们就斗智，不但把水弄回来，还要赚一把大便宜。

尼加提听得心花怒放，抱着阿尔曼转了个圈。

阿尔曼又去了艾塔克村。吐尔干书记装腔作势看报纸，村委们一脸不屑，对阿尔曼爱答不理的。

阿尔曼拉一个方凳在吐尔干书记对面坐下。

"我们玉古尔村村委会拿出了一个好的方案，相信您一定会感兴趣。"

吐尔干书记放下报纸，得意地听下文。

"我们玉古尔村不种草了，不养羊了，都让你们艾塔克村来干。"

吐尔干书记出乎意料，盯着阿尔曼的眼睛，突然狞笑着说："羊要吃草，狼要吃肉，你阿尔曼费了那么大功夫，白白送给我们，这是你阿尔曼的为人吗？又有什么鬼主意？"

阿尔曼说："我们当然不可能当福利院，只有一个条件，艾塔克村的刀郎羊也要严格按照玉古尔村提供的标准来养，玉古尔村按照市价，全部收购！"

吐尔干书记笑起来："你这不是干二道贩子的活？"

阿尔曼故作神秘："干还是不干？"

吐尔干书记贼贼地笑，他不知道河水多深，想让他轻易下水？阿尔曼不说实话，他是不会随便签合同的。

阿尔曼说："其实种草养羊是最基础、利润最小的一环，我最终的目的是要搞肉制品加工厂。"

阿尔曼有意透露，他已经找好了合作投产的企业，就等着提供大批的商品刀郎羊，所以，艾塔克村养的羊全部由玉古尔村收购加工。吐尔干书记茅塞顿开，村委们不甘心了，热议起来。

阿尔曼说："要是不放心，可以签五年的收购合同。"

说着就伸出手，做出和吐尔干书记握手成交的姿势。吐尔干书记没伸手，站起来，在会议室焦躁踱步，阿尔曼气定神闲。吐尔干书记一会儿站住，皱着眉，嘀嘀咕咕，手掐指算，突然说："阿尔曼，回去给拟个合同来看看。"

阿尔曼笑笑，出了门。

阿尔曼要说服尼加提书记和杜从军，自己有办法让吐尔干书记合作，参与建加工厂。尼加提书记以为阿尔曼又在胡闹，吐尔干书记那么精明，怎么会钻他的套。阿尔曼自信满满，尼加提书记气得说不出话。杜从军担心阿尔曼偷鸡不成蚀把米。

阿尔曼说："对付吐尔干书记要欲擒故纵，他太精明，对种草养羊的事有很大顾虑，不会轻易答应的。"

杜从军依然担心，说："吐尔干书记心眼多，脑子转得快，假戏真做怎么办呢?"

阿尔曼笑着摇摇头，说："他有一个致命弱点，贪婪。"

阿尔曼把两份协议推到了吐尔干书记的面前，一份是种草养羊，一份是投资加工厂。

吐尔干书记认真看了合同，冲阿尔曼笑笑。

吐尔干书记说："种草养羊的合同不错，现在签吧。"

阿尔曼内心一惊，却做出满意的神情，镇定地掏出公章，去拿笔。吐尔干书记鹰眼如炬，死死地盯着阿尔曼，揣摩着年轻人的表情。阿尔曼翻到合同的最后一页，要签字，笔尖在纸上划，可是却写不出字来，又去催人换笔。

吐尔干书记脑子里在飞速盘算，他终于搞清了阿尔曼的目的，就是要他吐尔干接手盐碱地种草的难事，接过和收购商打交道的麻烦事，他和尼加提却轻轻松松地搞羊肉加工。他想明白了。

吐尔干书记拦住说："不用签这份合同了，我们双方倒一下，玉古尔村种草养羊，加工厂由艾塔克村来搞。"

阿尔曼装得一副很受委屈的样子，说："好歹也得让玉古尔村喝口肉汤吧，这做法实在太不公平了。"

吐尔干书记又想了想，觉得把对方的好处全拿走，阿尔曼绝对会不同意，说："玉古尔村拿羊来算投资的股份，我们加工厂让出30%的股份。"

阿尔曼内心又一惊，没想到精明的吐尔干会那么大度，留了30%的股份给自己。

阿尔曼似有万般委屈，说："你也占得太多了，还是你骑马过桥比我走的路多，什么时候都算不过你吐尔干书记。"

阿尔曼十分不情愿地向吐尔干书记伸出手，说："成交！"

吐尔干书记得意地说："狗娃子啃不了老骨头。"

阿尔曼凯旋而归，尼加提书记握住阿尔曼的手，使劲摇，连声夸道："羊吃了狼的事情，你阿尔曼都办得到。"

这场仗在策略上、战术上都够厉害的，一石三鸟！五年的包收合同签掉了，玉古尔村就不愁刀郎羊肉的销路了。一分钱不出，养出羊送去就得了加工厂30%的股份。最痛快的是玉古尔村再也不用为水的事发愁了，从今往后，玉古尔村是替吐尔干书记种草养羊，用他的水理所应当。

阿尔曼脑子里的点子就像沙子一样多，还是长金子的沙子。

不久，阿尔曼的公司又和香港公司合作，成功融资300万美元。"大好河山"被打造成一个南疆最大、实力最强的电商平台。电商公司每年可以消化掉1000吨以上的优质农副产品，为当地百姓修起了一条致富快车道。

和村民一样开心的是凯萨，他以为他的投资像石头一样丢在水里了，

218

没想到原来种了一颗金种子，金光灿灿地在发芽。

迪丽娜尔陪着王川挑新房，恰在此时，陈曦打来电话。王川喜上眉梢，接了电话，絮絮叨叨地介绍新房的布局，陈曦却一言未发。

王川说："我说了一大堆话，你要是没意见，我就交首付了。"

"王川，我们分手吧。"

突如其来的变故，让王川蒙了。

"我喜欢内高班，喜欢这些孩子，内高班对我来说，是一份不能放弃的责任。我不可能再回乌鲁木齐，不能拖累你。"

王川脸色瞬间惨白，靠在墙上，缓缓地滑坐到地上，双眼空洞地看着前方。

王川五天没上班，把自己关在家里，不见人。

迪丽娜尔打电话，责问陈曦："这么多年的感情，能说断就断吗？难道真要用分手这件事毁了王川吗？"

陈曦去意已决，没有任何解释。

迪丽娜尔放心不下王川，去他家找他，楼下站着一堆人，抬头向上看着，有人高声在劝说着。迪丽娜尔向上一看，吓得魂飞魄散，王川正站在五楼窗户外面的小平台上，身体摇摇晃晃的。

围观的人们一声惊呼，看到王川向前向后摇摆，有人扯出了家里的被子，在下面准备接着他。

几个民警叫来开锁师傅，打开门，冲进王川的房间。王川已经似醉非醉地卧在床上，眼睛空洞地看着天花板。

"大好河山"公司里，大家在给热娜办生日晚会。拉灭了灯，漆黑一片，几根蜡烛映着热娜的脸，热娜一口气将蜡烛吹灭。灯光大亮。人们欢呼着。大家问热娜刚才许的啥愿？

致青春

绘画：马新胜

热娜瞄一眼阿尔曼，脸红了，羞涩地低下头。员工雪莹帮着打掩护，说生日许愿说出来该不灵了。

热娜鼓足勇气说："说出来也行！"目光热烈地看着阿尔曼。阿尔曼赶紧打断，让人快切蛋糕。大家对着阿尔曼起哄，阿尔曼狼狈不堪，热娜目光炽热。

这时，阿尔曼的手机铃响了。

阿尔曼兴奋脱口而出："迪丽娜尔！"

一瞬间，热娜脸色骤变。阿尔曼慌忙跑出会议室。

迪丽娜尔听到手机里面闹哄哄的声音，雪莹跑出来，说热娜切好蛋糕了，叫他快去吃蛋糕。迪丽娜尔在话筒里听到了雪莹的叫声，阿尔曼支支吾吾地解释说，公司给热娜过生日。

迪丽娜尔说："打扰了，和热娜结婚这么大的事也该通知一声。"

阿尔曼赶紧辟谣，一通解释。听到阿尔曼诚恳的话语，那声音让迪丽娜尔欣慰又难过。

"今天打电话给你是因为王川，你来劝劝他吧，他几乎崩溃了。"

阿尔曼买了最早一班飞机，飞回了乌鲁木齐。

迪丽娜尔已经在机场出口等待阿尔曼了。阿尔曼抑制不住内心的激动，大步冲过去。迪丽娜尔却表情平淡，礼貌地笑笑，走出机场。

坐在车上，迪丽娜尔叙述了王川这一段时间的感情波折。

"王川一连几天闷在家里，整个人不成样子了，只有你能劝得动他。"

阿尔曼喃喃地说："他陷入爱情太深了。"

王川蒙着被子蜷缩在床上，看到阿尔曼，他依然躺着，双眼目光呆滞。阿尔曼掀开王川身上的被子，王川抓着被子往身上盖，两人拉扯起来，"嘶啦"一声，被罩被撕裂了。

阿尔曼气得把被子砸回到王川身上。

"孬种！"

"迪丽娜尔你先回去吧，王川再倔也倔不过爷爷的大灰驴，他的病我来治。"

迪丽娜尔犹豫了一下，走了。

王川忧郁地盯着墙上的窗户。

阿尔曼说："在陈曦之前，你在学校处过好几个女朋友呢，不是也被人甩过吗，也没这样啊？"

瞄一眼王川还没动静，阿尔曼继续说："你那个初恋，分手时你也哭了两声，后来还不是好好的？这样死去活来有意思吗？好姑娘有的是，是爷们儿就起来，钻到花丛中，杀他个片甲不留！"

王川突然坐起来，把手中的被子扔一边，一把抱住阿尔曼号啕大哭。

夜深人静，王川和阿尔曼并肩走在中山路上。

王川情绪低落，走到一家超市门口，一屁股坐在啤酒箱子上，竟然又抹了把眼泪。超市老板出来不让王川坐。王川顺手拿一个易拉罐啤酒，打开就喝。老板怯怯地望着眼前的一民一汉两个年轻人。阿尔曼冲老板摆了摆手，买下了王川屁股下的那箱啤酒。

王川坐在街边，一罐一罐地喝啤酒，喝完一罐一伸手，阿尔曼就再递给他一罐。他一直喝，阿尔曼一直递。

阿尔曼火了，说："你还爱陈曦你就去杭州找她，折磨自己有什么用。你不是说女人不能惯着，怎么你走心了？别像个孬种一样让我瞧不起你！你要是有本事，就放下她再找一个好的！要是实在放不下，你就去杭州。当着她妈的面，她不把闺女嫁给你，你就拿啤酒瓶子往自己脑袋上砸，一次不同意砸一个，再不同意你就再砸，你砸个十天半个月的，看她妈同不同意。"

王川把手中的啤酒又喝光，把空酒罐使劲扔出去，身体直打晃。阿尔曼渴了，拿出一罐自己喝上了。

迪丽娜尔其实没有走远，她不放心，一直默默跟着他们，看到阿尔曼没了办法，也跟着喝酒，她匆匆跑过来，把阿尔曼手中的啤酒罐抢去。

"让你劝人，咋还灌起王川酒了呢？"

"他痛苦，多喝点酒也能解解愁，释放一下。"

迪丽娜尔无可奈何，默默地看着他们。

来到人民广场，王川整个人斜靠在长椅上，目光迷离，看着天空中的月亮，神情颓废，声音低迷地唱歌。

好不容易把王川拽到家里，王川一头瘫倒在床上。迪丽娜尔坚持留下来照顾王川，两个人坐在地板上，背靠着王川的床，久久不语。

半晌，阿尔曼喃喃地唱起了《睡在我上铺的兄弟》：

睡在我上铺的兄弟，

睡在我寂寞的回忆，

那些日子里你总说起的女孩，

是否送了你她的发带。

你说每当你回头看夕阳红，

每当你又听到晚钟，

从前的点点滴滴会涌起，

在你来不及难过的心里。

……

迪丽娜尔嘤嘤哭起来。

阿尔曼小心地问："你和那个人什么时候结婚？"

一阵长久的沉默，迪丽娜尔说："分手了。"

阿尔曼突然惊醒过来，内心那扇封闭的窗户打开了。阿尔曼轻轻握住迪丽娜尔的手，迪丽娜尔身体一阵战栗，回握住了阿尔曼的手，头缓缓靠到阿尔曼肩上。

王川睡了一夜，一次也没醒过，阿尔曼探了探王川的鼻息，还有气，松了口气。

第二天清晨，阿尔曼和迪丽娜尔筋疲力尽，迪丽娜尔头靠在阿尔曼肩膀上，两人在沙发上睡着了。

王川下了床，去洗漱，惊醒了阿尔曼和迪丽娜尔。王川已经神色如常，穿戴整齐，走出了卧室，看到他俩那份亲密没有一点意外，说了声"去上班了"，像是什么事都没发生过一样。

阿尔曼和迪丽娜尔面面相觑。

从那天开始，王川犹如涅槃重生，一脸阳光地开始了新的生活。在他的脸上，再也看不出往日悲伤的影子。

王川西装革履，神采奕奕。突然发现阿尔曼是那么土气，皮肤黝黑，穿件灰不拉几的夹克，脚蹬掉了色的皮鞋，一副邋遢的样子。王川提议迪丽娜尔一起陪着阿尔曼买身行头，从头到脚把阿尔曼打扮得焕然一新。

在城里开开心心过了几天，阿尔曼重拾往日温情，陶醉在失而复得的爱情里，和迪丽娜尔缠缠绵绵，一时乐不思蜀。待一个人安安静静躺下，心里多出许多不安和惆怅。想想家里公司的业务，归心似箭，可一想到要和女友告别，就又难舍难分。

吃饭时，望着桌子上摆满的菜肴，阿尔曼难以下咽。

王川说："这儿的厨师是从迪拜请来的。"

阿尔曼感叹道："你们过得真腐败。"他下了归乡的决心。

王川本来打算带阿尔曼体验一下资产阶级的低级趣味，好好劝劝阿尔曼别再回村，干那些贫下中农的活了。

阿尔曼说："村里事很多，'大好河山'刚刚有起色。"

224

阿尔曼突然脑子灵光一闪，说："王川你也该回玉古尔村了。"

王川说："回去可以，把'大好河山'卖了，和我们做旅游吧。你看，迪丽娜尔把'大美锦疆'搞得风生水起，如鱼得水，我们正打算搞一个旅游山庄，你再加进来，黄金三剑客，所向披靡。"

阿尔曼点点头："搞旅游好呀，特别符合我的发展思路。"

迪丽娜尔和王川相视一笑，来了精神，他们等的就是这句话！

阿尔曼话锋一转，说："在玉古尔村搞。"

王川怔住了，把杯子撂在桌上，玻璃碎了一桌。

昨晚，阿尔曼就想了一宿，迪丽娜尔的旅行社给了他灵感。玉古尔村虽然偏远，但恰恰具备了生态旅游的全部条件，那有如金沙般的沙漠，有美丽的胡杨林，有宝石一样的沙湖，有苍茫的大峡谷。刀郎羊的饲养已经具有一定规模，刀郎羊也是一个非常好的旅游品牌。如果在玉古尔村搞一个旅游山庄，带动村民们办农家乐，玉古尔村具备了建设美丽乡村的一切条件。

"我诚心诚意地邀请你俩回玉古尔村。"

王川猛地站起来，摔了凳子。

迪丽娜尔说："你该好好考虑王川的想法。"

阿尔曼静静地看着迪丽娜尔离去的背影。

阿尔曼收拾完行李，去了机场，垂头丧气地进了安检口，坐在椅子上发呆，看着手中的机票，神情落寞。最后一拨旅客登机了，阿尔曼失望地站起来，最后看了一眼远处的通道。阿尔曼看到两个熟悉的身影匆匆赶来，他以为自己在做梦，使劲揉了揉眼睛，没错！王川和迪丽娜尔拉着大大的旅行箱走过来。

阿尔曼呆呆地看着他们，泪水模糊了双眼。王川伸手一托阿尔曼的下巴。

"什么时候阿尔曼也成小女人了？"

阿尔曼张开双臂把王川和迪丽娜尔紧紧拥住，仰天长啸。

14

肉制品加工厂落成剪彩，艾塔克村一片欢腾景象。文化广场上，村民们跳着欢快的麦西来甫。

记者们纷纷采访阿尔曼，尼加提书记见了吐尔干书记故意炫耀，吐尔干书记冷着脸瞪了他一眼。

热合曼故意凑近阿娜尔罕身边，却被她推开，这次她没有骂他，倒让热合曼来了劲头，舞姿更加狂野奔放。买买提爷爷牵着大灰驴坐在树荫下，脸上乐开了花。

阿尔曼拿起麦克风，情绪激昂地说："'大好河山'已经走上了正轨，成了父老乡亲源源不尽的钱袋子，接下来我们应该大力发展旅游产业，以'吃刀郎羊肉，听刀郎木卡姆'为口号，搞旅游农家乐合作社，种草养羊是基础，旅游将支撑着我们玉古尔村未来十年的发展！"

阿尔曼坚定地挥舞手臂，村民们热血沸腾。

回到家，迪丽娜尔对茹仙奶奶说她这次来就不走了，要一直陪着阿尔曼。奶奶头一晕，腿发软，二姐阿娜尔罕大惊小怪地喊叫着，一把将奶奶扶住。

阿尔曼、哈那提和王川一起喝酒，庆祝他们再次回乡创业，大家脸上都洋溢着幸福。

忽然热娜从院外进来，哈那提用胳膊肘撞了一下阿尔曼。热娜冷着脸站在阿尔曼身边。音乐停了下来。买买提爷爷看着热娜，皱起眉头。王川一脸戏谑，等着看好戏。两个姐姐神色紧张。哈那提眼看情况不妙，挥挥手，让乐队继续奏乐。

热娜站在院子中央，挑衅地邀请迪丽娜尔跳舞，开始和她斗舞，两人耸肩挑眉，左旋右转，蛮腰劲扭，长裙飘飞，万种风情，妩媚妖娆。

人伙看得目瞪口呆，阿尔曼不知所措。

热娜下巴高扬，飞速旋转，气势逼人；迪丽娜尔双膝跪地，柳腰下折，胸腹与地平行，双手曼舞。一动一静，一个似朝霞之焰，一个似荒野玫瑰，换来无数喝彩。

王川直咽口水，哈那提笑得前仰后合，阿尔曼一脸尴尬。

"刀郎山庄"建设紧锣密鼓地开工了。阿尔曼他们日夜奔波在工地上。

阿尔曼看看远处指了指，说："后面那块地可以建个高尔夫球场，以后再办一个滑翔机游乐场。"

王川笑道："这个主意好，天上有人像鸟一样飞，地上有人打高尔夫，吃着刀郎烤肉，喝着温啤酒，跳着民族舞蹈，神仙日子，保证人来了都不愿意走。"

他们决定做一个刀郎山庄的旅游宣传片。

拍摄旅游宣传片的费用太高，而资金都投在山庄上了。尼加提书记一听要钱，立刻哭穷。杜从军拍的照片在自治区拿过奖，自信有一定功底，他自告奋勇地当宣传片摄像师。哈那提说他来当导演，当年他拍的微电影在大学得过一等奖。大家举手表决，都支持哈那提来拍。

尼加提书记一听不让自己掏口袋，拿烟灰缸敲一下桌子，算是拍板通过。

电商公司院子成了宣传片招录演员的现场。一个个鲜花一样的姑娘、帅气逼人的小伙子在院里排起了长龙，都跃跃欲试。

热依罕和哈那提在评审席上正襟危坐。对参加表演才艺的年轻人评头论足，年轻人们乘兴而来扫兴而归。

在哈那提的眼里，这些村民都不合他的心意，只有热娜符合他的造型要求，他腆着笑脸去找热娜。热娜已经被这帮来自城里的帅哥美女折腾得身心俱疲，无意凑这份热闹。再说人家玉古尔村的女人就生不出个漂亮姑娘，还要她艾塔克村人上镜头？

几经纠缠，热娜有点心动，说："只要阿尔曼当男主角，我就拍。"

哈那提想都没想，一拍胸脯答应说："阿尔曼那儿没有问题。"

宣传栏中贴着女主角候选名单，第一名是热娜，第二名是迪丽娜尔。

一群小伙子在走廊里排队，参加主角面试。凯萨腆着肚子，也要面试。哈那提忍住笑。

凯萨自唱自跳起来：

达坂城的石路硬又平啊，

西瓜大又甜呀，

达坂城的姑娘辫子长啊，

两个眼睛真漂亮，

你要是嫁人不要嫁给别人，一定要嫁给我……

凯萨上气不接下气，脚步跟不上节拍，在场的人哄堂大笑。

哈那提求阿尔曼当男主角。阿尔曼不屑一顾。

哈那提威胁说："你不上，我就让凯萨演男一号。"

尽管阿尔曼已经和凯萨和解，但男一号是玉古尔村的形象，凯萨要上镜头，想来的人也准会被吓跑了。

"你敢在全国人民面前丢人，有种。"

"你不上，我把人丢在全世界。"

"好吧，还是我来丢人吧。"

哈那提喜笑颜开。

杜从军不同意热娜当女一号。哈那提的理由是热娜是全乡跳舞最好看的。"宣传片要的就是好看。"

杜从军说："选迪丽娜尔，她是内高班毕业的大学生，见过世面，端庄大气，撑得起场面。"

哈那提有一颗文艺心，跳舞又不是招村官，看学历有啥用，热娜身上有最纯正的南疆味道，舞蹈接地气。

杜从军只想着宣传片要凸显玉古尔村的高大上，艺术来源于生活，又高于生活，迪丽娜尔虽然是乌鲁木齐人，但舞跳得好，也不失原汁原味。

两个人谁都无法说服谁。

杜从军干脆耍起霸道，说："人选是行政问题，我是组长，我说了算！"

哈那提不甘心，说："我是宣传片的导演，人选上我有决定权。"

杜从军说："那村委全体班子研究，民主集中制。"

迪丽娜尔被王川催着去了村委会。

热曲一响，热娜扭起腰肢，欢快起舞。哈那提随着节拍摇头晃脑。热娜激情无限，时不时向阿尔曼飞媚眼。此刻，当热娜知道迪丽娜尔是自己的竞争对手，听到迪丽娜尔的名字就有点生气。而且阿尔曼是男一号，热娜不再犹豫了，要不顾一切得到主角的位置。

迪丽娜尔匆匆走进会议室，看到热娜，怔了一下，不想和热娜做对手，要走，被王川急忙拦住。

迪丽娜尔不悦，说："干吗搞那么复杂，想要谁上，直接举手投票呗。"

尼加提书记喊道:"来,赞同热娜的举手。"

说完,他先举起了手,算哈那提在内,同意热娜的有四票。投迪丽娜尔的也是四票。

阿尔曼两次都没有举手。内心里,阿尔曼倾向让热娜上镜,毕竟宣传本土文化,热娜的形象、气质、身份更有难得的地域特点。阿尔曼十分为难,恨不得左手右手一边投一票,最后他让哈那提自己拍板。

爽快的热娜,不耐烦地伸手拽起阿尔曼的手,哈那提大笑起来。

迪丽娜尔说:"我弃权。"

热娜露出得意的笑容,她追上出了门的迪丽娜尔,挖苦道:"怕比不过,就弃权呀?"

迪丽娜尔不想和她纠缠。

热娜不依不饶:"少装清高,我才不领你的情。"

阿尔曼奇怪热娜怎么和迪丽娜尔说上了,问道:"热娜说了什么?"

迪丽娜尔呛声道:"热娜说你们一个是罗密欧,一个是朱丽叶。"

阿尔曼无语。

几名乐手准备好,要拍摄了,哈那提却迟迟不下令开拍,哈那提觉得这种构图不好,拍不出纵深感和立体感来。

看到组员在自己面前指手画脚,杜从军有点生气,可此时这个哈萨克族小伙子是导演,自己只是摄像,按规矩得听他的。

杜从军说:"怎么能拍出纵深感?"

哈那提说:"上树就有了。"

自己一把年纪,被小伙子命令爬树,杜从军气鼓鼓地瞪眼,但还是笨拙地爬上树。上到高处,让热娜摆几个poss,效果确实好,不得不暗暗佩服眼前的年轻人。

热娜发了几张相片给阿尔曼,问哪张好看。王川看不惯阿尔曼搞暧昧，故意当着迪丽娜尔面，直接戳破。

"她是女主角，怎么拍都好看，导演喜欢就行了，用得着问你？你别一天吃着锅里，想着碗里。"

阿尔曼满脸通红，迪丽娜尔没好气地瞟了他一眼，王川还在数落。如今，阿尔曼跳进黄河也洗不清。

"我不拍了就是了，你别在迪丽娜尔面前颠倒黑白。"

就在这时，大厅门口传来一阵笑声，凯萨走进来。看着凯萨，阿尔曼眼前一亮，他把演出服让凯萨穿上，告诉他，村里的电视片的男主角是凯萨。

热娜在现场找不到男主角阿尔曼，心里烦躁，哈那提拿着喇叭站在一块石头上喊，还有5分钟就要开拍了。

大家喊起来："男主角来啦。"

凯萨一身盛装，朝着热娜跑过来，热烈地张开双臂，刚凑近热娜，却被热娜在肚子上踢了一脚，跌坐在地。

热娜非常恼火，不是阿尔曼是男一号吗？她把手上的演出服摔在地上。

"不拍了！"

家里，二姐阿娜尔罕在训儿子阿里木。小家伙以前考到80分都脸红，现在考59分还跟没事人似的。买买提爷爷牵着大灰驴回家，一家人都紧张，大姐阿孜古丽慌忙将卷子藏起来。买买提爷爷发现一家人都面色异常，心中升起一种疑虑。刚好阿尔曼进了院子，拿过阿孜古丽手中的卷子塞进裤兜。见了太爷爷，阿里木有点绝望。

买买提爷爷突然问："阿里木，期中考试考了多少分？"

阿里木一紧张，撒谎说没考。早有阿里木的同学告诉了买买提爷爷，重孙子考试不及格的事情。

爷爷眉头锁紧，他平生最痛恨的就是欺骗，今天自己的重孙子竟然明火执仗地骗他。

"苹果烂了因为长虫子，人变坏了因为撒谎。"

说罢，给了阿里木一巴掌。二姐阿娜尔罕连忙护住儿子，阿里木跑了。

来到胡杨林，阿里木抱着一棵树无声地哭泣，阿尔曼在阿里木身边坐下。

问道："为啥考试成绩这么差？"

让他吃惊的是，阿里木说，他是为了不想考内高班。

买买提爷爷召集一家人开了个家庭会议。二姐阿娜尔罕抹着眼泪，说她也不想让儿子去那么遥远的杭州上内高班。

买买提爷爷吼起来："阿里木必须念内高班！我们家的孩子都要出去读书，谁对着干谁就不是买买提家的人。"

阿尔曼劝爷爷冷静点，别伤了身体。

爷爷说："都是你栽的歪柳。你上了内高班在杭州念了大学，又回到村里种草养羊，哪件事儿不像脑子坏了的人干的？你领头把家风带坏了。"

阿尔曼哭笑不得，这是啥逻辑嘛？

早晨一家人吃完早饭，买买提爷爷已经没了火气，看到阿尔曼出了门，又喊两个孙女一起开个会。

二姐阿娜尔罕笑着说："咱家咋比村委会的会还多。"

但一听是讨论阿尔曼的婚事，两个姐姐都来了精神。

先说热娜，买买提爷爷直摇头："那丫头折腾来折腾去的，蹦蹦跳跳得像醉酒的麻雀一样，看着都头晕。阿尔曼和她是白地上放水 —— 不播种子。"

二姐阿娜尔罕故意呛爷爷："您不是喜欢热娜吗？还想让他俩结婚呢。"

"老马也有走错路的时候，再说，那时候逼他结婚都是为了村里人嘛。"

说到迪丽娜尔，一家人赞不绝口。在家人眼里，迪丽娜尔知书达理，文静大方。

爷爷说："是个好姑娘，坐在那儿，画一样静静的，和阿尔曼说话都轻轻的。"

一家人不约而同，表示同意。

买买提爷爷说："既然大家都喜欢她，就让迪丽娜尔早日进门。"

商定第二天约迪丽娜尔来家里吃顿饭，看看人家姑娘的意思。

阿尔曼接到姐姐的电话，喜上眉梢，悄悄邀请迪丽娜尔。

迪丽娜尔很惊讶，问："为啥请我吃饭？"

阿尔曼开心地说："爷爷、奶奶、大姐和二姐这一大家人同时请你去吃饭，啥意思还不明白？"

迪丽娜尔脸一下子红到耳根。

星期天，阿尔曼全家在为招待迪丽娜尔忙碌着。

迪丽娜尔拎着礼物走在村庄的柏油路上，遇见村民塞日娅。迪丽娜尔抑制不住开心的心情，说是受买买提爷爷邀请去他家吃饭。塞日娅奇怪，迪丽娜尔又不是第一次去阿尔曼家，怎么拎这么多礼物，转眼就给热娜传了消息。

迪丽娜尔进了院子，一家人都迎出来，一个个打扮得像过节一样，买买提爷爷家的正式做派搞得迪丽娜尔有些不好意思。大家嘘寒问暖，其乐融融。

正当此时，热娜不请自来，大家都怔住了。她笑呵呵地给阿尔曼打招呼，买买提爷爷冷着脸，两个姐姐都装作没看见她。

热娜故意问："姐姐们今天是不是有喜事？"

大姐阿孜古丽也干脆把话说开："今天是请迪丽娜尔吃饭。"

热娜故意说："大姐炖的羊肉最香了，我也想尝尝。"

大姐阿孜古丽委婉地说："只炖了只小羊，怕不够吃哩。"

热娜不肯善罢甘休地说："那也得尝尝，羊肉吃多了增肥，还是少吃点为好。"

说完大摇大摆地走进厨房，没看一眼迪丽娜尔。

迪丽娜尔的心一沉，面色凝重。

热娜并不理会一家人的态度，刚要坐到买买提爷爷身边的空位，买买提爷爷伸手招呼迪丽娜尔，热娜不情愿地坐到了下首的位置。买买提爷爷和姐姐们不停地给迪丽娜尔添菜，热娜自顾自地吃，强作欢笑。

热娜知道，宝贝重孙子阿里木是买买提爷爷的心头肉，为了吸引大家的注意，突然开口说起阿里木，夸口说她有把握帮阿里木提高学习成绩。此言一出，爷爷的热情迅速聚集到热娜身上，热娜故意不再说话。买买提爷爷却来了兴趣。

见焦点转移成功，热娜提高两个分贝，说："我今后一对一帮阿里木补习功课，用不了多长时间，阿里木的成绩就能像小羊羔子身上的羊毛，嗖嗖嗖地长起来。"

买买提爷爷惊喜，给热娜夹了一大块羊肉。迪丽娜尔一脸不悦，姐姐们面面相觑。

买买提爷爷又给热娜夹了一个羊腿把子放在碗里，却把迪丽娜尔冷落在一旁。

看着形势差不多了，热娜话题一转，说："上次提亲的事是个误会，不是我不接受提亲，是因为不到时候，我和爸爸商量，等阿尔曼忙完村里的大事，就谈结婚的事。"

迪丽娜尔忙向爷爷奶奶道了声再见，走了。好好一顿相亲的晚饭，就被热娜搅了局。看似大大咧咧的热娜，面对情感的危险，变得有点老谋深算。

从第二天开始，热娜让阿里木每天到电商公司办公室，给他补课。热娜旁若无人，拉着阿里木进了会议室，边走边故意大声教育阿里木。

"要抓紧时间学习，买买提爷爷还准备好了饭菜等着我们回去呢。"

迪丽娜尔脸色难看。

阿里木呆呆地看着热娜，奇怪她是教唱歌跳舞的，怎么连数理化也会？阿里木拿出作业本，问一道几何题，热娜煞有介事地看了许久，说了一通，阿里木听得不知所云。

阿里木打断她，说："你到底会不会呀？"

"肯定会。"

"那你怎么还问我这个题是什么意思？我要告诉太爷爷，你骗了他们。"

热娜非常气愤，又有些紧张，赶紧提出要教阿里木玩游戏，拿出一个平板电脑。阿里木眼睛一亮，正中下怀。

迪丽娜尔轻手轻脚地走到会议室窗前，向里望去，热娜和阿里木在平板电脑上玩双人游戏。迪丽娜尔心底一凉。

下班了，热娜送阿里木回家，笑吟吟地夸阿里木聪明，用不了半个月，就让他门门考100分，肯定能考进内高班。

买买提爷爷脸上笑开了花。

又到了下午辅导的时间，买买提爷爷去小卖铺买了一大兜零食，走进电商公司，迪丽娜尔热情地接过食品袋。

买买提爷爷说："热娜老师说在这里给阿里木补课，给他们送点吃的。"

热娜和阿里木正在玩游戏，看见迪丽娜尔和爷爷进来，慌忙拿起书将平板电脑盖住。热娜对买买提爷爷直夸阿里木，还说刚才给他做了个摸底考试，每门课都得了100分。

买买提爷爷很惊喜，连声感谢。

阿里木非常不适应，热娜老师说谎不打草稿，他低着头偷笑。迪丽娜尔匪夷所思，根本不信热娜的话，看着阿里木。阿里木心虚，不敢抬头。迪丽娜尔伸手翻桌子上的书，阿里木和热娜生怕书底下的平板电脑暴露，脸色大变。

迪丽娜尔笑着说："让我看看你们刚才的考试题。一个星期就能教好阿里木考满分，我也学习学习。"

迪丽娜尔把试卷抽了出来，笑了，指出第一题就错了。热娜一惊，连忙反驳。买买提爷爷看着她们，莫衷一是，不知道两个姑娘谁对谁错。

迪丽娜尔坚持纠错，俩人吵成一团。热娜气得满脸通红，要求让阿里木来分辨谁说得对。

阿里木觉得热娜不可理喻，却依然想着电脑游戏，说："热娜老师说得对。"

迪丽娜尔惊愕万分。阿里木不住地瞟着书下的平板电脑。迪丽娜尔明白了，一个贪玩，一个不懂行，一起撒谎。

迪丽娜尔说："桶里的水怎么能够灌满一条小河？"

买买提爷爷插不上话。

听说学校今天公布单元测验成绩，买买提爷爷牵着大灰驴站在校门口等阿里木。看到训斥孩子的家长，买买提爷爷心里骄傲，想一想这段日子，热娜老师给阿里木补课，阿里木的成绩像白杨一样蹿着长高，门门都能考100分了，看来请老师专门教，是对的。

一个孩子告诉买买提爷爷，分数出来以后，阿里木被班主任叫去批评了一顿。买买提爷爷笑了，肯定是小孩子看错人了。

说话间，阿里木低着头走过来，从书包里抽出卷子，他的数学只考了

48分。买买提爷爷的脸色大变。

回到家，阿里木交代，热娜什么也没教他，只带他玩游戏。

公司里，热娜在迪丽娜尔身边晃，炫耀买买提爷爷天天让她去家吃饭，又对阿尔曼说："总是去，多不好啊，可不去，爷爷还不开心。"

热娜正嘚瑟着，买买提爷爷沉着脸走进来，看到热娜，把两份卷子拍在热娜桌上，热娜的脸色红一阵白一阵。

买买提爷爷甩下一句："以后不许再给阿里木补课了。"

爷爷气汹汹地离开，热娜浑身瘫软，下意识地看向迪丽娜尔，迪丽娜尔若无其事地送走了爷爷。

从此以后，阿尔曼和迪丽娜尔承担起辅导阿里木学习的任务。

那天，买买提爷爷在院子里刷洗他心爱的大灰驴。阿里木跑进院子，从书包里拿出卷子，那卷子上还真打了一个大大的100分，递给太爷爷。买买提爷爷定睛一看，眼睛发花，揉了揉再看，笑逐颜开。二姐阿娜尔罕凑近一看，开心地亲了一口爷爷的前额。

刀郎旅游山庄剪彩了，村民喜气洋洋。

吐尔干书记心里的五味瓶又打翻了，对阿尔曼说："小伙子厉害！脑子里面沙子一样多的金点子。痛快地把加工厂给我们艾塔克了，还留着旅游这一招！给别人一串烤肉，自己留了只烤全羊。"

阿尔曼笑嘻嘻地安慰吐尔干书记："玉古尔村农业资源不丰富，也只能多出奇招了，走点偏门。"

吐尔干书记不信这套说辞，旅游哪是偏门？是一个大大的院子大门，旅游要是搞好了，卖点枣、办两个厂子又能算个啥？对玉古尔村的刀郎旅游山庄，吐尔干书记也想参点股份。

没等阿尔曼说话，尼加提书记一口拒绝。

吐尔干书记说:"不怕再断玉古尔村的水?"

尼加提书记满不在乎说:"断啊!水断了养不了刀郎羊了,艾塔克肉制品加工厂就改行烤馕吧!"

吐尔干书记被噎得说不出话。

两人脸红脖子粗地要吵架。

阿布利孜副县长劝解说:"作为试点旅游项目,开办山庄和农家乐,先由玉古尔村来做,确实有成效了再商量合作。吐尔干书记也别吃着碗里的惦记锅里的,好好抓抓艾塔克村的加工厂业绩,也是为县域经济做贡献。"

尼加提书记说:"看好自己的馕,少惦记别人家的馕坑。"

吐尔干书记鼻子里冷哼一声,把头转向一边。尼加提书记抬头望着天,阿布利孜副县长直想笑。

宣传片拍好了,村民们聚集在院里观赏,兴奋异常,在银屏中找着自己,甚至买买提爷爷的大灰驴也神气十足地出现在画面里。大姐阿孜古丽由衷地赞叹热娜的舞姿,没有注意到一旁的迪丽娜尔。阿尔曼急忙圆场,迪丽娜尔悄悄笑起来,瞄了一眼阿尔曼,心中升起柔情蜜意。

旅游山庄的生意并不像当初想象的那么顺利。老百姓闲着还能养刀郎羊卖,公司闲着就赔本,宣传片也发了,微信微博营销也做了,客流就是上不来,得想办法加大宣传力度,早日步入正轨。

开农家乐的村民们每天聚集在村口,举着各种宣传的海报或条幅,一有人来,一哄而上,争抢客人。整日闹哄哄的,生意却不见起色。

那天,阿尔曼站在村口远远看见一辆面包车开过来,村民们纷纷亮出自家的牌子,列队欢迎,司机降下车窗,面露难色,原来是快递员停车询问去村小学的路,众人像是泄了气的皮球。

阿尔曼看在眼里,心急如焚。

他们讨论公关方案。阿尔曼联系客运系统,准备在客车车载电视上播放宣传片。迪丽娜尔回到了乌鲁木齐，联合旅行社进行合作宣传。王川负责移动端营销。

哈那提却带着耳机，看着电脑呵呵地笑，他在看综艺节目《寻找阿凡提》。阿尔曼一阵责怪。

哈那提说："别这么严肃，压力大的时候释放一下，挺好玩的，这个真人秀节目挺厉害，在搜牛网播出，累计点击量破10亿了。"

王川一声惊呼。

迪丽娜尔介绍了那个节目的情况：《寻找阿凡提》是个人型真人秀游戏，七八个嘉宾寻找阿凡提。每期，这个阿凡提都藏在一个地方，但是会声东击西地在好几处设下迷阵，让嘉宾们去闯关，最后找到阿凡提，可每次在最后阿凡提还是跑掉。下一集就是这期的最后一集了。

"他们该找到阿凡提了。你们都out了，也就迪丽娜尔还接点地气。"哈那提嘲笑道。

清晨，阳光普照大地。

阿尔曼和王川带着员工，骑着摩托，载着厚厚的宣传单，向大巴扎驶去。

巴扎上人来人往，热闹非凡。王川和阿尔曼在玉古尔村的旅游宣传牌前吆喝了半天，望着巴扎上人来人往的人群，他们发现今天人特别多，非同往常。旁边的水果商贩告诉阿尔曼，管委会通知今天必须要出摊，听说有人在这里录节目，要给巴扎做宣传。

录节目？阿尔曼十分不解，去巴扎里面闲转，忽地看到路边搭着的临时工作棚，工作人员进进出出，他们的工作服后面都印着"《寻找阿凡提》剧组"。

网上说《寻找阿凡提》在录最后一集，原来是选在了这个巴扎拍摄。阿尔曼眼睛直勾勾地盯着员工脱下扔在一边的工作服。

王川手肘碰碰阿尔曼："阿凡提不是美女，是个男人，就别打主意了。"

阿尔曼说："这节目既然那么火，都在找阿凡提，要是在玉古尔村找阿凡提呢？"

王川兴奋得满脸通红。

工作棚里走出个中年男子，一身民间智者阿凡提的装束，要去远处上厕所。阿尔曼和王川互视一眼，做了个OK的手势。趁工作人员都在棚里面忙，王川顺手将外面放的两件工作服拿走，阿尔曼抽走了一张拍摄任务卡。

阿尔曼和王川穿着印有"《寻找阿凡提》剧组"字样的工作服，站在公共厕所外面。不一会儿，阿凡提的扮演者从里面出来，看到他俩怔了一下。

阿尔曼拿着任务卡，微笑地解释说："刚才任务临时改动，剧组着急，我们就到这儿等着了。"

王川在一旁附和："最后一期了，导演组想玩个意外特别的，本来说是在巴扎这儿拍，但是想逗一下嘉宾，咱们就挪到不远的一个村子了。"

阿凡提的扮演者有些半信半疑，瞅了瞅他俩。

王川撒谎说他们是临时借调过来的"特使"，导演组要的就是这效果，想让节目更有悬念、更好玩，摄像机都没跟来。两人一唱一和，说好多商家削尖了脑袋要投广告，电视台研究，多录几期就多挣点，广告费收入一定给阿凡提分红，后面还要拍第二季、第三季。

"阿凡提"听完不禁心动，把身上的衣服一脱，顿时来了精神，进入了表演状态。阿尔曼和王川把工作服脱下来，放在一边，看到工作棚里有工作人员出来，大惊失色，喊了声"快跑！"王川和阿尔曼以迅雷不及掩耳之势，一边一个架起阿凡提的胳膊迅速逃离。

阿尔曼和王川骑着摩托，载着阿凡提，从巴扎主街穿过，驶入小路，向玉古尔村开去。

要拍戏了，两名剧组的工作人员匆匆去公厕找扮演阿凡提的演员。没人，阿凡提失踪了！

在玉古尔村，阿尔曼摆了一桌丰盛的维吾尔特色菜肴。阿凡提撕啃着烤羊腿，吃相生猛，看得王川和阿尔曼都傻眼了。一会儿，阿凡提回过神，想起旁边还有两个陌生的员工，伸伸脖子，咽了咽，刚说话，又差点噎着，忙喝了一大口茶。原来，从拍这档节目开始，他一直吃盒饭。在网络上火了之后，拍不完的广告，别说这么大个羊腿，就是肯德基的烤翅都没吃到过。到哪里都在拍！拍！拍！没有认真吃过一顿像样的饭。

一瞬间，阿凡提感到奇怪，今天剧组怎么开恩安排了这么好的地方，搁以前，哪来这么多好吃的，给个甜枣都得狠打一巴掌。

王川忙招呼人上烤鱼、烤包子。一队维吾尔族年轻漂亮的姑娘们端着精致的盘子，盛着各种各样的烤制肉食，鱼贯而出。阿凡提乐得眼睛眯成缝，一阵风卷残云。

饭桌上一片狼藉，阿凡提吃完饭，斜靠在舒适的沙发上，阿尔曼拿扇子给他扇风，王川半蹲着给他捶腿，阿凡提剔了剔牙，打了个饱嗝，非常满足。

阿凡提问："导演组又有啥损招赶紧说吧。"

阿尔曼说这期的任务就是藏好，不让任何人发现和找到。阿凡提半信半疑，这么简单？王川解释道："看似简单，但做起来有点难度，一会儿嘉宾来了，采用的'找的方式'是以前几期没玩过的，比如会来警察，但是，你演员阿凡提都不能当真，千万不能泄露身份，否则就让嘉宾们赢了这期。"

阿凡提不屑，还敢这么玩？

"真小瞧我，放心，我肯定让他们找不到！累死都找不到！"

导演嘱咐已经拍完了嘉宾，一小时后到巴扎拍摄。工作人员焦急地满世界找阿凡提。导演抓狂。这期是收官之作，嘉宾的戏已经录了大半集，全国观众明晚都等着看呢，一个大活人能跑哪儿去？

所有人作鸟兽散，开始分头找人。

哈那提、热依罕和塞日娅在网上查看《寻找阿凡提》的最新消息：据了解，网络大型真人秀节目《寻找阿凡提》发生意外，阿凡提的扮演者无故失踪，节目组已向警方报案。节目组导演对记者说，在真人秀中，阿凡提要想尽方法隐藏自己，达到让几位嘉宾无法找到的效果。但现实中的阿凡提已经将近一天一夜未能与节目组联系，这让节目组人员非常恐慌。

阿尔曼要去旅游山庄，哈那提也想去，被阿尔曼拦住，哈那提觉得阿尔曼又有点不对劲，他太熟悉阿尔曼了，只要他吞吞吐吐、沉默寡言、心神不定，就一定又要折腾什么新戏法。

阿凡提正站在刀郎旅游山庄大厅里，悠闲地看墙上壁画。哈那提走进大厅，一眼认出了阿凡提，兴奋地喊起来。阿凡提一惊，啊呀，暴露了！转身要逃，被阿尔曼拦住。

阿尔曼介绍说："哈那提是玉古尔村委会的干部，来跟阿凡提老师合影的。"说着拿过哈那提的手机，给哈那提和惊魂未定的阿凡提照相。

阿尔曼和哈那提走进办公室，赶忙关上门，迪丽娜尔和王川正在网上看关于"阿凡提"的新闻，阿尔曼邀请哈那提加入自己的团队。哈那提恍然大悟，原来阿尔曼想利用阿凡提，让全国观众在玉古尔村找他。

王川上网发了阿凡提的照片，留下他在玉古尔村的线索。

阿尔曼匆匆忙忙回家，嘱咐两个姐姐多准备些刀郎羊烤肉、馕和馓子，明天一早就到村口，迎接客人。

买买提爷爷提了一桶水，拿了把刷子又开始洗刷大灰驴，打算明天要带大灰驴一起去村口迎客。

阿凡提大口吃刀郎羊肉的照片上传到微博上，照片下面输入一行字："到玉古尔村找找看……"

正在电脑上浏览网页的副导演，突然眼睛一亮，忙叫导演。

他们赶往玉古尔村。

摄制组的大小车辆列队，打着双闪，呼啸而去。各媒体记者，挎着各式长枪短炮的相机随后跟进。

太阳缓缓升起。

村口的大树上，哈那提蹲在树杈上，拿着望远镜看到远处一列车队浩浩荡荡地行驶过来，公路上尘土飞扬。

哈那提手忙脚乱地下树，撒丫子朝村内狂奔。村里的广播喇叭突然响起，阿尔曼的声音传遍玉古尔村：村民们请注意！马上有一大批客人到来，请大家亮出自家的广告招牌，端上新鲜的牛奶，炖上刀郎羊肉，绽开最美丽的笑容，去迎接尊贵的客人。请千万要记住我们村的宣传口号：吃刀郎羊肉，听刀郎木卡姆！

阿凡提正在吃早餐，嘴里的半个油香掉了下来，呆怔住了，一定是寻找他的嘉宾和摄制组的人赶过来了，得立即撤。阿凡提匆忙跑进山庄。

迪丽娜尔拿出一套女装，交给阿凡提。

广播连续播放阿尔曼的通知，杜从军和尼加提书记不相信有大批客人来。

尼加提书记说："猎人都去森林草原上打猎呢，游客谁来戈壁滩上的玉古尔村？阿尔曼聪敏的脑袋这次被水淹了。"

村民们穿上五颜六色的鲜艳服装，捧着鲜花和果盘，急匆匆地奔向村口。

买买提爷爷的大灰驴头上戴着一朵大红花，纹丝不动地站在院子里，买买提爷爷用力拍着它的屁股，倔驴突然扬起头昂昂地叫了几声，猛地跑出院门。

村民们在村口载歌载舞，迎接车队。车队驶进村口缓缓停下来，导演从车里下来，面前欢歌笑语的村民，让他有点莫名其妙，正疑惑间，几位年轻的姑娘端着奶茶递上来。

导演更加疑惑，说："我们不是来度假的，是来找人的。"

姑娘笑着说要找的人就在玉古尔村。

摄影师们纷纷捕捉镜头，节目组的人被热情的村民们包围住了，邀请他们到自己家去，他们的情绪旋即被感染。

"我们是来寻找阿凡提的。"

一名村民热情地说："阿凡提在农家乐76号。"

导演喜出望外。

杜从军和尼加提书记也挤进人群，惊异地看着摄制组。

尼加提惊叹道："拍电视的人像石头一样从天上掉下来，阿尔曼又玩了什么把戏？"

戴着红花的大灰驴静静地看着镜头，引起了嘉宾的好奇，小心翼翼凑近到大灰驴面前，说："这头聪明的大灰驴子，你的主人阿凡提在哪儿啊？"

大灰驴昂昂地叫了两声。

买买提爷爷说："它说要找他的主人就跟它走。"

嘉宾兴高采烈跟着这头大灰驴子，他们要去探个究竟。

路上，迪丽娜尔和塞日娅挽着男扮女装的阿凡提与买买提爷爷的大灰驴擦肩而过，阿凡提看了嘉宾一眼，迅速转过头去。摄影师和嘉宾的全部注意力都在大灰驴身上，未发现阿凡提迎面而过。

导演、嘉宾和摄影师被村民簇拥着走到库吐鲁克家门口，库吐鲁克举着写有"刀郎羊肉真香"的牌子迎出来。导演命令把机器打开，录下每一个镜头。导演问见过阿凡提没有，库吐鲁克肯定地告诉导演就在他家里呢。

导演狐疑地打量着院子。库吐鲁克和妻子顷刻捧着一大盘熟羊肉走出来，妻子端着一大盘馕，招呼他们吃。

导演很生气。

库吐鲁克说吃了刀郎羊肉，阿凡提就出来了。没有见到阿凡提，却见嘉宾和摄影师一人拿了块羊肉，大口吃，吃相狼狈。导演气得拔腿就走。

导演挣脱开村民们，跑进巷子。嘉宾和摄影师在后面跟着。导演一行人在前面跑，后面村民在追，每个巷子口、每家每户都有村民端着羊肉热情地招呼他们。导演边跑边摇头，跑到小广场后，累得直喘。

大灰驴走进院子，后面跟着嘉宾和摄影师，买买提爷爷家一样没有阿凡提的影子。

这场声势浩大的"寻找阿凡提"活动在如火如荼地进行。

村民们并不知道阿凡提是不是在村里，但他们只认阿尔曼的说法，拿出最好的美食，去每个人家，那里有阿凡提，结果每个村民都不知不觉地在认真演一场大戏。

县委赵杨书记和政府阿布利孜副县长给杜从军和尼加提打电话，询问事情原委，因为网上炒作阿凡提真真实实在玉古尔村失踪了，大家都糊涂了，阿凡提是谁？又在哪里？

尼加提书记和杜从军也开始找阿凡提。看见迪丽娜尔和塞日娅扶着一个"女人"过来，那个"女人"其实就是女装打扮的阿凡提。

尼加提书记喊道："站住！"

迪丽娜尔一惊，阿凡提绝望地闭上眼睛。

尼加提书记说："那个英俊的阿凡提一直是围着姑娘的裙子转的，你俩知道他在哪儿不？"

迪丽娜尔双手一摊，问："阿凡提是谁？"

说完急忙拉着阿凡提去了村委会。最危险的地方就是最安全的地方。阿凡提褪去女式外衣,穿上原来拍戏的服装。

导演还在村里找人,一转身,发现身后摄制组的人没了,摄制组的成员都被玉古尔村的美食和歌舞迷住了。导演一时无语。一边的村民热情地邀请他去家里,导演饿了,去了村民家,吃肉喝茶。姑娘们在跳新疆舞。导演打了个饱嗝,忽然回过神来,这羊肉真是挺好吃的,现场气氛透出浓浓的南疆民族风情。

吃饱喝足,导演意识到,这样找下去,无异于大海捞针,就让摄影师打开监视器,回放在玉古尔村拍的视频。看了几遍,终于发现了蛛丝马迹:嘉宾跟着大灰驴向买买提爷爷家方向走时,迎面迪丽娜尔、塞日娅和一个"女人"一闪而过。

那个"女人"就是男扮女装的阿凡提!

各大网站和媒体都在报道,阿凡提藏到了玉古尔村,全国的网友都在关注这事。

王川和阿尔曼从巷子口走出来,迎面碰上杜从军和尼加提书记。

尼加提书记问:"阿尔曼,阿凡提是不是你藏起来的?"

阿尔曼和王川相视一笑。杜从军顿有所悟。

阿尔曼笑着说:"别急,让他们慢慢找。"

在现场,节目主持人拿着话筒说:"在《寻找阿凡提》最后一集中,我们的嘉宾们会用什么样的奇招妙想寻找到智慧诙谐的阿凡提呢?我们到本节目的最后一站 —— 玉古尔村,来寻找正确答案!"

摄像机镜头把玉古尔村尽收眼底。一场真正的寻找阿凡提活动依然在上演着。

摄制组发现了骑电动车的塞日娅,摄影师扛着摄影机跟着追,路边围观的村民们哈哈大笑。

塞日娅拄着膝盖弯腰喘气。导演一众人围上来逼住塞日娅，几部摄像机对着塞日娅，王川冲她摇了摇头。

塞日娅来了精神，大声说："不知道！知道也不说！"

躲在房间的阿凡提，推开个门缝，院外嘈杂声一片，时不时地有一队人跑过来。摄影师们还在追踪拍摄，眼看拍摄带子快没了，阿凡提的影子都没有。

阿尔曼觉得火候已到，可以揭开真相了。

王川点头哈腰地走到导演面前，导演怒气冲冲，王川费了一番口舌，说服导演跟他去找阿凡提。

"这次一定不骗你。"

打开门，一瞬间，大家却怔住了，没人！现场所有的人真慌了神。

村委会院子里灯火通明，人聚满院子。

阿尔曼站向村民们喊话："阿凡提真的不见了，现在请乡亲们配合，一起把阿凡提找出来。"

此刻，形势发生了变化，阿尔曼心里很清楚，现在不是录节目，而是真的要找到扮演阿凡提的这位演员，否则后果不堪设想。

玉古尔村成了一片光的海洋，节目组的照明灯、车灯，村民们举着的电筒、火把，连成了一片，流动在村庄的大街小巷，田间地头。

一个黑影贴着墙边溜过来，这个人就是扮演阿凡提的演员，他已经完全入戏了，一心想着不能让任何人找到他。

赵杨书记和阿布利孜副县长也来到了玉古尔村。社会上把阿凡提的失踪炒得沸沸扬扬，玉古尔村一时间成了媒体关注的焦点，节目的情趣正在发生变化。当地党政机关面临巨大压力。

赵杨书记脸色铁青，大声训斥："阿尔曼，你胆子太肥了，拿人家节目组当儿戏吗？你们把阿凡提给藏起来了，口口声声说没事，出了事就是大事。"

赵杨书记连带着把尼加提书记劈头盖脸地训了一顿。尼加提书记十分委屈，看着震怒的县领导，不敢解释。事实上，他真的什么都不知道。

阿凡提爬上买买提爷爷家的驴棚顶，看着村子里寻找他的人们乱嚷嚷的样子非常陶醉，笑得手舞足蹈，笑得正欢，突然脚下一空，身子从驴棚的豁口陷了下去。大灰驴昂昂地叫起来。

阿凡提摔下来，结结实实地坐了个屁墩，他揉着屁股，对昂昂叫着的大灰驴摆手，站起来去捂大灰驴的嘴，大灰驴一转身踹了阿凡提一脚，阿凡提惨叫一声，摔倒在地，疼得直吸冷气。

阿凡提捂着屁股，鬼鬼祟祟地走出驴棚。大灰驴再次高声昂昂地叫起来。

买买提爷爷冲上去，举起扫帚，劈头盖脸打过去："敢偷我的大灰驴！"

阿凡提急忙躲闪，嚷着说自己是阿凡提，买买提爷爷将筐扣在他脑袋上。

买买提爷爷牵着大灰驴，大喊："我抓了个偷驴的小偷。"

只见，大灰驴上坐着阿凡提，被反绑住手，脑袋上套着筐。

村民从大灰驴身上将阿凡提搀扶下来，掀去筐，只见阿凡提沾了一身土，垂头丧气地站在院子中央。

"阿凡提！"

人们一片惊呼，大灰驴昂昂地叫着，摄像机镜头赶紧对准它，所有人哈哈大笑起来。

主持人走到镜前开始讲述："观众朋友们，这次的节目充满了让人激动的戏剧性，为了找到阿凡提，我们误打误撞地来到玉古尔村，受到了村民们隆重而热情的接待，吃到了可口的刀郎羊肉，观赏了极具特色的民族风情。让所有人出乎意料的是，最后找到阿凡提的不是我们的嘉宾，而是我身后这头充满灵性的大灰驴。"

所有的摄影师都去拍大灰驴，大灰驴又昂昂地叫起来。

《寻找阿凡提》最后一期圆满结束了。

最后一期的结尾出人意料。各大门户网站都在报道玉古尔村发生的故事。新疆美食、浓郁的民族风情、漂亮宁静的美丽乡村，深深吸引着人们的目光，玉古尔村的搜索量和点击率已经超过《寻找阿凡提》了。网上源源不断发来订单，人们要来玉古尔村感受农家风情。

玉古尔村村口竖起巨大的广告牌："情醉玉古尔，探寻西部神韵"。

旅游山庄豪华迎宾马车车队和村民们农家乐的"马的"花车，满载着前来游玩的游客，嘚嘚的马蹄声传遍村庄的上空。

靠近玉古尔村的一块棉花地里，艾塔克村的吐尔干书记拿着望远镜，像做贼一样偷窥着玉古尔村的动静，看到川流不息的游客，满脸的羡慕与嫉妒。

15

　　杜从军又病倒了，不到一年的时间，他的血糖已经从原本的13.2毫摩尔/升到了18毫摩尔/升了，随时可能发生酮症酸中毒，会有生命危险。医生要求他马上住院，开了住院单。杜从军想到村里还有那么多工作，他无法放下，出了门诊，把住院单揉成一团，悄悄离开。村里的各项发展都刚开始好起来，他告诫自己得挺住。

　　眼看旅游形势大好，阿尔曼又开始犯愁了。旅游山庄的马车车队和农家乐"马的"总是为了抢客源发生矛盾，再说，都是小打小闹的农家游，日子久了，这种热闹的势头马上就可能冷清下来。

　　阿尔曼在思考：玉古尔村被美丽的原始胡杨林环绕，浩渺的塔里木河奔流不息，塔克拉玛干大沙漠一望无际。划独木舟、食烤鱼、唱刀郎木卡姆的一族刀郎人就生长在这里。旅游者可以划船涉河，穿越胡杨林，骑骆驼观沙海，可以滑沙海，赏刀郎人歌舞，住刀郎人民居，领略古老的刀郎民族风情，享受回归大自然的乐趣。一定会有越来越多的游客被刀郎人村寨的异域风情吸引。

　　阿尔曼做了一份策划书，他要推广一个更宏大的计划，建设"刀郎人村寨"。

王川皱起眉头："这和农家乐有啥区别？"

阿尔曼的想法是，以公司化运营模式，建设刀郎人村寨，把刀郎木卡姆文化资源和西域少数民族风情资源整合起来，依托塔克拉玛干沙漠和塔里木河的地域优势，打造现代化的旅游村寨。

在村寨里设五大景区：一是刀郎人民俗文化村寨区，包括刀郎人寨区、刀郎人民居点、刀郎人捕鱼区、刀郎人牧羊区、民俗展览区、餐饮区、购物区、休闲区和宾馆别墅区；二是沙漠旅游景区，包括骑骆驼观光区、沙漠徒步观光区、滑沙动力伞娱乐区、沙漠车娱乐区、沙滩排球运动区和沙疗区；三是沙雕艺术园，述说丝绸之路历史；四是沙漠植物园，包括胡杨林生态纪念园、沙漠植物园；五是塔里木河探险旅游区。

这预示着刀郎人村寨的旅游开发建设将会成为塔里木河畔的一颗耀眼的明珠，奠定南疆旅游的标志性地位。

王川一言不发，直摇头。

"有问题吗？"

"图纸没问题，你脑袋有问题。"

阿尔曼错愕，递给王川一沓资料，是关于刀郎人的历史，王川觉得阿尔曼可笑，他搞混了一件事，他是个企业经营者，又不是玉古尔村文化站站长。

阿尔曼不喜欢王川张口钱闭口镪镥（钱）的神情，浑身散发着铜臭味，赚钱也得讲点历史文化责任感，搞文化产业并不意味着不赚钱。

"赚钱的同时留住历史、弘扬文化，利在当代，功在千秋！"

王川就是不服气，只要"刀郎旅游山庄"天天客满，就已知足了。企业的根本目的就是要盈利，要盈利就要考虑投资风险和投资回报。这么大的项目，动辄几千万，投资风险大，靠收个门票十年八年都收不回本，再说，拉动玉古尔村周边经济那是政府该干的事。

"从企业经营的角度分析，这项目就不能做！"

阿尔曼说："可以找些企业投资，再让村民们一起入股分红，风险就分担了。"

王川撂下一句："反正我不干。"

做出了预算和设计平面图，阿尔曼给尼加提书记汇报，希望他能够支持，说服县政府投资。尼加提书记一听到要投资2000多万元，一声惊叫。

把项目报到政府，阿布利孜副县长就不赞同。刀郎人村寨预算太大，对于以种地养殖为生的村民们来说，是天文数字。

赵杨书记倒觉得阿尔曼的想法除了资金上投入比较大，有一定风险外，对刀郎人村寨的创意很欣赏。合作经营，以融资解决资金，村民入股，共享资源运作成果，不失为一个盘活农村资产的经营之道，也是今后做大旅游产业的一个必然方向。

县委县政府讨论后，原则上支持作为民营企业家阿尔曼，可以试一试。

阿布利孜副县长的态度很勉强。

阿尔曼马不停蹄地做宣传，不久几家曾经到过玉古尔村旅游的企业家有了合作意向。

夕阳西下，静静的玉古尔村无限美丽。

北面的天山在落霞中渐渐隐去，只有山顶的雪峰在落日下闪着暗红的光芒。东面和南面是莽莽胡杨林，塔里木河闪着银波消逝在远处的暮光之中。胡杨林延伸向西面无垠的沙漠，沙漠蜿蜒的曲线，在血色的落日里似舞动的火焰。大地一派苍茫。

阿尔曼带着自己的合作者去村庄的西北角选址。眼前辉煌的落日美景让他们心醉。

迪丽娜尔说："刀郎人村寨的事不能操之过急，应该积累些经验和财力之后再干。"

迪丽娜尔虽然支持阿尔曼的创意，但还是觉得他操之过急。阿尔曼却踌躇满志，创业就要打破常规，走别人不走的路。

王川知道以阿尔曼的倔劲，只要他下定决心了，就绝不可能再回头。

但他们两人都不支持这个项目。

目前县政府、村委会、工作组和村民们都同意建设了，资金的问题也渐渐有了着落，只剩下王川和迪丽娜尔没表态了。

阿尔曼打算把旅游山庄合并成刀郎人村寨的配套项目，作为刀郎人村寨的游客接待中心，以实物的形式投资入股。这对山庄和玉古尔村一举两得。

王川坚决反对，说："第一，我不干；第二，要干，你阿尔曼和尼加提书记把我的山庄买下。实在不行，我现在就去艾塔克村，把山庄卖给吐尔干书记。阿尔曼你只知道以村民的幌子保护自己的利益。"

阿尔曼气得不行。

吐尔干书记一听说王川要把山庄卖给他，开心地跳起来，那是他梦寐以求的好事。

尼加提书记和杜从军完全支持阿尔曼的做法，一次次的实践让他们相信阿尔曼，他为了全村百姓致富，千方百计谋发展，盐窟窿里能种出草，他的胆识和智慧不得不让人佩服。

王川说："现在支持他，就是在害他。别以为挣了点小钱就想扮老虎吃人，刀郎人村寨的设想就是个无底洞。"

听说王川要把旅游山庄卖给艾塔克村，玉古尔村炸开了锅，骂王川是叛徒，当王川走在村里，人们都投来鄙视的目光。

阿尔曼和哈那提都不相信王川会那样做，但尼加提书记和杜从军还是有些担忧。

王川去了艾塔克村，开门见山地对吐尔干书记说明来意，吐尔干书记耍起了老玩法，拐弯抹角不表态。王川不想兜圈子，起身要走，吐尔干书记急忙拦住他。

"野藤条爬过院墙长到邻居家了。"艾塔克村的人都在传，说王川去找吐尔干书记，谈妥了，要把山庄卖给他们。

听说王川和阿尔曼闹了矛盾，买买提爷爷要请年轻人吃饭，想撮合一下他们。迪丽娜尔给王川打电话，王川一口答应了。

到了吃晚饭时间，王川没来。一问，才知道，王川忙着和吐尔干书记商谈合作条款。

买买提爷爷叹着气，说："不管你们之间发生了什么，王川真是个好兄弟，活一辈子能有一个这样的兄弟都是上天的恩赐，别伤了兄弟的心。"

爷爷的话对阿尔曼触动很大。

阿尔曼主意已定，就算王川不改变主意，他也要干。受父亲的影响，阿尔曼不在乎自己能赚多少钱，被别人羡慕，享受奢华的物质生活，能帮上村民一起过上好日子才是他做人的目的。

过去，玉古尔村一直就很穷，但是村民善良，从阿尔曼父亲死后，一直到阿尔曼去上内高班之前，都是村民在帮助照顾阿尔曼，把他当成自己的孩子。每当阿尔曼想起小时候隔壁的爷爷没钱看病，躺在晦暗的破屋里等死，那种无奈和痛苦让他刻骨铭心。现在阿尔曼有能力了，能做一点事了，他觉得不帮乡里乡亲一把，就有一种深深的愧疚，像一个背信弃义的逃兵。

他的世界里有另一片天空，在那里，父亲一直在看着他的一言一行。

阿尔曼第一次把他对村民的感情和自己干事业的真正目的说给迪丽娜尔听。眼泪在迪丽娜尔眼眶里打转，她突然觉得阿尔曼是那么高大，在他身上有一种神性的东西，就是活着要先为人人。

　　"刀郎人山寨"招商引资进展顺利，这一天，玉古尔村将和两家投资公司签订战略投资协议。

　　尼加提书记穿了件西装，歪系了条黑色的领带，自己觉得别扭，心情紧张。其实，尼加提书记并不是担心能不能签成这个合同，他担心王川一旦把山庄卖给吐尔干书记，吐尔干书记就会像以前缺水一样掐着他的脖子，玉古尔村又要倒霉了。

　　阿尔曼一点都不相信王川真的会那样做。

　　尼加提书记顺利地和两个投资企业签完了合同，合影留念。

　　那边，艾塔克村也即将举行和王川的合作协议签字仪式，大红的协议书放在签字桌上，王川若有所思，内心复杂而忐忑。

　　吐尔干书记飞快地在转让协议上签字，他将协议书推到王川面前。

　　王川冲吐尔干书记笑了笑，拿起签字笔，拧开笔帽，犹豫了一下。他其实一直在等待最后的时刻，等待阿尔曼的一声召唤，虽然他不赞同阿尔曼的经营方向，但他无法放弃他们的友谊，那是他们一生的约定，生生世世都是相濡以沫的好兄弟。一旦和艾塔克签订协议，就意味着决裂和背叛。虽然自己可以重回乌鲁木齐，但那对他来说犹如舍弃了另一种生命。他想用拉艾塔克村合作的办法，让阿尔曼改变主意。他犹豫着。突然手机铃响，迪丽娜尔通知王川，尼加提书记已经签了字。

　　霎时，王川脸色巨变，一下子变得铁青。他扔下手中的签字笔，说："我对不起吐尔干书记和艾塔克村，这个合同，我不能签。"

　　知道王川未签合同的消息，杜从军和尼加提书记顿时喜笑颜开。阿尔曼却高兴不起来，他知道王川这样做，也算是他不冷静的意气之举，王川仅仅为了兄弟情谊。要知道，如果王川签了艾塔克村的合同，他可以拿回大笔投资，还有丰厚的利润。

　　王川开着车回村，目光茫然，心里升起无限的失落和颓废感。

阿尔曼骑着摩托去迎接王川，他想立刻看到他的汉族兄弟。两车在笔直的道路上即将相遇，王川的宝马车迎面驶来，丝毫没有减速。阿尔曼把摩托车停下来。宝马车开过去，离阿尔曼的摩托车越来越远。

阿尔曼猛地一加油门，摩托车迅速掉头，不断换挡加速，去追王川。离宝马车越来越近了，摩托车与宝马车并行，阿尔曼挥手喊王川，车里的王川直视远方。阿尔曼心一横，踩一脚油门，摩托车横到了王川的车前面。

王川下了车，走向阿尔曼，给了他一拳。王川打完阿尔曼，就往回走，没走两步，又反扑回来，将阿尔曼扑倒在地，两个人滚到了路基边上的浅沟里。

王川从沟里爬起来，指着阿尔曼，喊道："阿尔曼，你狠！从把我们弄到玉古尔村来干电商，你就一步步算计好了，你以为你带着村民们致富显得很伟大是吗？你是个自私的人！你在我和迪丽娜尔面前就是个自私的人！牺牲我们的利益去保护村民的利益，牺牲我们的感情来达到你的目的！"

阿尔曼的泪水夺眶而出。王川开车走了。

几天来，王川不知所措，天天去湖边钓鱼，消化一下不能平静的心情。

阿尔曼和迪丽娜尔去湖边找他。王川和迪丽娜尔点点头，没理阿尔曼。迪丽娜尔偷偷捂着嘴笑。阿尔曼穿好鱼饵，把鱼漂扔进湖里。没一会儿，阿尔曼的竿一动，拉了条大鱼上来。王川斜着看一眼，一副不屑的样子。阿尔曼又钓了一条更大的鱼，哈哈笑着把大鱼塞进鱼篓里。王川气得把鱼竿摔掉，猛一下抓住阿尔曼的鱼篓，把鱼倒进了湖里，拔腿就走，阿尔曼狂追。

他们和好如初，友谊将他们紧紧拧在一起。

阿尔曼、王川和迪丽娜尔与玉古尔村签订了玉古尔村建设刀郎人村寨三方战略投资协议。

签完字，王川没好气地把笔一扔。

热娜回家，远远地看见一辆奔驰车停在他家门口附近，凯萨站在门外不远处，屁股后面还跟着一个点头哈腰的秘书。

凯萨一身西装，头发贼亮，一副老板派头，热娜向他打了个招呼。

凯萨还有些羞涩，说："我爸爸带我来提亲。"

热娜气呼呼地进了院子。吐尔干书记和凯萨的父亲相谈甚欢。桌上放着求亲专用的馕和艾德莱斯绸。热娜生气地拿起这些东西向门外走。

热娜说："宁愿一个人放羊，也不会嫁给凯萨。"

热娜出来，将礼物砸向凯萨的头，凯萨连忙躲避，慌忙间，一屁股坐在了地上，围观的村民一阵哄笑。热娜要走，凯萨连忙拦住她。

"为了一个永远得不到的阿尔曼，不停地伤我的心。"

"阿尔曼帮村民养羊，搞旅游，干的都是为村子的大事。你开山挖玉，干着贼娃子的勾当，阿尔曼的光辉就像太阳一样，你凯萨连个手电筒都算不上！"

热娜骑着电动车走了。

尼加提书记去地里，凯萨和秘书一路小跑，跟着尼加提书记，他想投资刀郎人村寨。尼加提书记挥臂赶他，不耐烦地说："戈壁滩上的骆驼刺成不了材。干了几件事，脸都丢完了，还想投资刀郎人村寨？不揍你就不错了。"

凯萨说："都知道刀郎人村寨项目好，您是村书记，您是向着咱们自己村里人的，我们不能让外人来投资，让外人把钱给挣跑了吧？"

这话正戳中尼加提书记的痛处，他有点心动。

尼加提书记召集开会，讨论一个投资商入股的事情，投资商却迟到了，大家都在等。

王川有些不耐烦，问道："尼加提书记请了多大个腕儿？"

尼加提书记请来的投资商时间观念不强，没见其人，就给大家一个不好的印象。一会儿，凯萨西装革履地走进院子。会场的人怔住了。

凯萨一脸喜气，得意扬扬地朝大家摆摆手，一屋子的人全把头转过去，谁也不看他。

尼加提书记说："凯萨现在的事业做得很大，很有起色，涉及的领域也很广。他是玉古尔村人，一直在为玉古尔村的发展做着努力。让外面的投资公司挣钱不如让村民们自己挣嘛，我的意见让凯萨投个500万。"

一片肃静，气氛很尴尬。

王川坚决不同意，可是却左右不了会议进程。会议开得闹哄哄。

那天，狂风肆虐，电线杆倒了，杨树折了，昏天黑地。

热娜来到电商公司，公司里只有迪丽娜尔在。热娜有事找阿尔曼，只好向迪丽娜尔打听。

迪丽娜尔说："阿尔曼带大家去旅游山庄加夜班，要不你也去山庄，跟他们一起干活？"

凭什么要听迪丽娜尔使唤？

热娜把脸一扬，说："这电商公司得有个人管啊，我得做好阿尔曼哥哥的当家人。你以为只有你是阿尔曼的？"

热娜边说边向屋里走。

大风呼呼刮着，将院墙外一根木头电线杆吹得摇摇欲坠。迪丽娜尔眼看热娜有危险，直奔热娜。看见迪丽娜尔冲过来，热娜还以为她是要来打架。

热娜态度恶劣地说："你想干什么？"

迪丽娜尔喊着"危险"，冲到墙边，抓住热娜的肩膀，猛地将热娜推向院子中央，热娜踉跄着扑倒在地。木头电线杆砸到院墙上，院墙轰然倒塌，碎砖土块将迪丽娜尔半截身体埋在里面，腾起一股浓烟。

热娜看着倒塌的院墙，傻眼了，尖叫着扑上去疯狂地扒砖头，她高声喊救人，她的喊声很快被风声盖过，她慌忙拿出手机给阿尔曼打电话。

很快，来了许多村民，大家一起把昏迷的迪丽娜尔送到医院，好在迪丽娜尔没有生命危险。

王川和阿尔曼在医院一直陪护着迪丽娜尔。热娜内心歉疚，也要陪护迪丽娜尔，王川起身将热娜挡在门外，热娜哽咽着，哭成泪人。

迪丽娜尔的右脚受了伤。阿尔曼推着轮椅，陪迪丽娜尔出去透风，顺手在花坛摘了一束野花，送给她。迪丽娜尔一脸灿烂，自从受伤以后，他们俩相处的时间反而多了起来，她十分享受这些被阿尔曼照顾的日子。

热娜精心做了病号饭，还特地做了牛骨汤。到了医院，在医院的绿地上找到迪丽娜尔，迪丽娜尔见到热娜，亲切地招呼她过来，看到她怯怯的眼神，心里早没了怨气。

迪丽娜尔道了谢，喝了一口汤，味道不错。

热娜小心地说："迪丽娜尔姐姐，我想和阿尔曼单独说几句话。"

迪丽娜尔点点头。

热娜对阿尔曼说："我其实一直知道，你们的感情真是很深，但我过去一直抱着一丝幻想。对迪丽娜尔的恩情，我无法报答，我只能祝福你们，以后我也不会再爱你了。"

热娜说着说着眼泪滚落出来，扭身跑了。

阿尔曼怔在原地，看着热娜远去的背影，既有些解脱，又有些悲伤。

刀郎人村寨项目开始动工，浩浩荡荡的施工队进入玉古尔村。

县里研究决定，给玉古尔村修条旅游公路，让旅游大巴从县火车站直接开到玉古尔村来。

尽管拉到了大额的投资，但是，阿尔曼建设刀郎人村寨的主要目的还是造福玉古尔村的百姓，实现共同致富的目标。所以阿尔曼决定，实行村民自愿入股刀郎人村寨的方式，将来一并按股份分红。

村委会立刻同意了阿尔曼的想法。

尼加提书记在广播上做动员："为了实现全村致富的目标，经过村委会研究一致决定，玉古尔村刀郎人村寨可以让村民们自愿入股，拿钱就有分红，拿的多就赚的多，人人入股，人人赚钱。"

王川听到这个消息骂道："阿尔曼你真是个奇葩！刚让尼加提把凯萨这么个骗子弄进来，现在又把村民拉进来，真不知道你底气从哪儿来的，那么足。"

买买提爷爷牵着大灰驴站在街道上，听了广播，神情越来越凝重。

回到家，爷爷沉着脸，见到孙子，质问道："为什么要拉村民入伙。"

阿尔曼却踌躇满志地描绘着心中的蓝图。在买买提爷爷眼里，阿尔曼自信得像极了当年的儿子普内提。

说服不了孙子，买买提爷爷去找尼加提书记说事。

"小孩子没有走过几座桥，路那么难走，你怎么能同意让村里人入股？这完全是和当年的普内提干的事情一模一样啊！要是失败了，难道还让我失去孙子？"

买买提爷爷非常激动，尼加提书记哑口无言，不敢反驳，但他内心并不同意买买提爷爷的说法。

买买提爷爷说服不了他们，就请全村人来家里做客。他的威望是无法忽视的，他相信自己的影响力。

大家喜气洋洋，来到买买提爷爷家的院子，你一言我一语地夸阿尔曼，七嘴八舌，互相打听各家准备投多少钱入股。

买买提爷爷喝着茶，突然声如洪钟："我们家一分不投！"

欢乐的气氛顿时冷场。

买买提爷爷说："我不同意入股，大家要是还尊重我这个老头子，那就都不要入！"说完，头也不回地回了房间。

村民哗然，都六神无主。

登记入股的时候到了，连一个村民的人影都见不着，旅游山庄墙上的"大众创业，人人入股，全村致富"横幅，显得非常刺眼。

买买提爷爷骑着大灰驴来到旅游山庄，在地上铺个毯子，沏一壶茶，人端端正正地坐好。很显然，他是专门来阻止村民投资的。

尼加提书记感叹："买买提爷爷的话像大风一样，他一句话比我的手鼓还管用。"

事实证明了买买提爷爷的威望。几个村民探头探脑去山庄，看见买买提爷爷在院子里，吓得转身就跑。库吐鲁克用报纸包了一摞钱，也去山庄登记，看到买买提爷爷的背影，悄悄溜了。

阿尔曼几乎要崩溃，仰头望天。

明的不行，就另找办法。阿尔曼走家入户做村民工作，但是大家都敬着买买提爷爷，谁也不答应入股的事情。

阿尔曼去找热合曼，热合曼看到小舅子，砰地关上大门。

热合曼说："要是来劝我入股，就赶快走，让爷爷看到，我又回不成家了。"

阿尔曼小声说："有个能让你回家的办法。"

一听他这么说，热合曼赶忙把门打开，警惕地看看左右，让阿尔曼进来。阿尔曼凑近他耳朵，说了自己的想法，热合曼眼睛圆瞪，一阵欢喜。

回到家，阿尔曼装作吃不下去饭。二姐阿娜尔罕看着，心疼得直叹气，但说她没钱，要不然一定会帮助弟弟，投资入股。

阿尔曼趁机说：“其实大家伙的心里还是想入股的，只要有一个人带头违抗了爷爷的命令，大家就都能跟风入股了。这个人就是热合曼，他有钱。”

二姐阿娜尔罕不屑地撇了撇嘴，她才不会相信热合曼有钱。阿尔曼悄声告诉姐姐，热合曼有15万元，二姐阿娜尔罕的眼珠子都快蹦出来了。

阿尔曼又说：“羊娃子在外面放久了，还认得家门吗？你是不知道，镇子上的寡妇多得很呢。”

二姐阿娜尔罕一怔，心中不是滋味。阿尔曼火上浇油，说热合曼现在挣15万元不算啥，将来会挣更多，这些钱留给阿里木上大学娶媳妇多好，再把钱放他手里，说不准让寡妇给弄去了。

二姐阿娜尔罕生气地说：“我让他把钱拿出来，都入股！”

阿尔曼亲了一口姐姐的额头，说：“这就对了。”

第二天，二姐阿娜尔罕不由分说地拉着热合曼，抱着一包钱去了山庄。

头买提爷爷依然坐在院门口，热合曼怕了，二姐阿娜尔罕灵机一动，给热合曼咬了一通耳朵。

买买提爷爷闭目养神，坐在毯子上，一边的大灰驴在吃草。这时，院外面走来一头打扮得花枝招展的小母驴，大灰驴的耳朵动了动，昂昂叫了几声，向院门口走去。大姐阿孜古丽拽着母驴向远处跑，大灰驴昂昂地叫着，在后面追。买买提爷爷见大灰驴跑了，起身去追。

热合曼一阵小跑，生怕脚慢，快速交了现金。之后，热合曼把入股证明交给了二姐阿娜尔罕。

尼加提书记打趣道：“热合曼，杏花在秋天又开花了吗，俩人一起入股了？”

二姐阿娜尔罕害羞地笑，没说话，热合曼挠着头憨笑，雪莹在一边贺喜。

买买提爷爷还在追大灰驴，广播里响起阿尔曼的声音：乡亲们，好消息，热合曼和我二姐阿娜尔罕入股了15万元，想入股的，不要错过这个机会。

村民们从四面八方赶来入股，买买提爷爷大嚷大叫，企图阻止村民，但没人理会，因为他家率先投了15万元，没说服力了。

王川接到孙大海的电话，说老楚家出了大事。听到不幸的消息，王川痛苦万分，内心有一个声音告诉他，必须赶回去。

王川买了机票，当天飞回乌鲁木齐。

王川直奔医院，孙大海在等他。

孙大海说了事故的大致情况。楚国光要去进货，最近生意一直不错，就想借机会一家三口一起出去，顺路到周边玩一玩，于是全家都去了，可偏偏在路上遇到了车祸。楚月的妈妈当场身亡，楚国光依然在ICU抢救，眼看人也不行了。

楚月伤得也很严重，要动手术，没人签字，孙大海找不到楚家的亲戚朋友，只能找王川。

看到躺在床上插着呼吸机的楚月，王川心酸难过。医生说楚月的情况很严重，做手术的话也有很大的危险性，如果手术不成功，楚月就下不来手术台了。

王川去探望楚国光，老人已经奄奄一息了，昏迷中醒过来，看到王川，楚国光目光中闪出一丝光亮。楚国光颤巍巍地伸手握住他的手，嘴里不停地喃喃地念着楚月的名字。

王川泪如雨下，说："放心吧，楚叔，这辈子我会照顾楚月。"

楚国光的眼角溢出泪水，又昏迷过去。从此，再也没有醒过来。

　　楚月的情况突然恶化，要马上做手术，她身边没有别的亲人，就只能由王川来签这字。楚月近乎是植物人了。王川进行着剧烈的思想斗争，犹豫再三，拿起了笔，签了字。

　　阳光照进了病房，楚月已经是植物人了，脸色如白纸一般苍白。王川每天昏天黑地地照料楚月。王川突然有了一种责任感，虽然这个女孩和他没有一点血缘关系，没有一点感情瓜葛，但从答应楚叔要照顾她的那一天起，他就背上了一种道义的责任。虽然那种责任对于任何人来说都没有道德和法律的约束，但对于王川来说，一诺千金，这是他做人的本性。再说放弃照顾楚月，他会被良心折磨一生。再也不会有任何外来的力量改变王川的心意，他要像照顾亲人一样陪伴着楚月。这是他对自己的承诺，也是他和自己内心的约定。

　　王敬轩和王川母亲来探望楚月，看到病床上不省人事的楚月，暗暗吃惊。

　　王川母亲心疼地看着憔悴的儿子，摸摸他的头，得知楚月已经是植物人，坚决不同意儿子照顾楚月。儿子才二十出头，人生的路还长着呢，无缘无故照顾一个植物人，儿子还怎么成家找媳妇？任何一个母亲都不可能同意这件事。王敬轩建议由他出钱，把楚月送进疗养院。

　　王川说："有钱了不起啊？"

　　孙大海也试着劝说这个不讲原则的仗义小伙，依然以失败告终。

　　几天以后，王川母亲和王敬轩带着几个疗养院的医护人员匆匆来到医院，他们不能看着儿子肆意妄为。进了医院，他们却傻了眼，病房里已经空荡荡。

　　王川包了一辆依维柯救护车，把楚月拉回了玉古尔村。

　　接到王川要带个女朋友回村的电话，阿尔曼有些不解，平常都没听王川提起过这个楚月，咋就突然要把女朋友带回来了？好在，大家已经习惯了王川天马行空的做派，不管怎么说，有个人在王川身边照顾他，所有人就不用担心他胡思乱想，挂念他的陈曦了。

迪丽娜尔、阿尔曼在旅游山庄外等王川。一辆依维柯救护车在门口停下来。当车门打开时，阿尔曼和哈那提拧开了彩带筒，彩带喷出，纷纷落在王川的身上。

看到躺在担架上的楚月，人们的笑容凝固了，他们几乎无法接受眼前的事实，王川的行为让大家匪夷所思。

从此以后，王川每天回到家，照顾完楚月就自言自语地和她聊天，叙说每一天的生活过程。他企图用这种方式唤醒她，他相信自己的每一次叙说，楚月都听到了。他相信总有一天，楚月会和他一起会心一笑，他等待着那一天。

刀郎人村寨的建设在加紧进行，可是资金还是跟不上。凯萨的500万元还没有着落，人也消失得无影无踪。大家心里有一种不祥的预感：凯萨就是个骗子。尼加提书记对凯萨还抱着幻想，刀郎人村寨是关系到整个玉古尔村的荣耀问题，凯萨也是村里的能人，他该有这个分寸。

尼加提书记找来凯萨，问到资金的事情，凯萨面露难色，吞吞吐吐。尼加提书记限定他三天内把钱打到公司账上。

每天都有债主找阿尔曼，公司已经拖欠了大量工程款。因为发不出工资，工地上的工人已经闹起来了。

当务之急，阿尔曼要找到凯萨，只有资金到位，才能开展下一步的建设。

阿尔曼赶到玉石矿区找凯萨，没想到工人也在找他，原来他欠着一大笔挖玉工人的工钱。阿尔曼了解到，这个所谓的玉矿就是个破土坑，凯萨花钱买下后，才知道自己被人骗了。

阿尔曼判断凯萨一定是藏在乡里，凯萨恋家，只要他没钱的时候，就在村子里混。

阿尔曼说："只要凯萨还在乡里，就能把他找出来。"

王川说："又使美人计？阿尔曼你也够缺德了。"

阿尔曼苦笑一下，在他心里，一切手段都是解决问题的方法，他要的是结果，他依旧去找了热娜。

热娜按照阿尔曼的安排，约了凯萨。凯萨一接到热娜的短信，大脑就失去了思维，买了一束玫瑰花去学校。王川的宝马车突然开过来，凯萨想跑，被热娜伸手抓住。

王川把凯萨塞进车里，拽着他到了村委会，阿尔曼掏出一沓凯萨写给挖玉民工的欠条复印件。尼加提书记看过，脸色乌黑，抓起那些纸片扔向凯萨的脸。

凯萨吓得战战兢兢。

尼加提书记气得浑身颤抖，拍桌子骂道："我把头骡子看成马了。"

尼加提书记现场开会，解除了和凯萨的合同。

凯萨恨恨地说："阿尔曼、王川你两个算计我，我会让你们后悔的。"

尼加提书记一脚踢在凯萨的屁股上，说道："做错事还嘴硬，滚！"

16

解决了凯萨的事情，大家自然都很高兴。可投资的事情还是没有着落，那么大的一笔款项，牵动着所有人的心。

杜从军的工作组和阿尔曼一起，四处招商引资，谈了一家又一家，始终没有眉目。

屋漏偏逢连夜雨，原来和玉古尔村合作的玉田公司和佐生公司分别发函，考虑到经济形势的变化，旅游市场萎缩，他们的第二笔投资需要延期。

杜从军心急如焚，可偏偏身体又出了状况，而当前最重要的事是刀郎人村寨建设。杜从军强忍病痛，把住院的事情一拖再拖。工作组成员热依罕看在眼里，急在心头，每天都在劝组长赶紧住院。说多了，杜从军非常不耐烦，热依罕异常焦虑，总有一种不踏实的感觉。

王川和阿尔曼去了玉田公司总部，想搞清楚他们不想合作的原因。到了玉田公司，工作人员知道他们是刀郎人村寨项目的，直接拒绝他们去见老总。阿尔曼只好在接待厅等，瞅准工作人员上卫生间的机会，闯进了公司程总的办公室。

程总非常不耐烦，说了一堆理由，就是不再看好刀郎人村寨的建设项目，决定只维持第一期的投资规模，不再继续后期投资。

王川极度愤怒，程总一副爱莫能助的样子，起身送客。

阿尔曼面色铁青，回了公司。一进门，又接到另一个合作伙伴佐生公司解除刀郎人村寨合作协议的传真。

两家占大头的投资公司都撤了，前途一片渺茫，一种抑郁的气氛盘在旅游山庄的上空。

尼加提书记对要不要干下去，产生了怀疑。

王川考虑的已不是干不干的问题，而是进行善后的问题。资金链断了，意味着投资失败，最现实的办法是先给工人们发工资，再把村民们的投资分期分批退还回去。确保无人闹事，社会面不出问题。

王川说："2000万，指望谁出这钱？村委会？在座的各位？还是指望村民？说句不好听的，把整个玉古尔村一锅端卖了，值2000万吗？万一闹出了乱子，谁担当得起？"

尼加提书记被王川说服了。

阿尔曼坚定地说："不！这个项目一定要干下去！投资没了，可以再去找，办法总是人想的。干，不一定成；放弃，一定会失败。"

众人惊愕，觉得阿尔曼一点都不理智，事情已经到了这个节骨眼上，还是一副大义凛然、飞蛾扑火的姿态。

唯独杜从军的眼中闪出了不一样的光芒。杜从军找过专家对刀郎人村寨的项目做过详细评估，他知道这个项目是一个必将彻底使玉古尔村摆脱贫穷的大手笔。两个合作者不再继续投资的根本原因不是项目的回报率不高的问题，而是在新疆大气候下的各种社会原因，不愿意在南疆投资的问题，目前新疆整个旅游产业都走到了一个低谷，但这种社会现象会随着社会稳定的局势向好而自然解决。因此，刀郎人村寨的建设一时遇到的资金问题只是暂时的，许多人只是被眼前的困难吓倒，从而产生了消极情绪。

一旦放弃，不但前功尽弃，而且因此带来的各种问题比现在要麻烦得多。只有百折不挠，把项目建设成功，才是解决问题的根本出路。

杜从军表明了自己的态度。

王川气愤地走了。

回到宿舍，杜从军体力不支，一身虚汗，他在床上躺了一会儿，从枕头旁边拿出医疗包，取出针管，给自己的腹部打了一针胰岛素，然后费力地脱下鞋子。他的脚肿胀得变了形，右脚有　处溃烂的伤口，他从衣兜里翻出一条创可贴，贴到溃烂处。他的病已经很重了，这种脚跟溃烂的毛病，常年以来，反反复复发作，他已经习以为常，这次仍然没有引起他的重视。

青草萋萋，原来的盐碱荒地，已是一片绿色。

阿尔曼和迪丽娜尔安静地望着这片青草地。在盐碱地上种出草，是阿尔曼当初坚持的结果。勃勃生机的小草让阿尔曼自信，他从那些顽强的生命里，看到自己不屈的力量，任何困难都打不倒他无往不胜的勇气。

迪丽娜尔不希望阿尔曼再坚持下去，刀郎人村寨的投资不比电商，也不是在盐碱地上种草。刀郎人村寨已不是阿尔曼一个人的事，它关系着太多人的利益了。她希望阿尔曼知难而退。

迪丽娜尔嗔怪道："阿尔曼，后续资金跟不上，最后成了烂尾工程怎么办？电商公司好不容易开拓出市场，要把它也拖垮吗？"

阿尔曼说："问题不像你们想象的那么艰巨，我会想尽办法找到投资。"

迪丽娜尔说："你要理解王川。你的所有想法都是为了村民，但王川的所有想法都是为了你阿尔曼。"

阿尔曼摇摇头，说："有时候真是孤独，你们为什么只在半山腰看这个世界？"

阿尔曼想和王川认真交流一下，去了旅游山庄找他。阿尔曼在山庄门口踱步，王川开车过来，缓缓停住，但迟迟不下车。阿尔曼敲了敲车窗。

窗玻璃缓缓滑下来，王川眼望前方，并不理睬阿尔曼。阿尔曼把王川拉下来。

"我请你吃烤肉。"

夜色下的湖畔，燃起篝火，阿尔曼架上烤炉，空气中飘散着烤肉的香味。阿尔曼拿起一瓶啤酒和王川的啤酒瓶碰一下。王川兴味索然，咀嚼烤肉。阿尔曼将瓶中酒一饮而尽。

王川的手机铃不时地响，都是索要工程和材料欠款的电话。王川不耐烦了，说："找阿尔曼要去。"

王川索性挂了电话。

他们剧烈争吵。王川坚持要阿尔曼把项目停掉，他一秒钟都不想坚持。阿尔曼让他给自己点时间，跑完融资，再决定干还是不干。

整个晚上，谁也没有说服谁。

第二天，尼加提书记和杜从军商量后，决定召开一个专题会议，邀请了刀郎人村寨建设组成员和村民代表就刀郎人村寨建设是否继续进行讨论，最后要按照少数服从多数的原则，投票表决。

有人问尼加提书记，要是工程停下来了，村民投资的钱能不能还回来？

王川带头表态，他认为，刀郎人村寨从一开始就是一个规模过于庞大的项目，玉古尔村就像小马拉大车，吃不住劲。搞旅游山庄、农家乐之所以成功，是因地制宜，符合实际。而刀郎人村寨建设出现那么多问题，不是偶然的，是大家驾驭不住这么大的机器。现在停工，损失还不大。越往后，窟窿越大。

大家非常认可王川的观点，全场呈现出一边倒的势态。

面对迎面而来的强大反对力量，杜从军感受到了村民带给阿尔曼的巨大压力,他必须阻止这股力量。杜从军首先表示他支持继续建设刀郎人村寨的决心。

杜从军给大家讲了一个军人当年剿匪的战斗故事。

新中国成立初期,帕米尔高原上有一伙残匪被解放军围剿得无处藏身,要翻过高原逃亡国外,个个是狗急跳墙的亡命之徒。有个军人所在的侦察连奉命侦察,终于摸到了匪窝。匪徒多达200余人,正准备出逃。而这支侦察小队只有7个人,怎么办?恰恰小分队的电台又坏了,如果等待增援,得三天时间,到那个时候,这伙匪徒早就逃之夭夭了。最后那个军人决定,派一个人回去报信,剩下的6个人全力拖住匪徒阻其出逃。没有口粮,武器弹药也有限,要拖住200多个全副武装的悍匪三天,可能吗?但是,他们做到了。

故事讲完了,众人一片惊叹。阿尔曼明白了杜从军的用意,眼神中透露出感激之情。

杜从军说:"那个军人就是我父亲,他们坚信一个简单的道理:坚持到底就是胜利!为了一个必胜的信念,只有坚持,奇迹就能发生!"

杜从军讲的故事,启发了在场的人们去思考。为了国家的安宁,杜从军的父亲带领6个人用生命来坚持!刀郎人村寨的项目,仅仅是刚刚开始,因为几个不明真相的公司撤了资,就吓破了胆闻风而逃,就不战而败。何况,刀郎人村寨是阿尔曼经过市场调查酝酿了很久的项目,这个项目符合当地经济发展的方向,应该能够经得起考验。

只有坚持,才能胜利!

尼加提书记叫大家举手表决,同意的和不同意的各占20票。

尼加提书记奇怪,说:"怎么进来的羊和出去的羊一样多?"

王川提醒尼加提书记,他自己还没有投票,大家笑起来。

所有人的目光都投向尼加提书记,尼加提书记有些不知所措,一阵紧张思索，他缓缓举起了手，说："我 …… 我 …… 我就是剿匪的解放军。我同意项目继续建设下去。"

全场的气氛一下子活跃起来，好似压在人们心头的巨石一下子落了地。只有王川非常愤怒，双手握拳捶了一下桌面。王川知道，他已经无法改变表决的结果，起身走了。

刀郎人村寨建设得以继续。阿尔曼又开始四处筹资，还是到处碰壁，他决定去县里试试。

赵杨书记听完汇报，说："现在的形势严峻，是不是一定还要坚持做下去？"

尼加提书记说："村委班子和'访惠聚'工作组反复开过会，决心还是继续建设。"

赵杨书记思考着，投资方都撤了，2000万还没有眉目，还有没有必要坚持干下去。

"你们的依据是什么呢？"

阿尔曼说："决心！现在的外部条件很不好，但并不代表各方利好就能把事情干好，一件事的成功与失败，往往不在于掌握了多少筹码，而在于决心有多大。"

好一个决心！要是换一个毛头小伙子跟赵杨谈决心，赵杨一定会敲他的脑瓜子让他回去多读几年书，但阿尔曼的决心算是让赵杨见识了。

"需要县委县政府做什么？"

阿尔曼直言不讳地说："投资！"

赵杨哈哈大笑了起来，阿尔曼的说法过于直接，县委县政府又不是金库，也不是财神爷，需要解决的实际困难还很多，可阿尔曼就直通通要钱。

赵杨书记说："好！为了你的决心，我拿出100万支持你们。"

　　能得到县委书记的支持，大家非常意外。这说明除了决心之外，建设刀郎人村寨的方向是正确的。

　　刀郎人村寨施工现场一片安静，只有几个留守的工人在玩扑克。工头看见王川和迪丽娜尔，张口就要材料款和工资。

　　王川没好气地说："趁早卷铺盖走人，该找活儿找活儿，该回家回家，工钱慢慢会给，材料的钱可就没谱喽。"

　　王川的话让迪丽娜尔听着刺耳，而眼前的情况的确举步维艰。

　　村民们挤在村委会门口，向尼加提书记讨要入股的份子钱。村民想退，出不来，想入股，也进不去。尼加提书记面对村民无言以对。

　　买买提爷爷早已听村里人说刀郎人村寨撑不下去了，大家凑的钱都不见了，全村人都在围堵阿尔曼。阿尔曼一下子从百姓心中的英雄变成了让人讨厌的人，他走到哪里都有人去讨债。阿尔曼一时间焦头烂额。

　　村里的社情民意极不平静，让杜从军感到了一种无形的压力，身体状况非常不好。杜从军正在劝导村民，心火上攻，晕倒在现场，吓得热依罕大叫，扶着他回了宿舍。待哈那提和热依罕出去，杜从军撩开了裤管，腿部的溃烂更严重了，他从包里取出纱布，将腿缠好。

　　热依罕非常担心组长的健康状况，从杜从军房间的窗前偷偷望去，她看到杜从军正在缠纱布。热依罕推门进来，看了看杜从军的伤腿，泪流满面，她一边帮杜从军包裹伤腿，一边催促他住院治疗。

　　村里的状况乱成一锅粥，杜从军担心发生意外，必须渡过这段难关，待一切正常以后，他才能安安心心地离开一段时间。杜从军命令热依罕不准把他的病情说出去，他打算等解决了资金问题，刀郎人村寨的项目再次上马以后，再回乌鲁木齐治病。

　　热依罕流着泪，无奈地点头答应。

　　迪丽娜尔和阿尔曼回到乌鲁木齐，都在四处筹集资金。

迪丽娜尔去了一家投资公司，老板把她的资料扔在桌子上，一脸不屑，原来阿尔曼前脚刚离开这里。市场不好，在这种环境下，没有人愿意出手投资。

迪丽娜尔失望地从一家投资公司出来，看见阿尔曼坐在路边花坛边上大口地吃着干馕。阿尔曼头发蓬乱，面容憔悴，衣服皱巴巴、脏兮兮，乍一看上去活像个盲流。

迪丽娜尔的泪水夺眶而出，酸楚充塞心头。阿尔曼看见迪丽娜尔，一脸灿烂地笑起来。

迪丽娜尔想起了她在乌鲁木齐的老东家，和阿尔曼商量，她要去乌鲁木齐找塔伊尔江求助，把她的"大美锦疆"盘出去。阿尔曼不愿看着因为自己把迪丽娜尔也逼到绝路，但迪丽娜尔决心已定。

虽然他们那段情感纠葛复杂，迪丽娜尔再不愿意见到塔伊尔江，但已经到了山穷水尽的时候，腼腆的她，还是给他打了电话。塔伊尔江有点激动，满口答应："你飞到哪里累了，我都会是你的高枝。"他依然情深意切。

迪丽娜尔和塔伊尔江派来的孙总谈好了一切。

一个星期过去了，资金还是没到位。几十名工人在工头的带领下，纷纷带着行李来到电商公司，一字排开坐在墙根下，一副天将绝人，你必救我的架势。

这天也是阿尔曼答应发工钱的日子，民工见不到钱，誓不罢休。

大小领导火急火燎地赶到现场。

王川看见工人们讨要薪水，这种情况早已在他的意料中，没怎么当回事。

王川对工头说："差多少钱，都报上来，先把工资结算了，然后签个解约协议，将欠的工程款写个还款计划，工人们先踏踏实实地回家，有村委会的合同在，怕啥？有钱了再还。"

杜从军听王川的话，不是积极解决问题的办法，打断了他的话，说："这么大的工程，哪能说撂下就撂下？"

王川问他咋解决？杜从军被问得哑口无言。

看到满不在乎的王川，工人们压抑已久的情绪爆发了，把王川围得水泄不通。一些情绪激动的人趁机打了王川一顿黑拳，把他的鼻子打出了血。尼加提书记和村委员纷纷劝阻。杜从军已力不从心，虚弱地靠在门廊的柱子上，满头虚汗，直喘粗气。

阿尔曼到了村里。他已经答应过工人今天解决问题，虽然没有筹到钱，但总得有个交代。他风尘仆仆地赶到现场。

阿尔曼把去乌鲁木齐融资的情况给现场的工人们说了，他已经找到了几家有投资意向的公司，双方商定，投资公司将对刀郎人村寨项目进行评估，后期发展很快会有眉目。

工人们愤怒的情绪又燃烧起来，他们只想要钱，阿尔曼绕这么大弯子，远水解不了近渴，总之，还是拿不上钱。工人们群情激昂，开始对阿尔曼推推搡搡。王川冲上去，拼命护着阿尔曼。

那边，迪丽娜尔和孙总谈妥并购合同，因为这辆车也是资产并购的一部分，他得把迪丽娜尔送回去，然后再把车开回去。孙总开车送迪丽娜尔回到玉古尔村。

迪丽娜尔焦虑万分，她知道今天这个日子，是阿尔曼答应兑现工人和村民现金的日子，她必须一刻不停地向回赶。她和孙总换着开车，终于赶到村里。看到眼前黑压压的人群，迪丽娜尔知道了问题的严重性，她迫不及待地冲进去，将装满钱的旅行包塞给阿尔曼。

迪丽娜尔大喊："资金到了，现在就发工钱。"

人们安静下来。

阿尔曼打开旅游包，里面装了满满一兜百元大钞，王川张大了嘴巴盯着迪丽娜尔。

迪丽娜尔将手里的车钥匙晃了一下，交给孙总，说："所有的手续都在车里。"

孙总接过钥匙，开车走了。

王川盯着迪丽娜尔，说："你把我们的公司卖了？"

迪丽娜尔说："既然改变不了阿尔曼，那就由他干吧。"

王川怒不可遏，那公司里有他10%的股份，一直指望等阿尔曼破产了，他们还有那个公司作为退路，现在让阿尔曼搅得鸡飞蛋打了。

工人们拿到了工钱，一场群访风波迅速平息。

每次王川和阿尔曼闹矛盾，迪丽娜尔心里就非常难过，他们的友谊牢不可破，但是阿尔曼为了事业，总是先把友谊放下。王川每次都在坚持己见和维护友谊的矛盾中挣扎，他不能放弃友谊，但对事物也有自己的独立见解，当他觉得阿尔曼像超人一样违背了规律，他总是第一个站出来反对。他们总是在理智中碰撞，又在友谊中妥协，他们就像一块磁铁的两极，看似混元一体，其实又各自坚守位置。

迪丽娜尔找不到王川，去了楚月的宿舍，敲门，敲了许久，依然没人回应，快快而归。

王川在屋里，听到敲门声，却把耳机戴上，放歌，一只塞进自己的耳朵里，另一只塞在楚月的耳朵里，两人一起听着音乐。王川知道虽然楚月昏昏欲睡，不能言语，但一定和自己驰骋在另一个音乐的世界里。

王川从楚月房间出来，去食堂拿吃的，迪丽娜尔站在门口等他。

在迪丽娜尔看来，其实王川的想法比较实际，而且不失为正确的选择，但是王川忽略了一个问题，阿尔曼要为村民大众而奋斗，他看准的事情，没有人能拦得住他，因为他心里装着大家，他背后站着群众。而王川看到的只是阿尔曼近乎自私的无以复加的不顾一切。

王川无话，在食堂，忙活着盛稀粥。

迪丽娜尔说："既然都知道拉不住他，为啥不助力推他一把呢？或许就是这一把力，他就过去了！"

王川不屑地哼了一声。

"阿尔曼是我爱的人，是你的兄弟，他的压力太大了，没人相信他，他那么痛苦，我们应该站出来，保护他，跟随他，让阿尔曼感觉到一点温暖。"

王川微微有些动容，但立刻抑制住激动，端起粥碗走了。看着王川的背影，迪丽娜尔更加忧虑。

阿尔曼痛心无比，他觉得自己是那么孤单，一瞬间，他感到太累了，甚至怀疑自己是不是错了。

阿尔曼来到胡杨林，坐在树下，静静地梳理纷乱的头绪，心情沉重。忽然，听到了一阵脚步声，一看，竟然是王川，这让阿尔曼非常意外。

王川虎着脸，说："我不是来和解的，你也不要一条道走到黑，别再随便打包票了，我们商量一个解决的办法。"

阿尔曼不打算跟他争执，沉默了一下，听他说。

王川让阿尔曼缩减预算，缩小项目规模。

阿尔曼摇了摇头。

王川气急败坏，说："阿尔曼吃点人间烟火吧，这是最后的机会！"

王川愤而离去。

第二天，村里继续开会商量刀郎人村寨的建设问题，人都到齐了，王川始终没有出现。阿尔曼和王川俩兄弟之间的矛盾，暴露在所有人面前。

阿尔曼用手不停地搓着头发，情绪低落，一言不发。

公司账上只剩下够两天的周转资金。一直以来，公司上上下下都在奔波着融资，除了县委县政府的100万，其他都是村民自己掏的股本金。

几天前的工人群访、打人，事情闹得不小，是迪丽娜尔把旅行社和车盘出去，才勉强维持到现在，越往后走，希望似乎越渺茫。

阿尔曼没有更好的解决办法，他能做的就是坚持再坚持。可是这种坚持什么时候是个头呢？

大家议了半天，理不出头绪。

阿尔曼去找王川，叩了几声门，没有回音。

王川在给楚月修剪指甲，任门外的人敲，好似没听见。

阿尔曼知道王川在里面，站在楼下喊，有些歇斯底里。迪丽娜尔默默地站在远处，看着眼前的一切。

阿尔曼嗓子沙哑地说："王川！我知道你为我好！我心领了！你记着！不管今后怎么样，你永远是我阿尔曼的兄弟！"

王川望着楚月无动于衷的面容，听着阿尔曼悲苦的呼唤，伏在楚月的床头，痛哭流涕。

家里，失去了往日的欢声笑语。买买提爷爷吃过饭，就沉着脸，回了自己的房间。

这些日子，买买提爷爷心情郁闷。阿尔曼的公司资不抵债的消息四处传播，村里风言风语。爷爷常常把自己关在屋里，唱上一阵刀郎木卡姆。悲凉的长调，听得茹仙奶奶整天泪流满面。

奶奶对阿尔曼说："好孩子，劝劝爷爷吧，坏心情就是鲜花上浇开水，万一人有点啥事可咋办。"

阿尔曼推门进了爷爷房间，爷爷正在以手拭泪，阿尔曼心里一阵难过，蹲下，轻轻握住爷爷的手。

买买提爷爷讲起了自己的往事。

买买提爷爷小时候，爸爸妈妈死得早，他是家里的老大，他活着的目的非常简单：不管怎么样，要把弟弟妹妹们带大，一家子平平安安的，他就知足了！后来，爷爷的弟弟妹妹们都结婚成家了，他又抱着这样的想法养育子孙。可是儿子普内提却超越了自己父亲的想法，偏偏把自己的前途命运和全村的村民绑在一起，结果英年早逝。如今自己的孙子，更是比他父亲当年走得更远，完全把村里人当成了自己一家人，可是孙子所做的不被村民理解，却把冷嘲热讽带回了家里。

家人健康平安就是买买提爷爷最朴实、最伟大的人生信条。爷爷始终不明白孙子是怎么想的，明明就是一只麻雀，为什么要去充当一只雄鹰。

买买提爷爷擦去两行老泪，捶捶胸口，惆怅地看着孙子，他不知道自己想要表达的，自己的孙子听懂没有。

第二个月的工资又要发了，没有领上钱的工人们，干脆去工地要把建筑材料搬走。迪丽娜尔和阿尔曼去拦车，几个工人对阿尔曼和迪丽娜尔推推搡搡。

王川和哈那提带着员工冲过来。

王川拿起一块砖头，砸在拉材料的汽车玻璃上，挡风玻璃粉碎。

王川凶巴巴地吼起来。几个月以来，工人们经常为了工资的事情和王川打交道，王川脾气大、心眼好、功夫也好，日子久了，在工人面前既有威严，又有威信。虽然，工人敢和阿尔曼拉扯，但见了王川还是服软。他们又和阿尔曼谈了条件，阿尔曼签了承诺书。

一场剑拔弩张的冲突，暂时平息下来。

村里发生的一次次群访案件，打破了村里往昔的宁静。杜从军面临两难的选择，要么动员阿尔曼放弃刀郎人村寨的建设，要么帮助他融资到位。杜从军思前想后，选择支持阿尔曼，眼前这一点困难看似一座大山，其实从长远看，阿尔曼的判断和做法都是正确的，只是普通人犹如一个近视眼的人，而阿尔曼的智慧却让他仿佛时时站在高处，好似拿着望远镜，把远方的地形看得一清二楚。

杜从军马不停蹄地赶路，他去了塔河市，那里有几个和他交情很深的企业家朋友，为了刀郎人村寨的建设，他顾不了那么多了，他要拉下老脸，动员朋友参与投资。

走在街上，他突感不适，在树荫下找了一个凳子，坐了下来，从包里拿出药就着矿泉水吃了下去。眼前是一个停车场，他和自己的战友约好在这里见面。

一辆豪车停在了杜从军身边的空位，车窗落下来，露出一张中年男人的大胖脸。一个胖子走下车，喜笑颜开地向杜从军冲过来，握住杜从军的手。

"杜处长啊，老杜啊，早听说你来了温水县，一直想着去看你，能在这里见你，真是奇迹和缘分。"

这个胖子的外号就叫"小胖子"，以前和杜从军一个部队、一个班。一次手榴弹科目实训，"小胖子"平时乐乐呵呵，可一旦拉开导火索，手抖得无力，冒烟的手榴弹扔出几米，杜从军眼疾手快，把"小胖子"扑倒在避弹坑里，两个人同时捡了条命，从此成了生死之交。只是这几年，"小胖子"在塔河市做生意，全国各地到处飞，杜从军又是公务员，彼此来往少了。两个人有三年没见了。

没聊几句，杜从军就谈到了刀郎人村寨。

"小胖子"早都听说了他们的项目，各大媒体炒得沸沸扬扬，杜从军说来找他谈个事情，他就有了思想准备。

"小胖子"说："项目是好项目，就是开始架构没搭好，今后还是有发展前景。你还是再想想，都已经快退休的人了，别把自己也给搭进去了。"

杜从军尴尬地笑着，掏出一半的资料又放了回去。

"小胖子"问也没问，让身边的副手现场拿出一个投资承诺书。

"昨天，你谈起这个项目，我就明白了你的想法，我们公司连夜讨论了一下，起草了合同，你看合不合适？"

杜从军接过合同，激动万分，"小胖子"为了支持自己，决定投资200万入股。杜从军连连点头，"小胖子"拿出一张200万的支票交到杜从军手里。

杜从军有一种做梦的感觉，他其实并不抱什么希望，只是病急乱投医。没想到，几十年的友谊，却以这种方式表达出来。杜从军自己就是再困难，孩子结婚买房、自己买集资房，都没有向挚友提到过借钱，那是因为他觉得作为党员干部开不了口，而且作为朋友也开不了口。可如今开口了，"小胖子"却毫不犹豫地倾囊相助。

看着发呆的老朋友，"小胖子"说："杜哥你放心，我是投资，又不是送你，就是刀郎人村寨全赔光了，这个项目我也照样投。我能活到今天，还不都是因为你，我的命，200万打不住哟。"

又寒暄了几句，杜从军谢绝了"小胖子"接风的邀请，他们依依惜别。杜从军急着要赶回去，他的心早已飞到玉古尔村去了。

来了一辆公交车，杜从军加快了脚步，但是走着走着，一阵剧痛，他伸出胳膊胡乱地摸着什么，突然眼前一黑，倒在了地上。

听到杜从军发病的消息，王川开车载着阿尔曼、尼加提书记和哈那提去了市医院。

医生告诉他们，杜从军是糖尿病引发的多处器官衰竭，情况非常不好，用药基本起不了作用，医院能做的也只是尽量帮病人减少痛苦。医生让他们做最坏的准备。

简直是晴天霹雳，这怎么可能，都知道杜从军组长有糖尿病，可也不至于一下子就要走了。

杜从军被送进了ICU病房。透过探视窗口，大家看到他脸色苍白，格外消瘦，眼睛深凹，鼻子嘴上扣着氧气罩，全身插满管子，症况非常严重。

杜从军偶尔从昏迷中清醒，他让护士把阿尔曼、王川和哈那提请进病房。

杜从军费力地抓住阿尔曼的手，声音微弱地说："里面有支票，稳定、发展要两不误，别让工人们闹出大事，建设好刀郎人村寨。"

杜从军拉过阿尔曼、王川和哈那提的手，将他们的手放到了一起，断断续续地说："兄弟同心，其利断金！"

杜从军似乎用完了最后一股力气，又昏迷过去。当天晚上，心跳监测仪的声音变成了刺耳的报警声。

大地流泪，天空悲鸣。

追悼会那天，玉古尔村人都来了。村民们无限悲伤，低声哭泣，他们不相信，这个朴实而坚强的老共产党员就这样默默走了。工作组来了，他们走家入户，帮贫扶困，一个个老百姓仿佛就是他们的家人。村民们从他们的身上懂得了许多人生的道理。老人们说毛泽东的干部回来了，年轻人说共产党的工作组来了。他们在杜从军的身上看到了什么是爱民如子，什么是无私奉献，什么是为了人民的利益牺牲一切。更让村民难以忘却的是他们那种能力和作风，他们支持阿尔曼带领群众致富奔小康，当阿尔曼的投资遇到困难，他们又全力支持，他们把刀郎人村寨建设作为帮助村民脱贫致富、解决玉古尔村发展的光明之路。就这样，杜从军组长呕心沥血，倒在了他为之操劳的土地上，倒在了他为之奋斗的岗位上。

王川神情悲愤，指着阿尔曼："你不觉得心中有愧吗？"

杜从军的妻子呆滞地盯着眼前永久睡去的丈夫，她挣脱开赵杨书记和哈那提的搀扶，扑倒在棺椁前，她要最后抚摸一次杜从军那常常挂满笑容的脸，然而却被厚厚的玻璃无情地隔绝。

众人纷纷落泪。

绘画：周尊圣

　　回到村里，阿尔曼万分愧疚，在杜从军的妻子面前低头流泪。杜从军的妻子颤抖着从衣服里兜掏出一块用别针别好的手绢包，打开，里面是一张银行卡。

　　杜从军的妻子说："那是老杜生前曾经交代给你，留给刀郎人村寨建设的存款。"

　　阿尔曼犹犹豫豫地接过来。

　　王川哭着吼道："阿尔曼你还不知道悬崖勒马，这不是坚韧，更不是执着，根本就是你不能接受失败、面对失败，你这个懦夫！"

　　阿尔曼哽咽着说："刀郎人村寨走到今天，错都在我。但就这样退缩不干了吗？这不是杜从军组长要的结果，也不是玉古尔村全体村民希望看到的结果，现在撤了，杜组长不就白白去世了吗？只有把刀郎人村寨建成，才是杜组长最最想看到的。"

　　王川伸手打了阿尔曼一拳。

　　"骂不醒你，就打醒你。"

　　阿尔曼痛苦不已。

　　王川说："我们的兄弟情谊完了。"转身走了。

　　王川回宿舍打好行李，坐在楚月的床边，伸手轻轻抚摸着她的脸。

　　"楚月，我们回家。"

　　一辆依维柯救护车停在山庄门外，楚月被抬上了车。

　　王川和大家告别，突然上前，抱住迪丽娜尔，他再也抑制不住痛苦和矛盾的心情，伏在迪丽娜尔肩上呜呜哭起来。

　　王川走了。

　　迪丽娜尔痛哭失声。

　　阿尔曼站在人群之外，泪流满面。

　　送走王川，迪丽娜尔忽然发现肩包上有一个信封冒出一角。她疑惑地打开，里面是一封信函和一把宝马车钥匙。

王川的字歪歪扭扭。人们已经几乎不用笔写字了，电脑已经降低了人们对文字的审美要求。

王川在信中写道："迪丽娜尔，把车卖了，关键时候能应应急，拉不住阿尔曼，就推他一把，我只有这么大力气了。"

迪丽娜尔把信给了阿尔曼，阿尔曼站在墙边，用头咚咚地撞墙。迪丽娜尔哭喊着，拉住疯狂的阿尔曼。

杜从军去世了，王川走了。这一切变故对阿尔曼来说犹如晴天霹雳，打击太大，他把自己关进屋子里，三天没有出门。

一家人为他担忧，茹仙奶奶天天以泪洗面。

买买提爷爷说："自家的儿子娃娃，石头都打不倒，他自己会站起来。"

尼加提书记听说阿尔曼的状况，心里着急，羊在圈里关三天都会咬人，阿尔曼再不出门，脑子会坏的。尼加提书记使劲拍阿尔曼卧室的门，里面没有一点动静。

所有人都忧心忡忡。邻居库吐鲁克劝大家，别太在意，因为每天晚上，他看到阿尔曼房间的灯都亮着，说明阿尔曼只是受了打击，心情不好，可人不会有什么问题。

村民肖克来提泄气地说："阿尔曼都倒下了，看来大家入的股是没啥指望了。"

村民们担心阿尔曼的安危，他们也更担心自己的那份投资。

阿尔曼的房间又亮起了灯，迪丽娜尔一次次呼喊阿尔曼，请他出来，给大家回个话，报个平安，好让大家放心。

屋里一片寂静。

迪丽娜尔失望地离开，捂着嘴努力不让自己哭出声来。

王川带着楚月回到了乌鲁木齐。

市场上，孙大海一如既往地热情吆喝，一扭头，看到王川站在远处，孙大海哎哟哎哟喊着，冲过去抱起王川转了个圈。

两人一起吃饭，孙大海问到王川的打算，王川答非所问，吞吞吐吐。

孙大海叹口气，说："老楚家的摊位我盘下来了，现在再交给你。挣得多了呢，就看着给；挣的少了呢，就那么地了。"

王川的生活算是有了着落。

王川每天精心照顾楚月。

日子久了，这个大男孩觉得自己照顾楚月已经不是一种义举，而是生命里需要的一种考验，考验自己最深刻的人性。去爱，去不顾一切地爱，仅仅为一份承诺，为一个约定，哪怕没有任何人去证明，只是完成一次辉煌诺言的过程。生命里什么是重要的呢？金钱还是理想？活着是使命！百岁的苟且和一世的追梦，看似都是一种过程，但两种不同的过程却发出不同的光亮，一个流星闪烁，一个辉煌灿烂，而生命并不在乎长短，却在乎对世界的奉献，对生存意义的诠释。

王川端一碗汤，舀起一勺，轻轻地吹吹，送到楚月的嘴边喂她，喂完一口，就拿手帕擦下她嘴角溢出来的汤水。

王川一如往日，和楚月自言自语："这几天我一个人在摊位忙活，就想起以前的日子。让我最不舍的，就是在你家的这段日子，真的挺开心的，你爸爸那个人真好，我无数次幻想，要是自己亲爸能这样对我多好……"

王川说不下去了，一个人流泪，心中盼着楚月露出笑容。

这时响起敲门声，王川母亲来了。

迪丽娜尔给王川母亲打了电话，说了发生的一切。王川母亲不敢相信，前来看个究竟。果然儿子把楚月给带回来了，还在继续照顾她。母亲叫王川跟她回家，放弃这些不切实际的做法。

王川说："要让我一个人回去，绝不可能，我能养活自己和楚月，也可以照顾楚月。"

母亲打量着王川，她伸手想摸摸儿子的脸，王川把头扭过去，母亲揪心地痛苦。

"王川，你没有义务这么做，你到底图什么？"

王川倔强地说："良心！"

王川母亲哭着走了。

一滴泪珠从楚月的眼角流出来，王川喜极而泣，他一直相信楚月的心和自己在一起，他相信在他和楚月身上，一定会发生一些奇迹。

"楚月，我一直知道你在听我说话，我给你念一首诗吧，在《塔河报》上抄录的。"

《约定》

那雪峰的光芒，

穿越了辽阔无际的星空。

山一程水一程，

洒满长长的河床大漠深处遥远的村庄，

是你我出生的地方，

那里有爷爷奶奶曾经的新房，

一个生命的永恒约定。

那金色的胡杨，

走过了千年风霜的时光。

风一更雪一更，

傲立寂静的蛮荒，

荒原大地七彩的霓裳，

是你我梦中的彩虹，
那里有生生世世不老的梦想，
一个青春的永恒约定。

那醉人的目光，
述说着今生不再的沧桑。
恨一场爱一场，
走进深深的心房，
雪峰之下美丽的故乡，
是你我生长的地方，
那里有年年岁岁不息的传唱，
一个诺言的永恒约定。

王川泣不成声。

17

村民来村委会上访，吵闹声一浪盖过一浪。

村民们想知道刀郎人村寨出了什么事情，工人们不干了，王川走了，阿尔曼躲起来了，大家的钱去了哪里？眼看到年底了，家家都在筹钱买化肥、买种子，就挂记阿尔曼公司的那些股金。

尼加提书记冷脸说道："大家放心，困难总有办法解决，舒舒服服回家睡觉去。"

村民听尼加提书记的说法没个准头，就一起去找阿尔曼。

巷子里，人们吵吵嚷嚷地向买买提爷爷家走去，看热闹的人也跟上了队伍。

葡萄架下，买买提爷爷盘腿坐在木床上，双目微闭，凝神静气，入定一般。

拍门声如山响，门外人声鼎沸。

茹仙奶奶和大姐、二姐挺直腰板站在买买提爷爷后面，大姐阿孜古丽拎了一根棍子站一旁，气势逼人。

打开门，看见镇定自若的买买提爷爷，村民们没了勇气，不敢贸然往里闯。

热合曼从人群中蹿到买买提爷爷身后，笔直地站着，给爷爷助威。

吐尔逊怯怯地说："买买提爷爷，大伙真不是来闹事的，让阿尔曼出来给大伙说句话，解释解释，大伙心里有个底儿。"

一群人大张旗鼓地上门责问阿尔曼，在买买提爷爷眼里，简直无法无天，就是来闹事。

买买提爷爷说："还把我这把老骨头放在眼里吗？"

肖克来提委屈地说："买买提爷爷，大家都非常敬重您，可是我家里的老婆、娃娃怎么活呀？"

买买提爷爷站了起来，目光无比威严，扫视一眼众人，坚定地说："我的儿子普内提，我的孙子阿尔曼，他们所做的都是全心全意地为玉古尔村，为了你们！不管他们成功了，还是失败了，我们买买提家族问心无愧！普内提出事的时候，我没帮上忙，但是今天你们要难为阿尔曼，就先来难为我！"

众人面面相觑，不知所措。

阿尔曼突然打开房门，走了出来，几日不见，他瘦了一圈，面色疲惫。

村民欢叫片刻，然后又鸦雀无声。

阿尔曼扶起买买提爷爷，温柔地笑笑。买买提爷爷看到孙子安然无恙，激动不已。

茹仙奶奶和家人都在偷偷擦眼泪。

阿尔曼招呼热合曼和哈那提帮忙，把手中的图纸慢慢地展开。原来，阿尔曼这些天把自己反锁在家里，一直在重新做一份刀郎人村寨的建设方案。在这个新的方案里，他砍去了很多不必要的建设分项，省去了原来的豪华装饰，不再修建仿古式民居，取而代之的是，运用原生态的材料，利用现有的村庄民居，简洁装饰，直接打造原始刀郎人的生活村落。这样一变更设计，只需900万元的投资资金。

阿尔曼把他的新规划给村民认真地讲解了一遍。

全部在场的村民认认真真地听完，然后提问了各种问题，终于明白，他们的投资是有盼头的，刀郎人村寨缩减了成本后，财务压力小了，发展方向转变了，从贪大求洋变成依托现有基础，逐步分级改造。

库吐鲁克高声喊："阿尔曼，我相信你！"

仍有一部分村民们持怀疑态度，阿尔曼理解大家的担忧。

阿尔曼说："如果有人实在不想干，我们公司可以先给大家打欠条。有生之年，我一定会把钱还给大伙的。"

此话一出，众人皆惊，老人们又想起了阿尔曼的父亲普内提。这些话语、这些举动就是当年普内提的翻版，只是时间走过了十五年。

阿尔曼坚信这是他的责任和义务，他老在想，如果是爸爸普内提，他也一定也会这么做。

村民们走了，没有人让阿尔曼打欠条，他们心甘情愿地相信阿尔曼。

尼加提书记没有走，他留下来，要和买买提爷爷聊一聊。

很长一段时间，尼加提书记一直和阿尔曼磕磕碰碰。开始是他瞧不上这个胡子没黑的漂亮帅哥，后来又觉得他胆子太大，从不按常理出牌，再后来就觉得这个毛头小伙开始触犯他的权威。但他又从这个年轻人身上看到了一股奋发向上的力量，一种永不放弃的勇气，一种出类拔萃的智慧。他代表了一个时代的文明的力量，诚实守信的品格，甚至有一种天下为公的圣洁的家国情怀。这是一个时代的光芒，是一个民族的不屈精神，也是共筑中国梦的生命力。

让一个老共产党员为阿尔曼所折服。

尼加提书记动情地说："阿尔曼不仅是上天送给您买买提爷爷的宝贝，也是玉古尔村的宝贝。玉古尔村有雄鹰飞翔的天空，出了不起的人呢！出

绘画：马新胜

让人尊重的买买提爷爷，出心地善良聪敏的普内提，出英雄阿尔曼。当然了，老人家，还出我这样一个好书记。"

买买提爷爷调侃道："这话我喜欢听，可是你是夸自己还是夸玉古尔村呢？"

尼加提书记感觉，他过去挺对不住阿尔曼的，他决定从此以后全力支持阿尔曼。

买买提爷爷手捋了捋胡子。老人家活了一辈子，没求过人伙，这次为了阿尔曼，他恳请尼加提书记陪他挨家挨户去求大家。

他们来到肖克来提家，他之所以要撤资，是因为他的女儿说了婆家，要置办些嫁妆。来到吐尔逊家，他家里养了一大堆孩子，负担挺大，买买提爷爷掏出了用手巾包好的500块钱，给吐尔逊。

买买提爷爷说："黄风不会一直刮，阳光会再一次照耀着我们的家园。"

买买提爷爷拿着自己的积蓄，去那些困难户一家家做工作，给赞助。

家里的积蓄很快用完了，买买提爷爷想到了他的老伙计大灰驴，现在只有卖了它，来帮助自己的孙子。买买提爷爷心情复杂，这头跟了自己半辈子的大灰驴，即将成为别人家的了。这头不会说话却能感受爷爷心思的大灰驴，让买买提爷爷难舍难分。买买提爷爷给大灰驴梳完毛，抱着大灰驴脖子，把脸贴着它，微微地闭上眼睛。

买买提爷爷把大灰驴从驴棚里拉出来，给大灰驴披了块新毯子，头上系了一朵红花。

他牵着大灰驴要出门，家里没有人敢拦住他。二姐阿娜尔罕慌忙跑去找阿尔曼，气喘吁吁告诉他，买买提爷爷去巴扎卖大灰驴了。

大家一起赶往巴扎。

买买提爷爷牵着大灰驴站着，不忍心叫卖，恋恋不舍地抚摸着驴头。一个村民过来问价。买买提爷爷却问买驴的人，把大灰驴买回去干什么活，不说清楚就不卖。买驴人笑了，没见过这样卖驴的，说他家也有个老爷子，年龄大了，不敢让他开电三轮，老人家坐驴车安全。

买买提爷爷满意地点了点头。两人讨了价，以1800元成交。

买买提爷爷不舍地叮嘱：驴怕冷，晚上把毯子给它披上。它牙口看着好，但是饲料别喂的太硬，它肠胃得过病，不太好。每个礼拜最好有两顿玉米。梳毛的时候，稍微搓着点它左耳朵下边，一搓那里，它就特别听话，要不梳疼了，它就真踢人了。没事的时候陪它聊聊天，它特别通人性。

买驴的人听得目瞪口呆，问买买提爷爷："这大灰驴还卖吗？"

"当然卖啊！"

买买提爷爷说着，抱了一下大灰驴的头，嘴里念叨着："老伙计，以后就换个地方住了，这辈子还能不能见面，也不知道了。到别人家啊，听点话，给啥就吃啥，别耍脾气。这世上啊，除了我，别人都把你当牲口看，别跟人犯驴脾气。"

买买提爷爷和大灰驴难分难舍，红了眼眶，买驴人在旁边已经掉了眼泪，又抽出200元给他，告诉了自己家的住址。

阿尔曼和尼加提书记在街上找到了一步三回头的买买提爷爷。

阿尔曼一时语塞。买买提爷爷却从兜里掏出一沓钱，甩了甩，脸上露出复杂的笑容。那场面，让大家心酸不已。

二姐阿娜尔罕去了热合曼的院子，东瞧瞧西看看，热合曼见到心中的太阳，以为眼睛看花了，揉了揉眼睛，前老婆就站在自己的院子里，还真是日头从西边出来了，心里乐开花，又不知前老婆想干什么，小心翼翼跟在她身后，憋了半天才敢小声地问："阿娜尔罕，转半天了，你到底要看啥啊？"

"热合曼，你把房子和铺子都卖了，帮阿尔曼渡难关。"

热合曼眨眨眼睛，不可思议。

"卖了房子，我住哪儿啊？"

"跟你老婆住呗。"

热合曼怀疑自己的耳朵听错了，阿娜尔罕伸手敲一下他的额头。

"爷爷连宝贝大灰驴都卖了，你就看着不管吗？"

"阿娜尔罕，我卖了房，你可不能再改主意，把我赶走，那时我可无家可归了。"

热合曼忐忑地看着前老婆，阿娜尔罕突然冲进了他的房间，找出户口本，挥着。

"这就去办复婚，我的房子本来就是你的窝。"

热合曼大叫着跳起来，一个转身，却一头撞上了柱子，摔在院子中央。

热合曼头上缠着绷带，手里拿着两个红本，呵呵傻笑着进了买买提爷爷的家门。一家人正在吃饭，阿娜尔罕把手中的大兜子放在阿尔曼的身边，打开，一袋子都是钱。

热合曼搬起东西就往屋里去，儿子阿里木放下筷子，嘴里喊着爸爸，扑到热合曼身上。买买提爷爷眼睛一下湿润了。

迪丽娜尔不停地打电话，恳请王川回来帮助阿尔曼。王川百感交集，离开阿尔曼的日子，他就像丢了魂魄，整日无精打采，手上的生意虽然不错，但就是有一种失去方向的失落。每天回到家，他把这些忧郁的心结说给楚月，只有楚月了解他的心思，而楚月依然停留在她自己的梦境里。王川准备回趟家，他打算向父亲低头，给阿尔曼筹集一笔资金，离开时，他又看到了楚月眼角无声的泪花。

王敬轩在家看报纸，王川母亲正做好了饭。听到门铃响，王川母亲开了门，儿子站在门外。

王川母亲万分惊喜，伸手把儿子拽进屋里，王敬轩放下报纸打量着儿子。

王川说："王敬轩借点钱给我，千八百万不嫌多，二三百万不嫌少。好哥们儿遇到点事，正在经营的一个项目现在缺少资金，我想入股，也算帮他。"

王敬轩非常恼怒，儿子从来不叫自己一声爸爸，一年不着家，好不容易回来一趟，居然是回来要钱，还是为了朋友。

王敬轩冷冷地说："没有！"

王川突然双膝一屈跪在他的面前。王敬轩吓了一跳。

"爸爸，儿子求求您了。"

王川说着就给王敬轩磕了三个响头。

王敬轩一言不发，他原以为，父子从此陌路，自己年轻时那些事，算不上什么丑事，却是要命的事情，几乎搞得他妻离子散。当他赚到了许多钱，所有风流雨打风吹去，他无法让自己安宁下来，他变得越来越孤独，他需要爱，需要一个为自己舍弃一切的女人的爱情，那种爱是不求回报的，他更希望自己像一个父亲一样，和亲生骨肉同享人生的悲欢离合。当他回头一望，四野茫茫，只有那个曾经被自己抛弃的家里拥有他所需要的一切。他迷途知返，历经千难万阻，换取了老婆的原谅。可是儿子却迟迟不肯原谅他，他等待着儿子，他在一天天老去，但他在一天天等待。

王川见王敬轩没有反应，失望至极，起身要走。

王敬轩颤声道："站住！ 300万，那是我们家所有的现款，但那是借你的，得还！"

王川扑通一声，又一次跪下："谢谢！ 爸爸！"

王敬轩喜极而泣，心里想，真是我儿子！

执拗的阿尔曼还是决定给村民打欠条，村委会门口放张桌子，阿尔曼和尼加提书记坐在那里，买买提爷爷也来了。尼加提书记指望自己往那儿一坐，再加上爷爷的威信，没有人敢来要欠条，要欠条其实就是退股，他不希望那样的事情发生。

等了一天，除了库吐鲁克和肖克来提要了欠条，再也没有人要欠条。

尼加提书记暗自得意。

院子里来了很多村民，人们只是看热闹，探虚实。阿尔曼一再动员，村民们犹豫着，陆续过来，尴尬地排队，很不自在。

尼加提书记发火了。

"真打算要这欠条啊，阿尔曼是为了大家才搞这个项目的，要不是想让大家多挣钱，他根本就不用回来，人心不是肉长的吗?"

村民们互相观望，都默不作声，但也没有人离开。

一阵摩托车马达声，热合曼驮着一个人进了院子。王川从后座跳下来，手上拿着两个大箱子，快步跑到阿尔曼面前的桌边，把箱子一打开，满满的两箱子钱。人们惊得哇哇叫唤。

村民们一阵骚动，精神振奋。

此刻，哈那提也骑着三轮车，拉着迪丽娜尔进了院子。迪丽娜尔扬起手中的一份红头文件，说刀郎旅游山庄抵押贷款了200万，钱已经到账了。

尼加提书记噼噼啪啪拍起掌来，院里响起一阵阵热烈掌声，经久不息。

村民们再没有人提打欠条的事情了。

阿尔曼给了他们一种信心，一种致富的信心；阿尔曼给了他们力量，一种不怕艰难险阻的力量。甚至阿尔曼在一些村民心中成了魔术大师，他几乎能点石成金。

阿尔曼一个人，悄悄来到父亲的坟边。

"爸爸，您的愿望正在实现，用不了多久，我们会建设一个崭新的玉古尔村。"

刀郎人村寨建设到了收尾阶段，工程渐渐慢了下来，资金的问题又浮出水面，还差300万资金。

王川脑子有点发蒙，彻底没辙了。

村委会又开会研究，七嘴八舌地说不出个道道。

阿尔曼忽地站起来，说去找钱，就离开了会场。

尼加提书记急着说："会还没开完哩？他现在就去找钱了？"

王川笑着说："阿尔曼该不是去找吐尔干书记了吧？"

尼加提书记直摇头，说："吐尔干书记可是出了名的小气巴依（地主）。阿尔曼哪能看上他。"

艾塔克村那边，吐尔干书记悠闲地在办公室喝茶水、吃水果。阿尔曼大汗淋漓地进来。

吐尔干书记一副心不在焉的样子，呷了口茶，讥讽说："白天出了星星，稀客嘛。听说你一直在搞大事情，报喜来了？"

阿尔曼直奔主题，说："我是求吐尔干书记帮忙来了。"

吐尔干书记斜瞥了阿尔曼一眼，给他倒了杯饮料。

"尝尝艾克塔村新开发出来的蓝莓汁，凉凉的，甜得很。"

阿尔曼直言，玉古尔村兴建的刀郎人村寨，现在资金出现了缺口，还差300万，他来动员吐尔干书记的艾塔克村一起投资。

吐尔干书记有点意外，狐疑地笑起来，眼神里似乎多了点别样的东西。

"数目太大，艾塔克村帮不了，不能随随便便拿钱打水漂玩儿。"

吐尔干书记故意不看阿尔曼，时不时斜眼瞄一下阿尔曼，脸上带着诡异的笑。

阿尔曼叹了口气，准备离开。

吐尔干书记喊住了他："阿尔曼难得有空来一趟，陪我打会儿篮球，村里新修了个篮球场，国际标准的。"

阿尔曼见吐尔干书记这么说，默认了。吐尔干书记拿起窗台边的一个篮球，冲阿尔曼有力地掷过去，阿尔曼伸手接住。

来到篮球场，吐尔干书记脱了上衣，熟练地拍着篮球。

吐尔干书记是个NBA球迷。当年，他像阿尔曼这么大的时候，和普内提都在乡里当小职员，俩人有空就打球，到了发工资那天，就会比一场，谁输了就请对方吃一顿过油肉拌面。那时候，一年也吃不上两回过油肉拌面，那滋味真香啊！有一次普内提连输两场，请吐尔干书记连吃两顿拌面，结果呢？普内提饿了一个月肚子。那些往事，一直埋藏在吐尔干书记的心底，他是一个从来不轻易动感情的人，但在他心里，普内提和他的儿子阿尔曼一直占据着特殊的位置。要不是为了两个村各自的利益，他根本不会和阿尔曼扯那么多恩恩怨怨，他会不择手段地让阿尔曼进自己家门，给自己生下一群哇哇乱叫的聪敏后生。然而，这一切都阴差阳错了，可他内心还是欣赏这个智慧超凡的维吾尔小伙子。

吐尔干书记说："就照我跟你父亲普内提的规矩，也比上一场！我们村里有300万的现金一直存在银行，说实话，你不找我，我都会去找你，看着你们把金子种在地里了，我当然想吃一大块烤羊腿。"

阿尔曼无比震惊，原来吐尔干书记一直就没有糊涂过，他只是那只装睡的狐狸，阿尔曼心中有了底，一下子把注意力集中到篮球上面。

"阿尔曼你要是赢了，我们就入股，要是输了呢？就请我吐尔干吃一顿过油肉拌面！"

吐尔干哈哈大笑起来。300万买一盘过油肉拌面，简直荒唐，但这里边的逻辑是吐尔干早做好了投资准备，只不过，他一直隐忍着，看着朝气蓬勃的阿尔曼搞规划，筹备资金，蹚浑水，等到所有问题解决了，等到所有方向一清二楚了，他要摘果子了。

阿尔曼明白了吐尔干书记的心意，一向充满自信的阿尔曼，在这个乡村干部面前，才发现自己那点智力仅仅叫作聪敏，而眼前这个貌不惊人的长者却充满智慧，有一种神闲气定的大气，更有一种排山倒海的力量。

阿尔曼再也没有任何顾虑了，他精神抖擞，脱了上衣，做好准备。

吐尔干书记鹰眼如炬，阿尔曼身矫体健。

阿尔曼启动脚步，吐尔干书记迅速防守策应。

阿尔曼猛地急加速，一个漂亮的带球过人转身，然后一跃而起送球上篮，球朝篮筐飞去，阿尔曼的眼中满是紧张的期待。

球落在篮框边缘的铁圈上，骨碌了一圈，居然没进。吐尔干书记鱼跃而起，抢到了篮板球，返身跑向篮筐，一跃而起，将球稳稳地扣进了篮内。

阿尔曼傻傻地站在原地，失望至极。

吐尔干哈哈大笑。

"你输了，但你赢得了我们艾塔克村！但那盘拌面不能少，要胡杨蘑菇炒羊羔子过油肉。"

阿尔曼耳朵里嗡嗡直叫，满耳朵拌面——拌面的声音。

吐尔干书记呵呵笑着，阿尔曼紧紧拥抱他，已是泪眼滂沱。

艾塔克村入股投资刀郎人村寨300万的消息传开来，玉古尔村成了欢乐的海洋。

尼加提书记却十分冷静，斗了一辈子的老对手，伸出了金色的橄榄枝，艾塔克村的300万已经到账了，但是还差几十万的人工费用。

尼加提书记毅然决然地对村委们说："去把锹啊、镐啊啥的全搬出来。开个村民大会，全村投工投劳。"

大广播喇叭响了起来。尼加提书记声音激昂，全村在聆听广播：

"广大村民同志们，现在已经筹集完了刀郎人村寨需要的建设资金，刀郎人村寨建设马上就要竣工了，建设刀郎人村寨是村里的事，也是每位村民的事。村委会提出倡议，号召大家自愿出工，一起参加建设刀郎人村寨。"

村民扛起铁锹、镐头、坎土曼，向刀郎人村寨进发。一场投工投劳的劳动开始了。村民干劲十足，一派热火朝天的新气象。

热合曼骑着摩托车，奔向刀郎人村寨工地，边骑边喊："不好啦！吐尔干书记带着一村子人来啦！"

只见艾塔克村的村民们黑压压地涌进村口，打头的是一辆翻斗车，车斗里站着戴着墨镜的吐尔干书记、热娜和村委会干部。汽车后面跟着数不清的艾塔克村村民。

来势凶猛。

玉古尔村的村民们纷纷停下手中的活儿。

吐尔干书记站在车上，拿起个扩音喇叭，喊话："玉古尔村的村民们！艾塔克村支援你们来啦！"

一片欢腾。

艾塔克村村民和玉古尔村的村民们会师了，几十年没有想象过的场景出现了。两个村共同走在建设大美新疆、共圆祖国梦想的大道上。

吐尔干书记从村委手里接过一把锹，瞪一眼尼加提书记，眉毛一挑，挖苦道："尼加提书记，身子像玉米秸子一样空了心，还干得动吗？"

"吐尔干书记，男人嘛床上使劲。谁是空心杆子那就比比看！"

刀郎人村寨的建设工地响彻劳动的号子。

18

刀郎人村寨建成了。

鞭炮齐鸣，焰火升腾。

身穿维族民族服装的年轻姑娘和小伙子们跳起了快乐的麦西来甫。

热娜在人群中领舞，格外惹人注目。

县委书记赵杨带领四大班子前来祝贺。

赵杨书记端着一杯酒，走到阿尔曼面前，说："玉古尔村的村民们，艾塔克村的村民们、同志们，尼加提书记、吐尔干书记，我为你们感到骄傲！我们要感谢阿尔曼，他像一根结实的绳子，把我们所有人都拧在了一起！让我们为幸福的明天，为我们的团结，为我们的理想，干杯！"

所有人举杯同饮。

买买提爷爷的院子里，葡萄架下的地毯上，摆满了各种维吾尔美食。

一家人在忙碌着，阿尔曼、迪丽娜尔、王川和哈那提来了。

买买提爷爷端坐正中央，脸上露出灿烂的笑容。

买买提爷爷清了清嗓子，全家人充满敬意地望着爷爷，只有哈那提在闷头嚼着羊腿把子，王川捅了他一下。

买买提爷爷高兴地说："刀郎人村寨建成了，玉古尔村就像个新娘子变得美丽无比。允许满足我一个老人家心愿，阿尔曼应该结婚成家了！早点让爷爷家的花园开满鲜花。"

茹仙奶奶不失时机地说："美丽的姑娘迪丽娜尔，你什么时候嫁给我们英俊的孙子阿尔曼？"

迪丽娜尔羞红了脸，低下头。

"这件事听阿尔曼的。"

买买提爷爷说："那我明天就带着孙子去乌鲁木齐，去拜会迪丽娜尔的父母，早点定下这门亲事，把他们家美丽的公主嫁给这个南疆的穷小子！"

全家人沉浸在蜜糖一样的幸福里。

迪丽娜尔害羞得说不出话。王川脸上闪过一丝不合时宜的感伤。

王川说："我要和阿尔曼、迪丽娜尔同一天结婚。"

众人惊愕，哈那提嘴里的羊腿掉在毯子上。

离开买买提爷爷家，迪丽娜尔和阿尔曼陪王川回到住处。迪丽娜尔将一束鲜花插到花瓶里，看着躺在床上的楚月。

王川站在窗户前，打开窗子。

楚月静静地睡着，安详、宁静。

王川答应过楚月父亲，这辈子无论到哪儿，都带着楚月。可楚月毕竟是长睡不醒的病人啊。

迪丽娜尔劝王川："她这样睡一辈子，难道你打算陪她说一辈子话？"

王川情绪激动地说："楚月一直是清醒的！我们现在说的话，楚月都能听得见。每当我说了件高兴的事儿，楚月的呼吸就会加速，脸色会发红；要是不高兴了，身体会变凉，激动时她还会流泪。"

阿尔曼和迪丽娜尔还是觉得有点不可思议，无法理解王川。

王川爱怜地看着楚月，握住楚月纤细的手。楚月静静地躺着，呼吸平稳。

听说阿尔曼和迪丽娜尔要结婚了，热娜在家里，哭一阵笑一阵。她已经快忘记阿尔曼了，但没有忘记救命恩人迪丽娜尔，她带着鲜花和礼物前去祝贺。

热娜被地区歌舞团选中，派去浙江学习一年，后天就走，参加不了他俩的婚礼了。热娜将礼物交给他们，阿尔曼打开来，是一张精美的羊绒挂毯，这是热娜亲手做的。阿尔曼缓缓展开挂毯，挂毯绣图精致：一个头戴维吾尔花帽很像阿尔曼的小伙子在拉着艾捷克，一个酷似热娜的扎着碎辫的姑娘转着身体在翩翩起舞。

热娜神情落寞，道了别，她已经不是那个快乐任性的小姑娘了，仿佛一夜之间，长大成人，变成了一个落落大方的女孩儿。

游客们络绎不绝来到刀郎人村寨。这个大漠深处的村庄，已经成了南疆风情的活化石，名声鹊起。

买买提爷爷坐在村寨的环廊里，揽着阿里木的肩膀，语重心长地说："要好好学习，将来回到家乡，像阿尔曼舅舅一样，造福于这片土地！"

忽然他听到热合曼一阵欢叫，买买提爷爷以为女婿又喝醉了，循声望去，阿尔曼牵着买买提爷爷的那头大灰驴，热合曼拿着一个大广告牌子，上面是对大灰驴的介绍。

买买提爷爷惊讶地瞪大了眼睛，搂着大灰驴脖子，开怀大笑，眼里满含泪水。

玉古尔村一片祥和、幸福，老百姓整日春风拂面。

哈那提突然看到宣传栏里组长杜从军的工作照，眼泪婆娑，他多么希望杜组长就活生生地站在这里，看一眼这块欣欣向荣的土地。

第二天就要举行婚礼了。

楚月依然睡着。王川西装革履，提着婚纱走进来，他将长长的婚纱挂到衣架上，再将衣架挪到楚月床边，自言自语地问楚月："喜欢吗？我的新娘，这可是我为你挑选的婚纱呀。"

王川坐下来，握起楚月的手放在自己脸上摩挲着。

王川将结婚证从衣兜里拿出来，在楚月面前晃了晃，将结婚证书摆放在楚月枕边。

"我们可以安安稳稳地过好日子了。以后的日子，我会全心全意地照顾你，让我们一起面对人生的风风雨雨吧！"

王川说着说着，眼泪不由自主地流了下来。

王川拿出一枚精致的钻戒，吸了吸鼻子，控制着泪水，将戒指戴到楚月的无名指上，端详着楚月的手。

"真好看。"

王川仔细地端详着楚月，楚月的脸色微微变红。王川再也抑制不住内心的苦涩，泪如泉涌。楚月的脸红了，她感觉到了。王川知道，楚月听到自己的话了，她一定在笑！

王川将头埋在双臂上睡着了，屋里安静极了。

楚月戴着戒指的手指动了动，接着，她的手竟颤抖着缓缓抬起来，轻轻地覆在王川的头上，王川动了动头，楚月的手缓缓地摩挲着王川的头发。

楚月的双眼微微睁开，茫然地看着天花板。

王川打了个激灵，他微抬起头，感觉到了楚月微微移动的手，他轻轻地抓住楚月的手，看着楚月，楚月微睁的眼睛看向王川。

王川惊呆了，他有些不相信自己，晃了晃脑袋，用力眨眨眼睛。

"这不是做梦吧？啊？楚月！"

一辆救护车呼啸着在乡村公路上疾行……

阿尔曼和迪丽娜尔急匆匆跑去医院。

王川兴奋地对他们说:"楚月醒了!"

王川眼里含着泪,一脸兴奋,突如其来的喜讯,让他茫然无措了。迪丽娜尔趴在阿尔曼肩头呜呜哭起来。

谁能相信,这种人间奇迹!

医生走出急诊室,说:"这真是个奇迹!"

楚月神智清楚,心电图显示一切正常,她一直在潜意识中进行着自我恢复,并且恢复得很好。由于一直躺着,楚月的肌肉有些萎缩,只要经过一段时间的康复训练,她将恢复正常。

阿尔曼和王川商量,等到楚月站起来后,他们一起举办婚礼。他们历经了无数艰难困苦,却摘得了人生最丰厚的硕果,他们要一起站在婚礼的圣坛上,一起出发,探寻那波澜壮阔的人生。

王川仰天欢笑。

如果有上帝,这些年轻人,一定相信,上天被他们感动了。

很快,楚月就可以自己行走了,离婚礼的日子越来越近了。

王川拨通了妈妈的电话:"妈,我要结婚了。楚月她站起来了!"

电话那头,王川母亲抑制不住激动放声大哭,王敬轩将老婆揽在怀里,他们百感交集,心头装满幸福。

刀郎人村寨被布置成一个华丽的婚礼舞台,花团锦簇,彩带飘飞。

人群簇拥中,身着婚纱、头罩白纱巾的新娘迪丽娜尔和楚月分别挽着新郎阿尔曼和王川的胳膊走入婚礼现场。

让村民大跌眼镜的是,在两对新人之后,第二次当新郎的热合曼也穿着礼服挽着第二次当新娘的穿着红色婚纱的阿娜尔罕,缓缓步入舞台。

一片哗然,片刻之后,人们一片欢呼。

两对新人在舞台中央翩翩起舞。

茹仙奶奶却在找梅开二度的新郎热合曼,只见热合曼提着酒瓶歪歪斜斜地走进舞场，阿娜尔罕愠怒，又在追打热合曼，他们围着舞场转着圈。

众人哈哈大笑。

王敬轩和王川母亲赶到了玉古尔村，下了车，他们犹如进入梦境一般。在他们心里，落后的南疆农村应该是尘土飞扬、房屋破旧、陈街陋巷，然而眼前的刀郎人村寨却犹如一幅山水画卷，古朴典雅、美丽祥和。

王川父母循着音乐声走进村寨。

王川猛回头，看见身后站着爸爸和妈妈，心脏怦怦直跳，他难以想象父母竟然不期而至。

在父母的心里，儿子从来都是天马行空、志大才疏，干什么都有一出没一出，一事无成，找个女朋友还要找一个人人躲避的瘫子。父母亲每天都心惊胆战，生怕儿子有什么闪失，他们几乎放弃了对他功成名就的想法，只要平平安安就好。

父母亲的这些想法，虽然没有说出来，但王川可以感受到，所以也卯足了劲要做出些事情，给父母亲，特别是给母亲证明，自己的选择是对的，自己没有虚度青春。当他给母亲报告了自己要结婚的喜讯，母亲除了对楚月的苏醒特别激动外，并没有给出一声祝福。王川非常失望，他真的希望父母亲能见证他人生蝶变的那个精彩时刻。母亲没有说来，倔强的王川也没有邀请。

王川望着眼前的父母亲，呆立了好一阵。楚月站在一旁，不知所措。

王敬轩紧张地看着儿子。

王川平静地喊了声："爸。"

王川母亲先落了泪，父亲王敬轩哽咽着，一家人泪水涟涟，他们任那幸福的泪水流淌。

王敬轩说："好样的，就像你爹一样。"

王川母亲说："祝福你们！"

王川母亲紧紧搂着楚月。

婚宴上，人们谈笑风生，气氛进入高潮。

阿尔曼上了台，拍了拍麦克风，大家安静下来。

阿尔曼告诉大家："'大好河山'电子商务公司经营获得了巨大成功，实现了日销产品突破一万笔的大关！'大好河山'争取成为在股市中小企业板上市的新疆第一家电商公司！"

所有人欢呼雀跃。

婚礼结束的第二天，尼加提书记、阿尔曼、王川他们去拜祭杜从军，墓前摆满了鲜花。

尼加提书记说："杜从军同志，你就像阳光一样天天在我心里亮着，刀郎人村寨成功了，你放心吧。"

回到村里，哈那提告诉大家，"访民情、惠民生、聚民心"工作组会连续三年住在玉古尔村，组织上已经同意他留下来了，再在玉古尔村工作组干一年。

这消息让阿尔曼和王川意外惊喜，他们三人紧紧搂抱在一起。

第二年秋天，阿里木如愿考上了内高班，他像阿尔曼一样，来到了杭州。

操场一端，挂着横幅："欢迎新疆同学入学我校"。

开学了，举行升旗仪式。

四名擎旗手护送国旗，正步走向升旗台。台上，努尔和阿里木笔直地站立着，擎旗手将国旗交到努尔和阿里木手里。

国歌声起。努尔执国旗一角抛向天空，阿里木十分严肃，一下下拉动旗绳，五星红旗在所有人的注目下缓缓升起。

同一天，在大西北的大漠绿洲，买买提爷爷和老人们在刀郎人村寨举行盛大的刀郎木卡姆歌舞表演。

买买提爷爷引吭高歌，唱起古老的刀郎木卡姆情歌，那歌声穿越沙漠，飘荡在塔克拉玛干的上空，恢宏而苍凉，动人而情深。

2015年7月第一稿于白水城

2016年1月第二稿于白水城

2016年7月1日第三稿于乌鲁木齐

2016年7月26日第四稿于乌鲁木齐

2016年8月5日第五稿于乌鲁木齐